公元787年，唐封疆大吏马总集诸子精华，编著成《意林》一书6卷，流传至今
意林： 始于公元787年，距今1200余年

 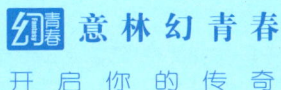

符神传说 ② 东川起风云

习风 著

吉林摄影出版社
·长春·

图书在版编目（CIP）数据

符神传说.2,东川起风云/习风著.——长春：吉林摄影出版社，2017.4
（意林幻青春）
ISBN 978-7-5498-3038-1

Ⅰ.①符… Ⅱ.①习… Ⅲ.①长篇小说－中国－当代 Ⅳ.①I247.5

中国版本图书馆CIP数据核字（2017）第057472号

符神传说2 东川起风云
FUSHEN CHUANSHUO 2 DONGCHUAN QIFENGYUN

著　　者	习　风
项目出品	意林幻青春
出版人	孙洪军
主　　编	顾　平　杜普洲
责任编辑	施　岚　胡晓路
总策划	蔡　燕　李　岚
统筹策划	李　岚
设计总监	资　源
执行编辑	王　雪
封面设计	资　源
美术编辑	张　迪
发行总监	李振红
营销总监	王俊杰
开　　本	700mm × 1000mm 1/16
字　　数	300千字
印　　张	16
版　　次	2017年4月第1版
印　　次	2017年4月第1次印刷

出　版	吉林摄影出版社
发　行	吉林摄影出版社
地　址	长春市泰来街1825号
	邮　编：130062
电　话	总编办　0431-86012616
	发行科　0431-86012602
网　址	www.jlsycbs.net
经　销	全国各地新华书店
印　刷	北京嘉业印刷厂

书　号	ISBN 978-7-5498-3038-1	定　价：28.80元

版权所有　翻印必究
（如发现印装质量问题，请与承印厂联系退换）

目 CONTENTS 录

第一章 完成试炼	001
第二章 强势归来	009
第三章 谁说我没有资格	017
第四章 鬼煞岭	025
第五章 逆杀，开始	033
第六章 怎么会这样	041
第七章 引燃识海	049
第八章 以彼之道，还施彼身	057
第九章 一招击败	065
第十章 雨夜，杀机	073
第十一章 你死我活	081
第十二章 江流云之死	090
第十三章 险恶蛮荒	098
第十四章 他又不见了	106
第十五章 局势复杂	114
第十六章 混乱时刻	122

目录 CONTENTS

第十七章	鬼化	130
第十八章	坍塌	138
第十九章	困境	146
第二十章	蜃楼之术	154
第二十一章	符阵破碎	162
第二十二章	烈焰惊魂斩	170
第二十三章	横扫八方	178
第二十四章	那一刀，天地失色	186
第二十五章	锦绣东川城	194
第二十六章	冲突	202
第二十七章	暗符界黑市	210
第二十八章	黑市争斗	219
第二十九章	悬赏任务	227
第三十章	突生变故	235
第三十一章	突袭	243

第一章

完成试炼

初级收费标准的对战平台给人一种虚幻的感觉，中级的话会有几分真实感，而高级标准的对战平台则是极为逼真。到了顶级，那就几乎和现实战斗一模一样了，包括受伤、疼痛，甚至于传说在对战中被击杀时的感受，也和真实的一样。

当然，柳然不知道所谓真实的死亡感受究竟是真是假，毕竟他也没死过。

但是他知道，因为他使用的是暗符界通行符，所以在这对战平台中，不管选什么级别的对战，都不需要支付任何费用。

不过唯一让他无奈的就是，那个充值提示音一直无法关闭。每次他进入对战平台，系统都会提醒他一次，感觉就像他是偷偷摸摸地混进来的一样。

好在这提示音也只是在他每次进入对战平台的时候提示一次，对他的影响倒也不大。

"开始对战！"柳然下达了一道指令。

对战平台立刻回应："请选择指定对战或随机对战。"

"随机对战！"

"请筛选对手特性，如性别、特点等。"

"性别随机，特点：速度快，身法好。"柳然再次下达指令。

"请选手完成跳跃动作，我们将选择与您同时跳跃，并筛选符合条件的选手作为您的对手。"

柳然听到提示音，便一跃而起。

"正在为您筛选对手……'叮'！对手确认！"

当系统提示音再一次响起时，柳然便看到远处一颗星辰忽然化作一道流星，眨眼间便飞到了自己的面前。

此人一袭青衣，脸上笼罩着一层雾气，让人根本看不清楚。这是对战平台对用户隐私安全的保证，用户可以选择隐藏身份、样貌以及声音。

别人现在看柳然也一样，他的脸上戴着一副紫色的面具，让人看不清真容。

此时他的脑海中浮现出了一条对方的信息：

选手绿薇，性别：女，修为：化劲期小成，其他信息：保密！

一看到这信息，柳然的脸色不禁变得古怪起来，心想：绿薇，该不会这么巧，就是赵绿薇那个女人吧？

不过，他很快就抛开了这个想法。

元灵符界笼罩整个人族疆域，每天使用元灵符界的人数以亿计，而对战平台之中的人就足有数百万，怎么可能随机抽取一个就是自己认识的人呢？

柳然觉得也许只是名字一样而已。

至于为何对战平台会为他选择化劲期的对手，那是因为柳然在注册的时候，最终使用了分身紫阳的气息进行绑定，这样他在这里面训练身法的同时，也可以顺便熟悉一下分身的实力。

所以，现在他进入对战平台时表现出来的，就是化劲期小成境界的气息。

"可以开始了吗？"对面的青衣女子忽然开口，不过声音听上去明显是被处理过的，毫无情绪。

"开始吧！"柳然点了点头道。

下一刻，周围所有星辰消失，两人身边随即变成一片丛林景象。

"唰"！

选手绿薇率先展开攻击，她一个箭步猛地冲到柳然面前，手中长剑如一道青色闪电，直刺向柳然的喉咙。

柳然立刻连续向后退开三步，但并不是笔直后退，而是每一步都有所偏移。一避开对方的攻击，他立刻转退为进，展开反击。

从远处看上去，柳然先是如一团云朵一样飘开，然后又猛地化作一股巨风，袭向绿薇。

绿薇微微一惊，手中的长剑剑势猛然一变，当空划出一抹剑虹，径直刺向柳然的胸口。

柳然身形一矮，在避开剑锋的同时，速度不减反增，由下而上便是一脚踢出。

这一脚踢到了空处，绿薇的身形宛如灵蛇变幻，一闪就到了柳然的身后，剑锋再次刺向他的后背。

对战平台的虚拟空间之中，一紫一绿两道人影正在纠缠激斗，难舍难分。

"嗖嗖嗖……"

双方贴身近战，转眼间各自都发动了几十次攻击，每一击都惊险异常，却都没能伤害到对方分毫，两个人斗得旗鼓相当。

蓦然——

双方默契地同时退开，遥遥看着对方。

"你的身法很厉害，不过，我赢了。"绿薇忽然开口说道。

刹那间，她再次猛地冲向柳然，速度与之前相比竟是暴增了数倍。

柳然眉头一皱，立于原地不动，刚想与对方正面对抗，却忽然发现对方快到自己身前的时候，速度再次暴涨，同时身形竟是一分为三，同时从三个不同的方向向他袭来。

柳然感觉自己仿佛被三条毒蛇盯上了一样，一瞬间竟被对方的气势震慑住了。

"扑哧"！

长剑穿透了柳然的身体。

"身法结合剑法攻击，形成幻象，同时还附带精神威慑，厉害！"

由衷夸赞的话，从柳然口中传出。

绿薇听到后并没有感到高兴，反而汗毛直竖。

她感觉到了前所未有的危机！

这时绿薇骇然发现面前柳然的身影仿佛云雾一样，缓缓化为虚无。

"残影？"她不由得发出了一声惊呼。

同一时间，她的身后猛地出现了一抹紫光。

绿薇察觉到了，立刻转身，伸手就是一剑。

可惜，还是晚了一步。

在她的剑锋击中对手之前——

"哧"！

一道火拳穿透了她的身体，彻底结束了这场战斗。

柳然，胜出！

"唰"！

对战的情景瞬间消失，绿薇的身影也从柳然的面前消失了。

柳然缓缓吐出了一口气，脸上露出了笑容："十三天，足足用了十三天的时间，我终于达到了这个境界！"

他很开心，心念一动，身影便从对战平台消失了。

他来这个地方的目的已经达到了，短时间内不会再来了。

只是，柳然没想到的是，在他离开后不久，那位名为"绿薇"的女选手再次出现，发现他已经离开了，忍不住一阵气闷。

显然，对于方才那场对战的结果她并不满意，想要和柳然再来一次，却没想到柳然居然这么干脆地跑了。

好在双方经过一次对战，彼此便有了临时好友的关系，少女绿薇本想在临时好友中向他发出挑战，却发现选手紫阳已经下线了。

"胆小鬼！哼！"她愤愤地哼了一声，却不得不寻找其他对手。

可惜，又经过了几次对战，对手都是被她击杀，再也没有遇到如此旗鼓相当的对手。

最后，她也只能选择下线。

柳然自然不知道在他离开对战平台后发生了什么事情，事实上他并没有离开元灵符界，而是到了暗符界中。

暗符界可以说是元灵符界中一个完全独立的区域，对战平台无法捕捉到他的动向，自然认定他已经下线了。

暗符界之内，柳然正在和柳灵灵聊天。

"灵灵，关于识海建设的信息，你查得怎么样了？"

这几天柳然沉浸于磨炼身法，柳灵灵同样也没闲着，一直在忙别的事情，那就是在暗符界之中搜索关于识海建设方面的相关信息，以及一些相关的符技、符术。

为什么要做这个？

那是因为柳灵灵觉得柳然现在的分身只有封印大部分实力他才能控制，实在是太浪费。如果想要结束这种情况，她就必须帮助柳然提升精神之力。

而提升精神之力最快的办法，无疑就是开发识海，建设识海。

"我已经找到了很多资料，这些资料给了我不少启发。"

柳灵灵又道："不过，哥哥，你要尽快想办法赚点儿钱才行，现在我所能得到的这些资料都只是介绍性的东西，如果无法购买真正可以帮助实施的资料，我们最多只能进行理想性的推衍，而得不到真正可以实施的方案哦！"

听到钱这个字，柳然也是一阵头疼。

在他的暗符界通行符账户中，金币已经所剩无几，那价值颇高的积分，近期也被柳灵灵花掉了不少。

更让他郁闷的是，自己现在无法与别人交易，符戒之中那堆东西也无法兑换成元灵符界的货币。所以，现在他在这里就是一个穷光蛋，要钱的东西根本买不起。

"放心吧，灵灵，哥哥很快就会回榕城，到时候将戒指里那些没用的东西都卖掉，兑换成元灵符界的金币，到时候就有钱了。"柳然安慰着柳灵灵。

柳灵灵乖巧地点了点头，随后又将自己这两天的一些发现总结了之后告诉了柳然。柳然也将刚才的对战告诉了她，又和她闲聊了一会儿，才离开了元灵符界。

当他的意识回归肉身的时候，就发现自己的身体已经恢复到了最佳状态，于是结束了修炼，通过暗符界给不久前暂时离开了的燕凌菲发了一条信息，让她明天过来接自己，然后他就躺下睡觉了。

随着修为不断提升，柳然睡眠的时间渐渐缩短，有时候几天不睡觉都不会有多大影响。

不过，适当睡眠对于修士而言仍然是最好的休息方式，尤其是对明天还有重要事情要做的柳然来说。

然而柳然不知道的是，在这灵翠谷之中，有一名少女却一直辗转反侧，无法入眠。她嘴里还在不停念叨着："那个紫阳到底是什么人？"

翌日，清晨。

柳然从睡梦中醒来时，燕凌菲已经出现在了他的院子中。

她在院子中央翘首而立，一袭红裙随风轻舞，宛如天边飘来的一抹红霞。

院中的那根竹子根本不敢攻击她，还不时垂落几片竹叶，似乎在和她亲近似的。

看到这一幕，柳然不由得无语，心想：这竹子简直成精了，还会欺软怕硬。

燕凌菲察觉到了柳然的视线，蓦然回过头来。

她用红色面纱上边露出的一双明亮的眼睛望着柳然，问道："你确定今天就可以完成试炼，提前离开这里？"

柳然伸了个懒腰，打着哈欠说道："绝对没问题！"

"那我可就拭目以待了。"燕凌菲眯起了眼睛。

片刻之后，柳然、燕凌菲一起出现在了峡谷之外，紧接着赵绿薇也到了。

"你怎么没精打采的，最近没休息好吗？"燕凌菲一看到赵绿薇就开口问道。

赵绿薇摇了摇头，淡淡说道："我没事。"

旋即，就听到柳然说他要完成试炼，赵绿薇也是吃了一惊，皱眉说道："你还是别逞能比较好。挑战机会只有一次，你如果无法达到考核标准，就算你失败之后继续训练，最后达到了标准，特殊奖励也是没了的。"

她对柳然的误会早已解除了，虽然还不习惯说什么好话，但多少会为柳然考虑一下。

因为她觉得柳然是很有希望打破那个最高记录的，所以不希望柳然浪费机会。

柳然却十分自信地说道："放心吧，你们灵翠谷的奖励，我是拿定了！"

"随便你吧，反正试炼的又不是我。"赵绿薇淡然说道，"两炷香的时间内，在一百零八株翠竹上留下印记，并且毫发无伤地出来，就算你试炼成功。"

赵绿薇话一说完，就打出了几道符印，峡谷入口的结界随之消失，她绿色的身影也飘然退开。

柳然微微一笑，大步走进了峡谷。

燕凌菲则在柳然走后取出了一件飞行符器，邀请赵绿薇一起飞到空中，从上方观看柳然这次的试炼。

在峡谷上空，两个人可以看到柳然一进入峡谷，整个人的气势就全变了。

他就仿佛一缕飘忽的云雾，一晃之间，便从一株株竹子间飘过，每经过一株竹子，那上面都会被他手中的长剑留下一道清晰的剑痕。

峡谷之中最前面的十几株竹子，他就这么轻松地穿过，几乎毫无阻碍。

在柳然进入翠竹更密集的区域时，燕凌菲二人以为柳然会稍微放慢速度，可没想到他非但不减速，还加快了速度。

"嗖嗖嗖"！

柳然的身形快速飞掠而过，起落之间，竟然出现了迷幻的感觉。

他就这样势如破竹地继续穿过第二片区域的竹林，看得空中的燕凌菲二人都不由得屏住了呼吸。

而赵绿薇此时却是眉头一皱。

不知为何，她总觉得柳然此时施展的这套身法十分眼熟。

不过她也没有多想，只是将这种感觉归因于自己最近一直在看柳然练习，那么柳然的身法她岂能不眼熟？

赵绿薇思绪涌动之际，柳然已经来到了峡谷的中央位置。

这里是翠竹最为密集的区域，先不说这些竹子都会主动攻击人，就是它们不动，人要从中穿过，也必须得一再小心才不会碰到竹子。

到了这个地方，柳然终于放慢了脚步。不过，他的每一步依然非常稳。

"唰唰唰……"

忽然，一连串的破空声传来。

柳然身边所有的竹子都动了，无数竹枝、绿叶疯狂地挥舞，瞬间从四面八方将他包围了起来。

空中，燕凌菲和赵绿薇早已瞪大了眼睛，两个人紧盯着柳然，甚至暂时忘记了呼吸。

在她们的注视下，柳然忽然在那竹叶枝丫的缝隙间东走西行，不断来回穿梭，引得那些竹子相互碰撞，最后竟然露出了一条巨大的缝隙。

"嗖"！

柳然当即身形一闪，直接从那条巨大缝隙中冲了出去。

翠竹发现了他的动作，试图拦截，甚至还有一些竹子在枝丫上迅速长出了新的枝叶来，封住它们留下的缺口，阻挡柳然。

看到这一幕，赵绿薇不禁惊呼："完了！"

"为什么？"燕凌菲不解地问道。

"我们灵翠谷的翠竹都是有灵性的，并不是面对每个挑战者它们都会全力以赴。"赵绿薇快速解释着，"这一次它们面对柳然，不但全力以赴，而且拼命使用了加速生长技能拦住他，我不知道为什么，但他肯定无法通过试炼了。"

果然，就如她所说的那样，柳然还没来得及穿过那道缝隙，缝隙就已经被密密麻麻的新芽堵上了。同时，其他枝叶将他团团围住，眼看就要抽中他的身体。

然而柳然却在这一瞬间忽然长啸一声："哈哈，来得好！"

下一刻，他将手中的长剑一抖，瞬间身周出现一圈圈剑影，愣是挡住了所有竹子的围攻，同时在它们身上留下了剑痕。

更让燕凌菲她们吃惊的是，柳然此刻还在微妙地借力，让他原本朝前冲出的身形突然倒退而回。

可惜的是，他倒退回来的速度，与竹子抽击的速度相比还是慢了。

眼看着无数的竹枝竹叶抽落到他身上，赵绿薇淡淡地叹息了一声，有些惋惜。

"不对，快看！"燕凌菲这时忽然惊呼出声。

"嗯？"赵绿薇惊疑地再次看向地面，愕然发现柳然被抽中的身形，居然缓缓消失了。

同一时刻，在柳然原来的位置上，清晰地浮现出了另一道身影。

"残影？"她瞳孔一缩，脑海中猛然浮现出昨夜一战中的场景，随即整个人都激动了起来。

难不成柳然就是紫阳？

赵绿薇心头剧跳，但是她很快又迷惑了起来：昨夜和她对战的紫阳的实力分明与她相当，比起柳然可是高了不少。

这一点她找不到解释。

毕竟，在对战平台中只能降低自己的修为，与低级别的对手对战，而无法伪装成高手。

赵绿薇最终只能失望地认定，柳然不可能是昨夜的紫阳，两个人只是使用的身法相似，而且都达到了控制入微，行动间甚至可以产生残影的境界。

而就在赵绿薇失神之际，柳然已经绕开了那些自乱阵脚的竹子，急速穿梭进入了峡谷最深处，而后迅速折返。

从峡谷中出来对他而言，不再有什么难度。

他甚至可以慢条斯理地检查是否每一株竹子上都留下了他的剑痕。

最终，柳然轻松地离开峡谷，完成了这次灵翠谷的试炼挑战，也打破了灵翠谷百年来的最高纪录。

"他果然做到了！"

半空中，飞行符器上的燕凌菲，望着柳然从峡谷中走出的身影，眼中充满了欣慰之色。

而在她身边的赵绿薇却像失了魂一样。

她口中不断地说着:"十八年前,柳冲霄十六岁,用了十六天的时间完成了试炼,创下了灵翠谷百年来的最高纪录。没想到十八年后,他的儿子竟然打破了他的纪录,十五岁,仅用十三天的时间就完成了试炼,达到身法入微的境界!"

她看着柳然的目光十分复杂,咕哝道:"呵,总感觉我们灵翠谷的挑战榜就是为他们父子二人而设的一样。"

燕凌菲闻言,不由得一阵轻笑,旋即控制着飞行符器落向地面。

"恭喜你!"燕凌菲飞身来到柳然的面前,祝贺道,"从今天起,你的名字会被永远记录在灵翠谷!"

"谢谢!"柳然微微一笑。

虽然刚刚闯过一个危机重重的峡谷,但他此刻却脸不红气不喘,就连符力都没消耗多少。

这就是将一套身法修炼到控制入微的好处,每一个动作、每一点消耗都控制自如。"另外,再告诉你一件事情,"燕凌菲看向柳然的目光中忽然浮现出了几丝狡黠,"你还不知道你所打破的纪录,是谁留下来的吧?"

柳然一愣,随即摇了摇头,说道:"的确不知道。"

不过通过元灵符界应该可以查询到这个信息,但是柳然在这灵翠谷这么久,却一直没有想过去查一查。

事实上就连自己能不能破纪录的事情,他都没怎么想过,只是一心想着练好身法,没想到反而在无意间打破了纪录。

"那个人你认识,而且和你有关系。"燕凌菲目含笑意地说道。

柳然眉头微蹙,忽然他像是想到了什么,眼睛微微一瞪,神色变得激动起来:"难道……难道是……我父亲?"

"没错!"燕凌菲笑着说道,"我知道你一直在寻找你父母的下落,却一直无法联系到他们,现在你打破了他创下的纪录,就得到了一次机会,可以向他传递你的信息。"

"什么机会?"柳然立即追问道。

"灵翠谷的符阵,会将新纪录创造者消息通过元灵符界传给上一代纪录创造者。"

燕凌菲笑着说道:"也就是说,只要你父亲所在的地方在元灵符界的覆盖范围内,只要你父亲身上还带着灵翠谷试炼之后得到的徽章,他就可以收到这条信息,看到你的名字和表现。"

第2章
强势归来

"好，好！太好了！"

柳然激动得连话都有些说不清楚了，他急忙问道："那我应该怎么做？"

燕凌菲没有继续回答，而是看向了身旁的赵绿薇。

赵绿薇接着说道："很简单，你只需要准备好一句话，然后将这枚徽章戴上就可以了。"

说着，她手中浮现出了两样东西，其中一样就是一枚精致的金色徽章，上面刻有几根翠绿色竹子的印记，而另外一样则是一枚封存在玉瓶之中的符丹。

"灵翠谷的徽章，除了代表着荣耀之外，也是你今后进入灵翠谷的凭证。若没有这枚徽章，谁也无法进入灵翠谷。除此之外，这里还有一枚天翠符丹，可以在你冲击化劲期的时候，给你一定的帮助，这些都是对你试炼成功的奖励。"

语毕，赵绿薇将金色徽章，还有那玉瓶一起交给了柳然。

与第一天初见时的不情愿不同的是，此时她的脸上竟然带了一丝罕见的笑容。

无疑，柳然已经用自己的实力彻底让她对自己刮目相看了。

"谢谢！"柳然将这两份奖励接了过来。

他只是看了一眼符丹，就把它塞进了空间符戒，而徽章他却是紧张地捧在手里，小心翼翼地佩戴到了身上。

在柳然看来，这次灵翠谷的试炼最重要的奖励不是将一套身法练到了控制入微，也不是那枚天翠符丹，而是这枚灵翠谷的荣誉徽章。

佩戴好徽章，柳然又问清楚了这徽章的使用方法，之后他几乎忍不住要立刻借助它把要告诉父亲的信息传递出去。

不过，他也知道在这种场合不方便这么做，也不想暴露自己拥有暗符界通行符的事情，所以只能强忍住了内心的冲动。

这时候，赵绿薇又对他说道："此外，你还将得到一些特殊奖励。"

话音未落，三个人忽然听到前方的峡谷中有一声轰鸣传来。紧接着，一抹翠绿色的光芒从中飞出，直奔柳然而来。

柳然没有躲闪，因为他感觉到那道光芒并没有危险，反而还有种莫名的亲近感。

"啪"！

在它飞到面前时，柳然猛地伸手将其截住，拿到手里时发现竟是一个翠绿色的葫芦，他立即感觉到其中蕴含着浓郁的灵气。

柳然知道这就是赵绿薇所说的特殊奖励，所以不由得将目光转向了赵绿薇，正想开口询问它到底是什么。

赵绿薇却惊呼一声："灵韵葫芦！想不到这一次的奖励竟然是它！"

听到赵绿薇的话，柳然心中一动：看样子，这葫芦还挺珍贵的啊。

"它有什么用？"柳然问道。

"聚灵！"赵绿薇对他解释道，"带着它，不管你走到哪里，身边的灵气都会自动向你聚集，随时随地帮你提升修炼速度。如果你将它放置在灵气足够浓郁的地方，每过一段时间，它还会为你凝聚出一些灵液。"

"果然是好宝贝！"柳然眼睛大亮。

这样神奇的宝贝他之前根本没见过，在暗符界中估计至少值十万金币以上！

"当然是好宝贝，我可是求了我们老祖不知道多少次了，都无法得到一个灵韵葫芦！"赵绿薇一脸艳羡地说道。

燕凌菲也不由得笑了起来，对柳然说道："这是灵翠谷给能力超群的获胜者的特别奖励。"

"原来如此！"柳然把玩着手中的翠绿色葫芦，它竟然还有种奇妙的灵性，让他不由得暗暗称奇。

正在这时——

"嗯？"燕凌菲柳眉一皱，一抬手，竟是直接进入了元灵符界，似乎是忽然收到了什么消息。

下一刻，浮动在她周围的符阵忽然消失，而后燕凌菲正色对柳然说道："刚刚我收到消息，榕城的精英符修选拔赛报名出了一些变故，我们必须立刻赶回去才行！"

说完，她一吹口哨，枣红宝马立刻从远处飞奔而来。

柳然点了点头，旋即看向了赵绿薇，挥手说道："那么，有缘再见了！"

赵绿薇深深地看了他一眼，忽然开口说道："好，我觉得那一天应该不会太远了。"

柳然一怔，不明白她是什么意思，于是只能微微一笑，道："好，期待再次相逢！"

话毕，柳然踏上了枣红宝马拉着的飞车，与燕凌菲一起破空飞出，不多时就冲到了茫茫天际。

原地，赵绿薇伫立许久，一张精致的俏脸上缓缓浮现出一抹动人的笑容。

"精英符修选拔赛？嘻嘻，要不了多久我们就会再见，到时候我一定要好好看看，你和那个紫阳到底是什么关系。"

碧空之上，一匹枣红色宝马拉着精致的马车正在云雾之间穿行飞奔。

车厢之内，柳然和燕凌菲面对面坐着。

柳然一直盯着手中的那枚金色徽章。而那枚徽章，此时正散发着淡淡的绿色荧光，细看之下，上面还有不少细小的符纹运转着。

燕凌菲看出他的意识早就通过暗符界通行符进入了元灵符界，所以并没有打扰他。

元灵符界之中，柳然的意识体前方，此时竟出现了一株翠绿色竹子的虚影。

"尊敬的会员，您好！感谢您为灵翠谷试炼创造出新的纪录，即将推送新纪录通告，请问是否附带破关感言？"翠绿色的竹子虚影之中，传出了一道女声。

"是！"柳然毫不犹豫地点头应道。

"请输入您的破关感言，您可以选择文字或者声音，长度限制是一百个字或者一句话。"那女声再次说道。

柳然当即选择了声音，但是他又觉得千言万语尽在心头，不知说什么好。

左思右想之后，他最终只是郑重地说了一句很简短的话："父亲，母亲，你们等着我！"

千言万语，尽在一言之中。

"通告已经发送，再见！"翠竹虚影传出这样一道声音之后，便在柳然面前消散了。

将信息发送出去之后，柳然的心情大好。

旋即，他的意识回归肉体，便察觉到灵韵葫芦正给自己带来一种奇妙的舒适感。

柳然刚才就将得到的灵韵葫芦系在腰间，此刻清晰地感受到身体周围的灵气变浓，身体内正不断自行运转的灵旋也跟着变得更加活跃了起来。

他不由得对这葫芦越发爱不释手。

坐在他对面的燕凌菲见此抿嘴一笑，说道："这葫芦你最好找个袋子什么的装起来，若是被识货的人看到，说不定有人会生出杀人夺宝的念头。"

"这东西这么珍贵？"柳然吃了一惊。

"岂止珍贵！"燕凌菲正色说道，"你难道就没发觉，灵翠谷是一个很特别的地方？"

"你这么一说，我倒也感觉出有些不太对劲儿。"柳然思索了一下，"尤其是那些竹子，怎么会有如此古怪的竹子？"

燕凌菲淡淡一笑："那本就不是普通的竹子，而是一种妖竹。"

"妖竹？"柳然心头一震，"你的意思是，它们是妖精中的一个族群？"

"没错。准确地说，它们是还未成精的妖精。"燕凌菲点了点头。

柳然沉默了下来，内心却久久难以平静。

对于异族的存在，柳然一直都是知道的。只是他一直感觉异族与他离得很远，就像是传说一样。

然而，自己近期先遭遇了逆种精魂，又到了幽灵岛，还有灵翠谷这些经历，让他清晰地感受到了，异族事实上就在身边。

现在，柳然的脑海之中也不由得浮现出大量以前学过，却一直没用上的异族的信息。

比如妖族，柳然知道它们分为妖怪和妖精两大群体，其中妖怪主要指兽类化形成妖，而妖精则是各种植物化形而成的。

"不对啊，妖族怎么能够使用我们人族的元灵符界？"柳然忽然问道，"这不是绝对禁止的事情吗？"

元灵符界是人族如今最重要的倚仗，其中藏着人族太多的秘密。若是轻易暴露给异族，对于人族而言那将是绝对的灾难！

所以，元灵符界的通行符设定得非常严格，非人族不可使用。

而且，一旦背叛人族，或者犯了某些人族禁忌，也会被立刻剥夺元灵符界的使用权，就是为了尽可能防止人族的信息泄露。

如果灵翠谷真和妖族有关，又怎么能够将谷中的符阵与元灵符界相连？

燕凌菲听到了柳然的话不由得无语，没好气道："我只是说那些竹子是某种未成形的妖精，我可没说灵翠谷都是妖族，更没说灵翠谷是妖族势力！"

柳然一愣，随即尴尬地笑了起来。

貌似也是，虽然没有看到灵翠谷的其他人，但柳然非常确定，赵绿薇绝对是人族。

"没有化形的妖精，对于我们人族而言，顶多就是灵性强一些的符器而已。"燕凌菲淡淡地说道。

话外之意：灵翠谷那些翠竹就是人族控制着的一些工具而已。

柳然彻底明白了过来。

平复了自己的心情之后，他更加好奇地问道："这个所谓的灵韵葫芦到底是什么？竟然那么珍贵？"

"它是一件妖器雏形。"燕凌菲说道。

话音一落，柳然便瞪大了眼睛，口中更是"咝"的一声，倒抽了一口凉气。

"竟然是一件妖器雏形！难怪，难怪！"

柳然看着手中的翠绿色葫芦，一双手竟然因为激动而微微颤抖了起来。

也怪不得他如此激动，因为这么一件东西，对于任何一个炼符师而言，都是极其珍贵的宝物！

一件成形的妖器不稀罕，因为人族一般都难以使用。

为何妖器雏形这么珍贵？

因为，它具有人族符器无法比拟的成长潜力。

人族的符器在炼制成功的时候，基本上就定型了，具有什么功能、威力如何等，都是固定的，想要提升，除非改进符阵或者回炉重炼。

而妖器雏形却不同，它是有生命的，它会成长！

只要炼符师运用得当，它就有无限的可能。

这样珍贵的宝物，哪怕是一些大师级炼符师都会为之眼红。

当然，也正是因为妖器雏形有生命，所以它无法被收入空间符戒之中。

想到这里，柳然果断地在空间符戒之中掏了起来，不多时就掏出了一个酒葫芦。

这个酒葫芦也不知道是哪个倒霉家伙留下的，柳然将其剖开之后，将灵韵葫芦藏入其中，又将其重新炼为一体。

而后，他就将这葫芦伪装成酒葫芦，继续系在自己腰间。

燕凌菲满意地点了点头，道："这样伪装倒是不错，一般人也猜不到你居然会把一件妖器雏形藏在酒葫芦里，而且就这么明目张胆地系在腰间。"

柳然"嘿嘿"一笑，而后又问道："对了，你刚刚说榕城发生了变故，到底是什么变故？"

"我收到的是秋叔传来的消息，他说榕城的报名提前开始了。"燕凌菲告诉柳然原因。

说这话的时候，她的眸光有些发冷，显然情绪不太好。

柳然的目光一闪，也多了几分冷意，道："看样子，城主大人果然和那个江流云彻底站到一条战线上去了。"

在榕城，能够更改这种大事计划的人，也就只有城主了。

燕凌菲点了点头，旋即又道："幸亏你提前完成了试炼，我们才能提前回来。不过，我总感觉他们不可能光是提前报名这么简单，怕是还有别的招数。"

两个人各自沉思了起来，车厢内一片沉默。

过了一会儿，两个人忽然不约而同地抬起头，看向了对方。

"后手就在报名上！"

这句话，同时从他们的口中说出，让他们二人同时一愣，旋即便都笑了。

"明目张胆不让你报名，他们肯定是不敢的，所以，他们能做的就是想办法刁难你，让你无法符合报名资格。"燕凌菲分析道。

"我大概能够猜到他们打算怎么做了。"柳然微微一笑，"可惜的是，他们估计怎么也想不到，这一个月的时间内，我的蜕变会这么快吧。"

燕凌菲看了他一眼，笑道："老实说，如果不是我亲眼所见，我也预料不到。"

"嘿嘿，他们想必为我们准备了不少好东西，那么，我们也得回给他们一点儿惊喜不是？"柳然脸上的笑意越来越浓。

两个人当即在车内商议了起来。

不多时，他们便将计划敲定，随后柳然忽然将空间符戒中的破空金针取出。

他对燕凌菲说道："这个还给你。"

在他做出这样的举动的时候，识海之中的柳灵灵一下子反对了起来，说道："哥哥，你怎么那么傻，这件符器可是最好的逃命宝贝啊！"

"可是，它始终不是我的，人家因为信任我所以将它借给我，我岂能因为自己喜欢就占为己有？"柳然传音道。

事实上，对于这件符器，他的确是爱不释手。但就如同他所说的，这件东西这么珍贵，燕凌菲借给他是因为信任他，他如果据为己有就太不道德了。

燕凌菲看着柳然，没有伸手去接，只是说道："我送出去的东西，就没有再拿回来的。"

柳然一怔，旋即无奈地笑了笑，便也没有推托，干脆地收了起来。

他也没有道谢，因为燕凌菲如今的态度，就表明了已经把他视为至交好友。

所以，他也不和她见外，只是说道："那好吧，就当我欠你一个人情。"

正在这时，枣红宝马已经带着他们回到了榕城附近。

秋叔一直在城门之外等候着，这时看到悬浮飞车出现，当即催动飞行符器，朝着柳然他们这边飞了过来，落在了马车上。

柳然本来以为燕凌菲这个时候会让枣红宝马下降，从城门进去。

因为人族的城池都有护城符阵，上空都会有符阵防御，除非特殊时刻，不然进出必须通过城门。

然而，燕凌菲竟然说道："秋叔，直接飞进城里，去报名现场！"

柳然眉尾一掀，笑道："霸气！"

"是，小姐。"秋叔也是笑着应了一声，随即真的操控着枣红宝马直接飞向了榕城中心广场。

榕城之内，此刻绝大多数的居民都聚集在城中央。

城中张灯结彩，熙熙攘攘一片，尤其是中心广场周围，摆满了各种小摊，让人眼花缭乱。

来往的行人都是一边游玩，一边吃喝，目光却都不时地投向广场中央。

在那里，一座高台已经搭起，无数青年才俊聚集于台下，等待着选拔赛报名的开始。

高台之上，榕城城主杨修、副城主杨程以及炼符师公会会长等几位顶层大人物同时出现。

高台的两侧，则设置了几排贵宾席，榕城中一些有头有脸的大人物，比如一些家族的族长、长老，某些势力的首领，也都早已端坐于席。

如此盛会，比起过年都要热闹许多，百姓们岂能不来围观？

此时正值盛夏，烈日当空，这么多人齐聚于此本该炎热异常。不过，整座广场的上空早就开启了一个庞大的符阵，驱散多余的热量，让广场上的所有人不但不会觉得热，还会感到十分凉爽。

同时，这个符阵也将负责记录所有通过报名的人的信息，传输到府城东川。

本来，这场盛大的选拔报名一早就应该开始了，只是不知为什么，现在都快到中午了，竟然还没有什么动静。

这让聚集在下方围观的群众都有些迷惑不解。

高台上坐着的人，此刻也都有些不耐烦起来。

"会长大人，我看燕副城主应该是有事情，无法赶回来了，这报名也不能这么拖下去，不如我们现在直接开始吧。"

大病初愈，脸色还有些惨白的副城主杨程，转身对旁边的炼符师公会会长卢远山建议道。

卢远山花白的眉头一皱，他很想说再等等。只是，看看周围的人，再看看台下那些越来越不满的群众，他最终无奈地点头。

杨程心中一喜，便站起身来，大声说道："我宣布，报名正式……"

可是话没说完——

"轰隆隆"！

碧空之上猛地传来一道刺耳的轰鸣声，将所有人都吓了一跳。

大家纷纷抬起头看向空中，竟然发现一辆漂亮的悬浮飞车正快速从空中飞下。

"哗"！

一瞬间，广场上的所有人都惊慌起来。

他们一开始还以为是什么敌人突袭，不过仔细一看，就发现这辆飞车非常眼熟。

竟然是燕副城主的车！

高台下方，准备参加报名的青年才俊之中，江流云抬头，发现那飞车车厢之中有人掀开了窗帘，正朝着他望来。

　　那人，赫然是他恨之入骨的柳然！

　　柳然终究还是回来了！

　　只是，江流云没想到，燕凌菲竟然会以这样强势的方式，带着柳然一起出现。

　　更让他不爽的是，此时柳然对着他露出了一抹笑容，笑容之中却充满了不屑。

　　江流云气得差点儿冲出去和柳然拼命。

　　不过，他最终还是忍住了。因为他知道，只要有燕凌菲在，他想杀柳然根本不可能。

　　另外，他也知道，现在肯定有人比他更加生气。

　　那个人，就是榕城的城主大人——天劫境灵台期强者，杨修！

　　这一刻，意识到这一点的也不止江流云一人，高台上众多榕城的高层，此刻心里也都"咯噔"一声，他们纷纷将目光转向了杨修。

　　事实上，杨修此刻就如他们所猜测的一样，的确非常生气。

　　入城之人，不管是用飞行符器，还是凭借自身修为飞行，都必须从城门进入。

　　这种规定不单单是有利于城池的防护，更有尊重城主的意思。

　　一城之主，一城最高权力的掌控者，地位何等尊崇？岂能容许别人在自己头上飞来飞去！

　　而现在，燕凌菲不但在他头顶上飞了，而且还强行撕开符阵冲了进来。

　　这行为对他而言，简直就是狠狠地扇在脸上的一记巴掌！

　　一开始还有些喧闹的人群，此刻也都感觉到了气氛不对，渐渐安静下来。

　　一时间，整座广场陷入了一片死寂，所有人的目光都集中到了燕凌菲的车上。

第③章
谁说我没有资格

杨修面无表情地坐着不动,副城主杨程却愤然起身。瞬间,许多人紧张得下意识地屏住了呼吸。现场唯一感觉不到紧张的,或许也只有燕凌菲车上的人了。

秋叔将车停好之后,完全无视周围其他人的目光,躬身立于车旁,说道:"小姐,可以下车了。"

"好的。"车内传出了燕凌菲的声音。

紧接着,车厢的布帘被掀开,一袭红衣的燕凌菲缓缓地从车上走了下来。柳然紧随其后,不过在看到现场这么多人正注视着他们时,脸上不由得露出了几分惊讶之色。

"哟,人这么多啊。"他大惊小怪地说道。

瞬间,所有人看着他的目光变得更加古怪起来。

嘉宾席上,代表方家出席的方宇填正端坐在一个偏僻的角落里,此刻一看到柳然,他的脸色就沉了下来。

而在听到柳然的怪叫后,他的脸上忽然露出了一抹狞笑。

"冒犯城主威严,这小子是自己找死!我倒要看看他这一次要怎么脱身!"方宇填暗暗冷笑。

一个月前,他忽然收到消息说柳然竟然和炼符师公会的副会长有交情,当时就被吓了一大跳。随后,他继续调查,又发现柳然居然和副城主燕凌菲走得也很近,顿时更加惶恐了起来。

他不知道柳然究竟是怎么和这些大人物搭上线的,但是他知道,这些大人物不论是哪一个,都不是他能够招惹的。

所以,他不得不撤下了对柳然的通缉令,停止对柳然的追捕。

只是,在撤下通缉令,又确定了自己真的无法破开库房的符锁,只能强行拆除才能取出其中的东西之后,他对柳然父子的恨意就更深了几分。

此刻,看到柳然将要吃大亏,他岂能不开心激动?

他甚至可以想象出柳然被城主大人当场击杀的场景。

然而,事情的发展却并未如方宇填所愿。

柳然的那一声怪叫，的确引起了杨修的注意，杨修眼中掠过了几分厌恶之色，差点儿想直接动手将柳然当场击杀。

然而，他最终抑制住了这样的冲动，并且拦住了比他更愤怒的弟弟杨程。

杨修只是冷冷地盯着燕凌菲，沉声道："你应该给我一个解释。"

声音很平静，但是传入在场众人的耳中，却如一道惊雷，一下子让气氛变得更加紧张了起来。

所有人都看向高台，大气都不敢出。

"解释？"燕凌菲神色淡然地看了他一眼，"在此之前，你应该先给我一个解释才对吧！"

杨修微微眯了眯眼睛，并未回话。

燕凌菲却冷哼一声，继续说道："还是说，你觉得我应该将事情公之于众？"

一瞬间，众人感觉到周围的空气都凝固了，不少人心脏狂跳。

大家都看得出，城主大人和副城主大人之间早有矛盾，而且，现在似乎就要爆发了。虽然不知道具体矛盾是什么，但是他们忽然有些理解为什么刚才燕副城主会那么不给面子地直接冲进来了。

当然，理解归理解，他们还是必须做好随时逃走的准备，一旦双方真的打起来，说不定会殃及池鱼。

"咳咳！"

危机一触即发之际，一直坐在旁边没吭声的炼符师公会会长卢远山终于忍不住出声了。

他说道："两位城主大人，我想你们彼此之间应该是有些误会，不过今天更重要的事情是完成精英符修选拔赛的报名，然后进行选拔，其他事情暂且放一放，好吗？"

杨修没有说话，只是看着燕凌菲。

燕凌菲此时却展颜一笑，道："卢会长说得不错，我也是为了不耽误这次大赛，连忙赶了回来，情急之下才会直接冲进来，还请城主大人见谅。"

所有人都听出了，燕凌菲这番解释很没诚意，但是，她却给了杨修一个台阶。

杨修也不想现在就彻底和她闹翻，所以最终面无表情地点了点头，道："下不为例！请燕副城主就坐吧！"

"好的！"燕凌菲轻笑一声，随即快步走向了卢远山边上一个空着的位置。

秋叔则驱赶着枣红宝马，飞离了这座高台。

原地，只留下柳然还在嘻嘻哈哈地左顾右盼，一点儿离开的意思都没有。

见此，杨程不禁暗自恼怒。

他拿燕凌菲没办法，可是不代表他拿柳然没办法。

于是，他朗声说道："那边那位少年，我们的报名即将开始，麻烦你离开高台，不要影响报名进行！"

柳然瞥了他一眼，道："杨副城主大人，你没看出我也是来报名的吗？"

杨程冷冷一笑，又道："是吗？那可真是遗憾，你并没有资格报名！"

一时间，四周的气氛再次紧张起来，广场上死寂一片。

嘉宾席上，原本正失望着的方宇填又一下子激动了起来。

他心中暗道：看样子，城主大人并不想善罢甘休啊。

现场，只要是明眼人都知道柳然是燕凌菲的人。杨程此刻竟然还要刁难柳然，摆明了就是不给燕凌菲面子。

杨程的背后可是他的兄长，城主杨修，所以众人自然都觉得杨程此举都是杨修指使的，就是为了报复方才燕凌菲的不敬之举。

只是，当众人看向坐在卢远山左右的燕凌菲和杨修二人时，却发现他们两个竟然都是神色平淡，让人猜不透他们究竟在想什么。

"哦？"柳然却不以为然，耸了耸肩问道，"我倒是很想知道，我怎么就没资格报名了？"

其他人自然也都安静地看着杨程，等待他的回答。

杨程十分享受这种备受瞩目的感觉，他看着仿佛等待他判刑一样的柳然，心中产生了一种强烈的快意。

随后他缓缓说道："由于今年报名的人比较多，所以经过研究讨论，决定提高本次精英符修选拔赛的报名门槛。"

一瞬间，四面八方无数人哗然。

尤其是台下那些准备报名的年轻人，更是一瞬间都激动了起来。

"报名门槛怎么会提升？"

"之前为什么不通知？"

"到底提升到了什么程度？"

众人都忍不住叫喊着，询问杨程。

杨程在众人的催促下，缓缓道出了新的报名门槛："本次精英符修选拔赛的报名门槛是，修为必须达到灵旋期巅峰以上，而炼符术造诣也必须达到高级炼符师以上。"

广场上瞬间就沸腾了起来。尤其是那些准备参赛的人，以及他们身后的家族、势力，都纷纷躁动了起来，大喊着控诉这样的门槛提升不公平。

能够来到现场准备报名的人，一共就几十个，而大部分都只是符合原有的报名门槛，也就是修为达到灵旋期大成，炼符术造诣达到高级炼符师级别。

如今报名门槛提升了，这些人都会直接失去参加精英符修选拔赛的资格。

高台之下，人群之中，唯有江流云此刻神色淡然，似乎十分平静。

然而实际上，他现在内心也十分激动，只不过和其他人不同的是，他激动的是自己的计划已经开始达到预期的效果了。

是的，这个提升报名门槛的计划，就是由他策划的。

如果说之前他针对柳然，通过杨修将柳然送进幽灵岛，想借幽灵岛的凶险解决了柳然是一个阴谋的话，那么他现在所使用的就是"阳谋"。

光明正人地让柳然无法参加精英符修选拔赛。

至于因此牵连了其他想报名参赛的人，这种事情他岂会在意？特别是这些人就算能报名，最终也只会纷纷落败，何不一开始就挡住他们？

毕竟，榕城的精英符修选拔赛，最终只有三个名额而已。

"安静！都给我安静！"眼看着四周越来越混乱，杨程沉声大喝。

他的声音通过符力震荡，瞬间传遍了整座广场，一下子镇住了所有喧闹的人。

随即他淡然地对所有人说道："这个决定，乃是府城提议，我们经过多次商议才最终定下，不只是我们榕城如此，东洲境内，许多城池同样如此。"

可是就算他这么说，周围的人依旧十分不满。

杨程脸色一沉，又道："虽然本次门槛提升之后会有不少人无法报名，但你们如果觉得自己比别人更强，那么一会儿报名结束之后，你们可以上来挑战，胜了，他的名额就是你的！若是无法胜出，就算让你们参加了选拔，你们又有什么希望排到前三名？"

听到这话，众人一下子哑口无言。

是啊，如果连有资格参加大赛的人都不敢挑战，如何能够在正式的选拔之中脱颖而出？

之前他们打算报名，只不过是带着一丝侥幸心理，希望自己在选拔过程中运气好，也许就过了。可是，现在新的报名门槛却让他们连一丝侥幸的机会都没有了。

大部分人想了一想之后，都无奈地放弃，落寞地转身离开了。

杨程淡淡一笑，又将目光转向了柳然。

他说道："怎么？难道没听清楚我刚才的话吗？你已经没有资格站在这高台上了！"

说话间，他却忍不住瞥向旁边的燕凌菲，因为比起柳然，他现在更想看到燕凌菲气急败坏的模样。

可惜，他这样的期盼注定要落空。

燕凌菲根本没有他想象中的那样气急败坏，甚至在卢远山低声对燕凌菲道歉的时候，燕凌菲居然也只是笑着说："无妨。"

察觉到杨程的目光，燕凌菲还对他投来了一个充满戏谑的眼神。

见此，杨程莫名地慌乱了起来：难不成这女人还有什么后手？可是，如今事已成定局，就算是燕凌菲也无权改变报名门槛，她还能有什么后手？

心中刚刚闪过这个念头的时候，他便听到了柳然的声音："谁说我没有资格站在这里？"

杨程霍然转过头来，张口便想怒骂柳然不识抬举，想叫人来将柳然轰下台去。

可是，就在这时——

"你们以为提高了报名门槛，就可以光明正大地将我拒之门外？"柳然忽然笑了起来，而且越笑越畅快，"哈哈哈，可惜你们自始至终还是低估了我！"

声音还未落下——

"轰"！

他全身的气息猛然一震，身体周围的灵气迅速涌动起来。

这时，在场的众人就骇然发现柳然的气势在飞速攀升！

"这不可能！"杨程瞬间脸色大变，眼睛瞪得老大。

一直静静坐着的城主杨修，此时也是脸色大变，仿佛突然吃了一只苍蝇一样。

高台之下，许多人都大吃一惊。

原本以为胜券在握的江流云一下子惊呼出声，一脸见鬼了的表情。

嘉宾席上，刚刚还在幸灾乐祸的方宇填现在也如同被人狠狠敲了一棍，整个人都蒙了。

在众人的感应之中，柳然的气息正在提升。

他的修为赫然正从灵旋期大成，朝着灵旋期巅峰蜕变着！

他就这么面带微笑，当着榕城无数居民的面，突破了！

这完全是当着无数人的面，狠狠地抽了杨修杨程兄弟一记耳光！

灵旋期大成到灵旋期巅峰，寻常修行之人都知道，必须经过长时间的摸索，不断累积，将灵旋的运转调整到最佳状态。

修行无捷径，但这世上同时也有殊途同归一说。

修行，从来都不是苦修就能取胜的！

在聪明之人的眼中，灵旋的微妙调整、控制，完全可以借助身法的控制入微来实现，一通百通！

所以，在灵翠谷通过试炼的时候，柳然其实已经触摸到了突破的门槛，只是他一直按捺着没有突破，就是为了这一刻！

因为，柳然早就猜到了，杨程和江流云他们想为难他，必然只能在他的实力方面下手。只是，他们无论如何都想不到，柳然竟然能够在一个月的时间内将修为连续提升两个境界！

如今，他的实力和炼符术造诣都和江流云齐平了，他们难道还能再提升门槛，让江流云也失去参加选拔的资格？

柳然看到杨程的脸都黑了，而那位榕城唯一的天劫境强者，城主杨修，原本一直毫无表情的脸现在也有些发青。

整个嘉宾席上，此刻只有燕凌菲和卢远山二人笑了。

燕凌菲笑是因为她获胜了，而卢远山却是因为他再一次被柳然的天赋惊艳。

如此一个天之骄子，未来定然可以大放光彩，让榕城的炼符师公会大有面子。所以，卢远山开怀大笑。

只是他的笑声传入了杨修兄弟二人耳中，却让他们的脸色更加难看起来。

可偏偏，杨修他们两个还真不敢和这位会长闹僵。毕竟，站在卢远山的立场上，他此刻的举动也没什么错。

"好！"

高台下的众多观众中，不知道是谁忽然喊了一声。紧接着，无数人都大声欢呼了起来。显然，在场不少人都为方才杨程突然宣布提升报名门槛不满，却敢怒而不敢言，此刻柳然如此当众打了他的脸，简直大快人心！

他们不敢与杨程他们对抗，但也不吝于给柳然叫好，以此来宣泄内心的情绪。

杨修、杨程以及高台下的江流云听着这一声声的叫好，脸色顿时更加难看了几分。

至于柳然，在他突破之后，目光便投向了台下的江流云，但什么也没说，只是露出了一抹戏谑的笑容。

江流云勃然大怒，正要说些什么的时候，柳然却又将脸转开了。

"杨副城主大人？我这算是符合报名标准了吧？"柳然又将炼符师公会的高级炼符师徽章取出，看向杨程问道。

"这……"杨程回过神来，又是一阵难堪。

他看向了杨修，杨修什么也没表示，他又看向了江流云，江流云同样没有其他办法。

卢远山甚至对他说道："杨副城主，我看这个少年很符合我们大赛的要求嘛！"

无奈之下，杨程也只能咬牙宣布道："柳然，通过报名！下一位报名参赛的选手请上台！"

"哈哈哈，多谢杨副城主大人！"柳然大笑着朝台下走去。

在他走下台的时候，江流云沉着脸走上台来。

双方擦肩而过时，柳然听到对方说道："你别得意得太早，好戏才刚刚开始！很快你就会发现，获得参加选拔的资格，或许对于你而言是一个更大的灾难！"

"哦，是吗？"柳然脚步一顿。

旋即，他轻笑一声，对江流云说道："我还正想谢谢你呢，柳某能有今日，可都是拜你所赐！"

闻言，江流云的脸色再次一黑。

无疑，柳然这话等于又给了他一巴掌！

他处心积虑想除掉柳然，甚至都将柳然送到幽灵岛去了，结果柳然非但没死，似乎还得到了极大的机缘，修为大增。

今天他又想办法要光明正大地剥夺柳然参加精英符修选拔赛的资格，没想到柳然竟然当着全城人的面突破了，不但没让他的阴谋得逞，还大出风头。

一时间，江流云气得简直要吐血，柳然却笑着朝台下走去。

压抑住了心头的怒火和想要直接出手解决柳然的冲动，江流云沉着脸走上了高台。

柳然走下高台之后，却忽然发现了不远处嘉宾席上的方宇填，他正在用一种要吃人的目光看着他。

柳然微微一笑，直接朝方宇填那边走了过去。

在这嘉宾席上，不少来自大家族的家主、长老看到柳然走来，一时间陷入了纠结。

按理说，这样一个天才人物，他们应该努力结交，可是想到柳然得罪了城主大人和杨副城主，他们又不敢这么做，生怕惹恼了杨修和杨程。

然而走过来的柳然却根本没有理会他们的意思，径直走到了离方宇填不远的地方，对着他挥了挥手，道："方叔叔，没想到你这么忙竟然也抽空来看我比赛，我父亲如果知道了，肯定会很开心的！"

"我……"

方宇填脸色大变，又是恼怒，又是心惊。

他怒的是柳然如此惺惺作态分明是在变相打他的脸，而心惊的却是，柳然刚刚才得罪了杨修和杨程，若是因为柳然这一番话被杨修他们认定他和柳然交情匪浅，那他以后还怎么在榕城混下去？

刚想到这里，他就感觉到高台上的杨程将目光扫向了这边，顿时心惊肉跳。

"你别胡说八道，谁是来看你的？我和你不熟，自作多情，不知所云！"方宇填对着柳然大喊，想和柳然撇清关系。

"方叔叔，你怎么……"柳然的脸色由晴转阴，似乎非常难过。

然而，他像是想到了什么，回头看了杨修杨程二人一眼，露出了恍然大悟的神色，道："我明白了，是，方叔叔与我不熟，大家千万别误会！"

话毕，柳然还叹息一声，扭头就离开了。

方宇填一愣，还没反应过来，就看到周围人看他的目光全变了，不少人都对他露出了鄙夷之色。

瞬间，他终于明白过来为什么柳然主动帮自己解释，还和自己划清界限了。

这分明是在坑他啊！

大家看到柳然如此热情地过来打招呼，而他方宇填因为"顾忌"柳然刚刚得罪了城主，所以不敢相认，最终柳然又为了不连累他，落寞地离开，他们定然会将自己视为怕事之人！

以后，谁还敢与他来往？

想明白这一点的时候，方宇填气得七窍生烟，几乎忍不住要出手和柳然拼命了。

然而，柳然却已经走远，去了台下的人群之中，与炼符师公会的张青松等人有说有笑地聊了起来。

看到这一幕，方宇填哪里还有机会出手？只能自己郁闷，恨得牙根痒痒。

高台上，江流云一语不发地展示了自己的修为。然后，他取出炼符师公会的高级炼符师徽章，很快也获得了参赛的资格。

后面其他参赛的人也都陆续上台，经过台上四位评委的判定，均获得了参加选拔赛的资格。

由于门槛提升已经将大部分不符合条件的人筛掉，所以这次报名虽然开始得比较晚，但并没有持续多长时间。

经过报名筛选，最终一共有十二个人成功入围。

第四章

鬼煞岭

其他参赛者的年龄比起柳然都大了不少,柳然是这次通过选拔的最年轻的参赛者。

所以,当所有参赛者一起站上高台的时候,柳然再一次受到了大家的瞩目。

杨程自然不想让柳然继续出风头,于是人选定下来后,他左右询问有没有没报上名的想要挑战台上报名成功的人。

倒也真有几个人对台上的人表示不服,冲上来挑战。有人选择进行战斗比拼,有人选择进行炼符术比试。

高台上,柳然本以为自己会被人挑战,没想到冲上来挑战的人根本对他不感兴趣。

想想也是,大家都看得出他和燕凌菲关系匪浅,岂敢轻易挑战他?结果不论输赢,那都是在打燕凌菲的脸啊!

柳然也乐得清闲。不过,同时他在心中也暗自警惕。

因为江流云这边很奇怪,并没有安排什么人找自己的麻烦,怕是还有更阴险的后手。

一番激烈角逐之后,最终并没有人挑战成功,能够参加选拔的人,依旧是那十二个。

见此,杨程直接宣布:"出发,立刻前往鬼煞岭!"

"鬼煞岭?"柳然听到这个名字的时候,眉头不由得一皱。他之前还真没听说,选拔赛居然不是在城中举办,而是在城外。

而这个鬼煞岭,他只知道似乎是一处人族控制着的地方,其中煞气冲天,圈养着一些低等鬼族,以供炼符师研究试验所用。

"怎么去鬼煞岭?"

不但是柳然,报名者之中还有不少人纷纷惊讶地提问。

杨程没好气地说道:"你们以为精英符修选拔赛是什么?游戏吗?哼,不管是小城中的选拔赛,还是府城赛,甚至是国赛,都要考验参赛者的真正实力。若是连一个小小的鬼煞岭都惧怕,你们以后如何在人族和鬼族的战斗之中生存?"

众人一时间哑口无言。

榕城炼符师公会的会长卢远山这时开口说道："你们当中，如果有人心生畏惧，想要退出，现在也可以提出来。否则，如果带着恐惧之心，就算进入了鬼煞岭也只是送死而已！"

话虽如此，但众人都是好不容易才得到了这样一个参加选拔的资格，怎么甘心轻易放弃。

最终，没有人退出，所有人都跟随着杨修、卢远山前往鬼煞岭。

于是，城卫军开路，一行人骑着战马，浩浩荡荡直奔鬼煞岭而去。

这鬼煞岭与榕城相距足有二百余里，好在大家的脚力都颇为不错，大队人马出发一个时辰左右到了黄昏时分，他们的前方出现了一条煞气缭绕的山岭。

那山岭仿佛是一具卧倒的庞大骸骨，横卧在大地之上。

先不说进入，就是远远看着，都让人感觉有种莫名的压力。

随着队伍渐渐靠近鬼煞岭，四面八方各种稀奇古怪的声响也渐渐变多，让人隐隐有些心神不宁。同时，众人总觉得脚底发凉，浑身不自在。

柳然仔细感应，骇然发现就连体内的灵旋运转都受到了影响，运转速度降低了不少，而且运转起来也十分不流畅，仿佛要被冻结了一样。

"你们都感受到了吧？这就是煞气。"坐在一匹战马背上的卢远山沉声对众人说道，"这也是你们在这个地方生存下去所要面临的第一道难关！"

话音一顿，他扫视周围正专注听着他讲话的柳然等人，满意地微微点了点头。

而后，他才继续说道："今晚你们就会进入这鬼煞岭之内，而后你们将在其中度过三天的时间。"

众人心中凛然，没想到卢远山居然会让他们今夜就进入鬼煞岭。

无疑，这鬼地方夜晚会更加危险，因为夜晚人的视力受限，并且精神疲惫，而那些低级鬼族却会变得更加凶残。

不过，大家想起各自的家底，顿时心中稍安，也不再感觉那么可怕了。

然而接下来卢远山的话却让他们的心一下子沉入了谷底："我知道你们都家底颇丰，哪怕进入这种险地，也有种种符卡符器可以倚仗，但是，我劝你们最好收起这样的心思，因为在你们进入鬼煞岭的时候，我便会将你们身上的空间符器封印起来。"

"什么？"不少人都惊呼了起来。

就连柳然也没想到这次竟然会这么严格。

唯独早就了解过精英符修选拔赛规则的江流云，此刻神色淡然。

当他看到柳然的脸色时，轻蔑一笑。

卢远山并未因众人的惊呼而停止发言，他继续说道："若是在人族与鬼族的战场上，怎么可能随时都有足够的符器供你们使用？在这鬼煞岭里面，你们只能依靠自身的战斗能力、炼符术去生存。想要符卡符器？很简单，你们可都是高级炼符师，自己采集合适的材料，自己炼制。"

卢远山的语气越发严肃："与战场相比，这里已经是天堂了。如果连在这个地方生存三天都做不到，你们还想和全天下的精英符修同台竞技？做梦去吧！"

听到这话，众人自然无法反驳。

"我们只是在鬼煞岭成功生存三天就可以了吗？怎么评判高下？"一名少女忍不住开口问道。

"问得好！"卢远山看了她一眼，微微一笑，"评判高下的标准很简单，三天之后，从鬼煞岭之中带出来的东西价值最高的三个人获胜！"

瞬间，不少人脸色都是一变。

如此一来，就算鬼煞岭之中的鬼族构不成威胁，为了获胜，所有参赛者也都会变成彼此最危险的敌人。

鬼煞岭十里之外，榕城一行人已经停止了前进的步伐。

十二名青年才俊此刻都陷入了沉思，看向周围其他人的目光之中，都渐渐多了警惕与防备之色。

这次选拔以从鬼煞岭之中带出来的物品价值作为评判高下的标准，注定会引起参加者之间的厮杀争斗。

毕竟，自己一个人辛苦搜寻宝物，然后再炼制符卡符器，哪有直接抢夺他人来得快？

更何况，大家本就是竞争对手，哪怕抢不到别人的东西，打断别人收集、炼制，对自己最终获胜也很有好处。

卢远山看着脸色变化的众人，暗暗点头，心想：看样子，这些小家伙儿总算是有几分觉悟了。

诚然，选拔赛的规则很简单、直接、粗暴，但也非常残酷。

但精英符修选拔赛可不是过家家、玩游戏，他们要筛选出来的，必须是绝对的精英，不然如何送去与其他城池，乃至其他种族的天才决斗？

毕竟，这场大战可是关系到人族至高荣誉的！

见众人许久都没开口，卢远山继续说道："还有没有疑问？没有的话，现在就都取出你们炼符所需的符笔等基本工具，然后到我的面前来，我将你们的空间符器封印起来。"

众人纷纷依言而行。

这时候大家也不敢动什么歪心思，想在这位大师级炼符师面前耍花招，他们自认还没有足够的能力，只能乖乖让卢远山将他们身上的空间符器一一封印起来。

大师级炼符师施展的封印符阵，除非他们能够在选拔赛中晋升到大师级，否则他们根本无法解开。

一边封印所有参加选拔之人的空间符器，卢远山一边说道："我和城主大人、两位副城主大人，以及炼符师公会的两位副会长会镇守在鬼煞岭四周，你们身上都有炼符师公会的徽章，一旦真遇到什么应付不了的生死危机就直接求救，收到信息后我们会立刻借助传送之力，将你们从鬼煞岭之中救出来。当然，这样一来你们也就自动失去参赛资格了。"

听到这话，柳然等人不禁松了口气。

等所有空间符器都被封印起来之后，卢远山又道："好了，现在你们把战马留下，就各自进入鬼煞岭吧！"

当即，柳然、江流云等人纷纷下马。

彼此相视一眼之后，他们又看了看周围的情况，在选择了不同的方向后便各自施展身法符技冲入鬼煞岭。

在他们离开之后，燕凌菲等人也如同卢远山所说的那样，各自选择了一个方位坐镇。

燕凌菲带着秋叔以及几名城卫兵坐镇东方，卢远山带人坐镇北方，杨程带人坐镇西方，张青松他们则是带人坐镇南方。

至于城主杨修，他乃是天劫境强者，精神力完全可以笼罩整个鬼煞岭，便随意找了一个地方坐下。

一般情况之下，城主也用不着动手，另外四个方位上的人就足够处理一切意外变故。

鬼煞岭东边，燕凌菲立于一座山岗上。

她一身红色衣裳在山风的吹拂下，宛若一团红色火焰在轻轻摇曳。

在她的身后，秋叔垂手而立。至于那些分派给她的城卫兵，此刻都在山岗下。

忽然，秋叔开口说道："小姐，那杨程伤势还未彻底痊愈，居然如此主动要求坐镇一个方位，估计另有阴谋。"

"我猜到了。"燕凌菲淡淡地说道，"不过，秋叔，你不必担心，那小子这一个月以来的蜕变可不仅仅是他刚刚所展示的那一点点。"

言外之意，柳然根本无须畏惧对方的阴谋暗算。

秋叔闻言眼睛一亮。

关于柳然在幽灵谷的遭遇以及后面的种种，燕凌菲还没有来得及和他细说，所以他并不知道柳然如今的实力与之前相比已经发生了翻天覆地的变化。

不过，他却非常信任燕凌菲，自然也相信她的判断。

秋叔的目光投向了不远处阴森恐怖的鬼煞岭，脸上忽然浮现出了期待之色，笑着说道："那老朽可就拭目以待了。"

同一时间，杨程所镇守的鬼煞岭西方，几道黑色的人影忽然出现。

这几人身手不凡，而且身上激荡的气息更是强悍，他们每一个人竟然都是化劲期以上的强者。

此时恰好乌云盖月，夜色浓郁。

他们几人宛如几道破空的箭矢，笔直地冲向了那阴暗的鬼煞岭。

按照规定，精英符修选拔赛的参赛者选拔一旦开始，鬼煞岭作为一处考场，是不允许任何除了参赛者之外的人进入的。

然而在这几人出现的时候，杨程以及他所带领的城卫兵竟然就如同没有看到他们一样，任由他们进入了鬼煞岭的范围。

等他们的身影都消失了，一直盘膝而坐的杨程才睁开了眼睛。

他扫了一眼手下的人，沉声说道："你们继续镇守在这里，如果有人过来，就告诉对方我发现鬼煞岭之中有些异常，进去探查一番。"

"是！"那些城卫兵应道。

旋即，杨程身形一动，也进入了鬼煞岭。

片刻后，杨程出现在了一株巨大的榕树下。

"杨大人！"

几名身着黑衣的男子早已在这里等候。

杨程扫了他们一眼，微微点头，说道："你们也都知道此行的目的了，该怎么做，你们的主人应该早已告诉了你们，不需要我教你们了吧？"

"是！"几人低声应道。

"很好！"杨程眼中寒芒一闪，"那就立刻行动，在不惊动其他参赛之人的情况下，给我把那小子找出来，我要亲手了结了他！"

"是！"几名黑衣人齐声应了一句后，便都身形一动，朝着四面八方飞去，转眼间原地就只剩下杨程一人。

"猫捉老鼠的游戏，正式开始了！"杨程冷笑一声。

然后，他也选了一个方向，身形瞬间从原地消失，没入了茫茫林海之中。

原本阴森一片的鬼煞岭，在这一刻忽然又多了几分肃杀之气。

荒凉的山林之中的某个角落。

四周充斥着各种古怪的声音，让行走于其间的人莫名地心悸。

"这鬼地方，果然不是一般人能来的，胆子小一点儿的到这地方吓都得吓死！"柳然大步行走在树木之间，脑海中响起了柳灵灵的声音。

显然这地方是被元灵符界覆盖着的，所以柳灵灵可以通过暗符界通行符看到周围的情况。

柳然微微一笑，心想：比起人族和鬼族之间真正混乱的地方，这里的环境还算是安全的。

说话间，他又向前跨了数米。

柳然走得很快，但在入微级别的身法控制之下，他几乎没有发出什么声响，也几乎没有痕迹，如幽灵一样。

不过，这样的步法也只能避开部分人类，对于这山林之中生存着的生物，作用却十分微小。

"咻"！

一道刺耳的破空声突然传来，柳然身侧一抹寒芒乍现。

那是一条青色巨蟒，头上却顶着一只血红色的尖角，双目皆赤。它转瞬即至，一张血盆大口几乎可以将柳然整个人都吞进去。

作为低级鬼族，它拥有寻常异兽所没有的能力，那就是鬼气锁定。一旦被它的鬼气笼罩，对方浑身气血都会运转不灵，只能无法反抗地被它吞食。

"咻"！

它一口咬了下去，然而柳然的身影居然凭空消失了。

就在巨蟒错愕的瞬间，它的头上突然传来一阵剧烈的疼痛，下一刻，整个头部狠狠地撞向地面，发出一声沉重的闷响。

"轰隆"！

地面上的无数灰尘、枯枝烂叶纷纷被震飞起来。

烟尘之中，巨大的蟒头上，赫然出现了一道人影，正是方才突然消失了的柳然。

原来，刚刚在千钧一发之际，他直接将身法施展到极致，不但逃脱了鬼兽巨蟒的攻击，还冲到了巨蟒的脑袋上，直接反击。

至于那巨蟒方才吞掉的，不过是他留在原地的残影而已。

"呵，正愁找不到材料做一件称心的攻击符器，你居然就自己送上门来了。"站在蟒头上，柳然轻笑一声。

脚下的巨蟒似乎被他的话激怒了，但没等它发狂，脑袋上就再次传来了一阵剧烈的疼痛，比方才的强了百倍，巨蟒直接疼晕了过去。

柳然竟然硬生生将它脑袋上的独角给劈了下来。

"扑哧"！

一股冰凉的鬼煞之气从巨蟒头上的伤口处喷涌而出，柳然连忙飞退闪避。

鬼兽和寻常野兽、妖兽、异兽不同的地方就在于，它们并不是血肉生命，所以体内并没有血液，只有鬼煞之气。

击杀鬼兽的时候如果不小心沾到它们身上喷涌出来的鬼煞之气，轻者会立刻身体僵硬，活动不便，重者甚至会中毒身亡。

对此，柳然已经通过元灵符界有了十分充分的了解，自然不会被那鬼煞之气沾染到。

斩下了这条青色巨蟒的独角之后，柳然便不再理会对方，直接飘然离去。

因为他知道这独角就是这巨蟒的死穴，被自己劈下来之后，这鬼兽巨蟒根本活不了多久。而且，在这鬼煞岭之中，其他鬼兽随处可见，只要他离开这里，不一会儿这条巨蟒就会被其他鬼兽吃掉。

不过，柳然没想到的是，在他离开之后，最先出现在这里的并不是鬼煞岭中其他的鬼兽，而是一个人。

准确地说，是一个胖墩墩的少年，年纪与柳然相仿。

他佩戴着炼符师公会的高级炼符师徽章，显然也是这一次选拔赛的参赛者之一。

"嘶——"

站在垂死的鬼兽巨蟒边上，胖少年倒抽了口凉气，满脸的震惊之色。

其实他早就躲避在附近，方才还想过对柳然出手，没想到居然看到这让他无比震惊的一幕。

"这条鬼兽巨蟒，实力绝对堪比人族的灵旋期大成，它全身最坚硬的地方就是这根独角，刚刚那家伙竟然赤手空拳，一击就将这独角劈断了！"胖少年目光闪烁，"那家伙用的到底是什么符技？竟然如此厉害。"

眼前的景象，与他以往的认知有些出入。

根据他的判断，想要做到像方才柳然那样一击劈下巨蟒的独角，必须至少使用四级攻击符技。

但是众所周知，灵旋期的修士，虽然能够修炼少数四级层次的符技，但绝大多数都是身法、防御一类的，攻击类符技几乎没有。

原因是，灵旋期修士的力量难以达到四级攻击符技的要求。

这胖少年自认为出身极为不凡，却也没有弄到一门适合自己现在修行的四级攻击符技。

除此之外，方才柳然避开巨蟒攻击的方式让胖少年更加震撼。

"如果我没猜错的话，那就是传说中的控制入微！"胖少年激动无比，"控制入微啊，那是多么遥远的境界，没想到我竟然能够在一个灵旋期层次的家伙身上看到此等境界的身法！"

发了一会儿愣之后，胖少年忽然摇了摇头，无奈地说道："本来看他今天的嚣张表现，我还打算拿他当我林志荣扬名的垫脚石，现在看来，我还是另找目标比较好。"

他望了一眼柳然离去的方向，然后叹息道："这个柳然，就是一个怪物，我现在根本不是他的对手。"

话毕，他俯下身去，将那条垂死的巨蟒直接击杀，然后又将它身上的皮扒了下来。

一边扒皮，他还一边嘀咕："那家伙也真是浪费，这蟒蛇的皮可是炼制防御符器的上好材料，他居然不要了。这样看来，他的炼符术应该不如我，哈哈……"

胖少年林志荣不知道的是，在他扒下巨蟒的皮时，不远处树林的阴影之中，柳然正盯着他，嘴角微微抽搐。

"哥哥，要去解决那个家伙，将蟒蛇皮抢回来吗？"柳然的脑海中响起了柳灵灵的声音。

显然，柳然刚刚已经发现了他，所以特地假装离开引他出来。

而此刻，柳然也将他嘀咕的所有内容都听得一清二楚。

思索了一下，柳然便微微摇头，回答柳灵灵："不了，区区一张蟒蛇皮而已，送给他吧。那家伙实力也不能小觑，和他斗起来太浪费时间。别忘了，咱们还有更重要的事情要做呢。"

话毕，柳然悄然转身离开，嘴角缓缓勾起一抹冷笑："江流云和杨程应该忍不住要动手了吧，我也得赶紧将那份送给他们的大礼准备好才行！"

第⑤章
逆杀，开始

柳然离开那巨蟒所在之处后，便开始寻觅起适合自己炼符的地方。

空间符戒被封印，所有符器都无法动用，他想要将手中的血色独角炼成武器，就必须先找一个短时间不会被人打扰的地方，才能专注地执行自己的计划。

途中，他又遇到了好几次鬼兽攻击，有一些他就直接避开了，而有一些让他感觉会有用处的，他就直接出手解决，拿走有价值的东西。

在这鬼煞岭之中生存的鬼兽，哪一只不强大可怕？尤其对于灵旋期层次的修士来说，它们更是极为难缠，稍有不慎，便会落得个重伤甚至身亡的下场。

不过，对柳然来说，这鬼煞岭之中鬼兽的威胁却十分有限。毕竟，他拥有入微级别身法，同时还可以借助暗符界事先探查。对于厉害的鬼兽，他完全可以避开。

其他人还在浴血战斗时，柳然就已经收获了不少可用的炼符材料，并且找到了一处隐秘的洞穴。

"就是这里了。"柳然脸上露出了笑容。

柳灵灵却担忧地说道："可是，这里面那个家伙可不好惹啊！"

她已经通过暗符界发现了这山洞之中竟然藏着一只实力堪比人族化劲期的可怕家伙。

柳然也察觉到了对方的存在，但他脸上的笑容不变，说道："有这家伙在更好！"

柳灵灵没明白他的意思，看到柳然取出了一套衣服。紧接着，一抹紫色的火光从柳然身上冒了出来，随即化作一道人影，还穿上了柳然拿出来的那套衣服。

这道人影，正是柳然的身外化身——紫阳。

柳然和化身紫阳相视一笑，下一刻，紫阳猛地冲入了山洞。

"轰"！山洞之内，原本有一只鬼兽黑豹正在睡觉，突然感觉到一股恐怖的气息袭来，它瞬间被惊醒。

然而，这鬼兽黑豹甚至还没来得及爬起来，就感觉到一股恐怖的炙热席卷全身。

"链锁江山，镇！"

一道冷淡而低沉的声音在山洞中响起。

瞬间，黑豹只觉得自己被无数炙热的锁链锁住，身体彻底无法动弹，只能乖乖地躺在地上。

它不甘地怒吼,却发现自己竟然连声音也发不出来了,一时间又惊又怒。

显然,到了化劲期层次,这低级鬼兽已经有了一定的智慧,不只有暴虐、杀戮的意识,还有恐惧与害怕的情感。

正在它惊怒异常之际,又有一名少年从山洞之外走了进来,饶有兴致地扫了它一眼,随即"嘿嘿"发笑,似乎是想到了什么坏主意。

黑豹顿时更加恼怒,奈何被身上的封印符阵压得无法动弹,只能直勾勾地盯着眼前坏笑的少年。

见状,刚从山洞外走进来的柳然更加满意了。

"这符阵果然有些门道。"柳然微笑着点了点头。

这个名为链锁江山的封印符阵乃是来鬼煞岭的途中,他从自己的空间符戒内翻出来学会的,也不知道是什么人留下来的。他只知道,这符阵必须是拥有化劲期层次的炼符师才能实战布置,对于镇压鬼兽有着极佳的效果,所以毫不犹豫地学了。

现在看来,效果比他预想的更好,没白花他一番时间与功夫。此外,他更感觉自己回头应该再好好看看空间符戒中的那些东西,怕是还有不少极有用处的。

"你去炼制符器,这里交给我吧。"柳然将他想要炼制的东西、所需要的材料等,都告诉了分身紫阳。

分身与他精神一体,他心中所想,分身自然都知晓。

在接过柳然递过来的东西之后,分身直接走到山洞深处,动手开始炼制。

至于柳然,他在洞口处简单布置了一个迷幻符阵之后,又回到了那鬼兽黑豹的身边。

接下来,鬼兽黑豹的噩梦开始了。

它本来以为,这个人类会杀了它,尤其是当它看到柳然交给紫阳的东西之中有很多都是从鬼兽身上取下来的时候,就更确定了这个猜想。

但是,它的猜测却没有成真,柳然并没有急着击杀这头鬼兽,而是坐在它的身边。

"啪"!附着凌厉符力的手掌,狠狠地抽到了黑豹身上。

瞬间,剧痛让黑豹想要怒吼,却吼不出来,只能鼓荡全身的鬼煞之气。

黑豹这样做原本是想对柳然示威,没想到柳然在看到它气息暴动的状态时,不但不害怕,反而满意地连连点头。

黑豹对此十分不解。

稍微平静了一会儿后,柳然又是一掌"啪"地落下。

咆哮夹杂着鬼煞之气,又一次震荡而出。

一名参加选拔的青年从附近经过,猛地感受到这股气息,吓得直接一屁股坐到了地上。

"这里竟然有一只化劲期级别的鬼兽,赶紧逃!"他瞬间脸色惨白,立即起身仓皇逃离。

又过了一会儿,一名正在寻找柳然的黑衣人匆匆经过此地。

"轰"!

鬼煞之气震荡而至,让他吃了一惊。

虽然他是化劲期层次的强者,以他的实力就算是面对一只化劲期级别的鬼兽也不需要逃走。但是,想到他们此行最主要的目的,他果断地选择离开这个地方。

在他看来,目标柳然不可能会在这里,不然早就被鬼兽给吃了。

然而他万万没想到,此刻柳然就和他所感知到的鬼兽在一起,而且方才那股鬼煞之气还是柳然特地让鬼兽发出来的。

就是因为这一次的错过,他再也没有找到柳然。

这群黑衣人忽然发现,他们寻找的目标失踪了。

东边搜索完毕,没有!

西边搜索完毕,没有!

北边搜索完毕,一样没有!

南边搜索完毕,还是没有!

"这是怎么回事?"

杀气腾腾的杨程听到这样的汇报后,一下子傻了眼。思来想去,他只想到了一个可能:"难不成,那小子刚进入这鬼煞岭,就被鬼兽给吃了?"

他不放心,也不死心,立刻让那些黑衣人再次展开搜索。可是,半天之后,所有黑衣人再次会聚到他身边,汇报的结果还是一样:找不到目标的踪影。

"为什么会是这样子?"杨程依然无法接受这样的结果。

他们做了这么多精心的准备,还想着给柳然一份"惊喜",谁能想到柳然居然不见了?

柳然真要是被鬼兽吃了,杨程本来应该很高兴。

但事实上,他现在根本高兴不起来。

此刻他的感觉,简直就像是一口吃了一只死苍蝇一样。

别说是他,就连那些赶到鬼煞岭执行任务的黑衣人现在也都无比郁闷。

出动了千军万马去围杀一只老鼠,结果没等他们动手,那老鼠居然自己摔死了。这是老天在和他们开玩笑吗?

"杨大人,那我们现在应该怎么办?"一名黑衣人小心翼翼地问道。

杨程的脸色一阵变换。

他很想就此撤走，可是，他又总感觉事情不对劲儿。

柳然真要是那么容易挂掉，那他应该早就死了，还用得着他们如此兴师动众？

可是，如果柳然没死，杨程又实在想不出他究竟是用什么方法避开了这么多化劲期强者的搜寻。

左思右想，最终，保险起见，杨程做了一个决定："你们给我分散到各个方位，继续暗中观察搜索，有什么消息立刻回复我！另外，找人将消息传给你们江少，看他怎么说！"

"是！"那些黑衣人领命之后，再次分散开来。

杨程在原地伫立了一会儿，也离开了。

他擅自从自己镇守的方位离开了许久，如今不得不赶回去。不然若是被人发现了，还是会引来一些麻烦。真要是因为弄死了柳然而惹来麻烦，他倒是无所谓。可是现在柳然莫名其妙地消失，很可能已经被鬼兽吃了，那么因此惹麻烦就不值得了。

与此同时，找不到柳然的消息传到了江流云耳中。

江流云已经收获了不少的东西。

依靠家传的"雪花灵瞳"，在这鬼煞岭之中寻找各种隐秘的珍宝材料，简直太容易了。所以自始至终，他根本就没打算用别的手段，因为自己随便走走就能够拿下第一名。

至于柳然的问题，他原本以为交给杨程和一帮手下就可以了，没想到结果还是出现了他意料之外的变故。不过，他和杨程一样，总觉得柳然肯定还没死。

"加大搜寻力度，他肯定是在什么地方藏起来了。哪怕将这鬼煞岭翻个底朝天，也要将他找出来！"江流云脸色阴沉地下达命令。

那前来禀报消息的黑衣人乃是一名老者，他正是江流云的管家。

老者有些迟疑，小心翼翼地道："可是，少爷，如此一来怕是会惊动其他参加选拔的人。"

"那就杀了！"江流云神色冷漠，仿佛在说一件微不足道的事情，"反正在这鬼煞岭死几个人也是很正常的事情，谁让他们倒霉。"

"遵命！"黑衣老者恭敬地应了一声，随后退了下去，将江流云的命令传达给了其他黑衣人。

至于江流云自己，则是继续在这山林间前行，一边继续收集自己所需的东西，炼制成能用的东西，一边等待着消息。

很快，一天的时间过去了。

江流云本以为，让手下冒着被其他参加考核的人撞见的风险，必然可以将柳然找出来。可是，结果却并非如此。

柳然仿佛蒸发了一样，怎么找也找不到。

江流云甚至怀疑是不是燕凌菲动的手脚，她知道他们会对柳然不利，所以悄悄将柳然送到外面去了。

可是，一旦柳然提前离开鬼煞岭，不管是被人看到，还是被元灵符界监察到，他都将在第一时间失去选拔资格。

而且，负责盯住燕凌菲那边的人汇报来的消息也证明了这点，自始至终燕凌菲就没离开过她所镇守的位置，更没有与任何人接触。

"到底是怎么回事？"江流云眉头紧锁。

他绞尽脑汁，最后终于想到了一个可能：难不成他伪装成了其他参赛者？

想到燕家的家世，想到燕凌菲的能力以及她所拥有的种种资源，江流云越发确信自己的猜想。然后他猛然抬起头，沉声对手下下令："杀！给我杀！见到人就杀！把这鬼煞岭之中其他参加选拔的人都杀了！"

"什么？"黑衣老者被他这样的命令吓了一大跳。

张口正想劝阻江流云，为他陈述其中的厉害与影响时，他却听到江流云喝道："出了事我来担着，不论如何，这一次我绝对要让柳然死！"

闻言，黑衣老者暗暗叹息，却也没有再开口劝阻。他可以看出，柳然已经成了江流云的心头刺，如果不拔出，自家的少爷以后恐怕就止步于此了。

所以，哪怕闹得凶一点儿，江家即便知道了情况，应该也不会反对。

"属下这就去办！"黑衣老者对江流云躬身行礼后便退了下去，随后按照江流云的命令开始行动。

不多时，整个鬼煞岭彻底混乱了起来。

同一时间，柳然藏身的山洞中。

"哧"！

分身紫阳散去他面前的符火，一把晶莹剔透，还有血光流转的匕首出现在了眼前。

在他散开符火的瞬间，那匕首上无数的符纹闪烁，随即缓缓隐没到匕首的内部。随后，一缕紫光从匕首上流转开来，与那材质本身带来的血光交织在一起，最终化成了暗紫色。

一把紫玉级攻击符器，炼制成功！

这匕首，是柳然成为高级炼符师以来所炼制的最好的一把。

"唰"！

紫阳一下子将其握紧，然后炼化认主，一股气息相通的感觉顿时涌现。

"很好，以后你就是紫阳的武器了。"柳然控制着分身紫阳爱不释手地把玩着这把匕首，然后站起身来。

看了一眼已经筋疲力尽的鬼兽黑豹，还有盘膝坐在黑豹身边，已然进入修炼状态的本体肉身，紫阳嘴角微微一勾。

这地方暂时还是安全的，所以他将本尊的肉身继续留在这里修炼，而后控制着分身紫阳，大步朝着山洞外面走去。

逆杀，开始！

鬼煞岭东边，一处溪涧附近，两道人影一前一后沿着溪流飞奔，速度极快。

跑在最前面的，是一名身着紫衣的少女，而在她的身后则是一名对她穷追不舍的黑衣人。

这紫衣少女十五六岁模样，生得花容月貌，亭亭玉立。

不过，此刻她的状况却不太妙，脸色苍白，肩头、腹部都有伤口，鲜血溢出，滴落在脚下的河面上，随后化作一团团血雾。

"轰隆"！

后方一道寒芒闪现，猛地朝她飞射而来。

紫衣少女虽然没有回头，却感觉到了危机，全身的汗毛都竖了起来。

危急关头，她猛地侧身闪避，但因为她脚下踩着的是水面，这与在地面上奔跑的情况相差极大，所以她躲避的幅度与预估的偏差了几分。

于是——

"扑哧"！

寒芒擦着她的大腿飞过，瞬间在她腿上留下一道深深的伤口，鲜血狂涌而出。

紫衣少女脸色大变，立刻冲到岸边，翻身一滚就到了一棵大树旁，靠着树干才终于找到了几分安全感。

看了一眼自己大腿上的伤口，紫衣少女不禁有些绝望。她的实力本就不如对方，如今腿部还受了伤，移动速度必然大降，恐怕就更无法逃走了。

就在这时，那紧追着她的黑衣人已经追至，来到了她面前。

"你究竟是什么人？为什么要追杀我？"紫衣少女沉声喝问。

可惜，黑衣人根本不可能回答她的问题。

只见黑衣人手上一抖，一把短刀之上瞬间符光涌现，凌厉的气息完全锁定在了紫衣少女的身上。

紫衣少女不禁绝望。

一看到这柄短刀，她就知道对方不是参赛者之中的任何一人，因为谁也不可能在如此短的时间内炼制出这样一把精铁战刀。

若是在平时所有符器符卡都可以动用的情况下，她也不会如此狼狈。

可现在，对方装备齐全，而她的空间符戒却被封印，仅有一件刚刚炼制成的护甲，两枚攻击符卡方才也都已经用掉，现在根本无力与之对抗。

她并不是多么惧怕死亡，只是，对方究竟是什么人，为什么要置她于死地，这些问题她还没弄明白，她怎么甘心就这样不明不白地死去？

正在这时——

一连串的树叶摩擦声传来，一道人影忽然从紫衣少女不远处跳了出来。

紫衣少女原本绝望的心，一下子涌现出了几分希望。

不过，当看清楚那从树丛中跳出来的人时，她不由得愣了一下，对方同样也愣了愣。

"林志荣？"紫衣少女道出了对方的姓名。

"李月茹？"对方同时也发出了一声惊呼。

两个人认出对方之后，都不由得大喜，仿佛看到了希望一样。因为，他们都知道对方的实力，如果联手的话，两个人的攻击力绝对剧增。

然而，这种喜悦很快就消失了。

紫衣少女李月茹猛然发现，在林志荣出现后不久，在他身后紧追着的一道人影也出现在了她的视野之中，赫然是另一名黑衣人！

林志荣同样发现，李月茹的处境与他别无二致，她旁边也有一名化劲期层次的黑衣人！

他刚刚被一个黑衣人追杀已经十分狼狈了，现在又冒出来一个，简直让他彻底绝望了。

毫不犹豫地，小胖子林志荣走到了李月茹身边。

紧追着他的黑衣人，却是看向了另一名黑衣人，两个人眼神交流了一番，而后又将目光转向了林志荣二人。

见此，林志荣更是绝望，说道："没想到，我林志荣最后竟然是和咱们榕城第一美女李月茹死在一起，老天爷倒是对我不薄了！"

紫衣少女李月茹却不满地"呸"了一声，道："你别胡说八道，我还不想死，更不想和你这个胖子死在一起！"

林志荣无奈说道："可是，现在这情况你觉得死不死，是由我们说了算的吗？"

李月茹哑然。

更让她郁闷的是，林志荣话刚说完，那两名黑衣人就同时出手了。

其中一人手中一张符卡破碎，瞬间一股恐怖的压力便包裹住了林志荣和李月茹。

"千斤符，不好！"李月茹和林志荣同时惊呼。

二人只觉得身上仿佛背上了一座大山一样，别说动手反击，就是站直都做不到。

同一时间，另一名黑衣人已经手持匕首冲杀而至，凌厉的刀光朝着他们斩了过来。

"轰隆"！

两个人根本没法躲闪，直接被对方这一击斩到！

不过，诡异的是，被击中的瞬间他们全身支离破碎，就连周围的树木土地也跟着一起破碎了。

"嗯？不对，竟然是幻术！"两名黑衣人大吃一惊。

两名黑衣人竟不知何时中了幻术。

不过，在幻术破解的瞬间，两名黑衣人都立刻察觉到了林志荣他们真正的位置所在，立刻便朝那边追赶了过去。

就在这时——

"嗖"！

一声轻响从一名黑衣人的身后传来，让他瞬间汗毛竖立。

他极力扭转身躯，想看看身后出现了什么，却忽然看到一抹紫光乍现，宛如一道暗紫色的闪电，眨眼间就到了眼前。

"扑哧"！

黑衣人身上的防御符技被轻易穿透，他惊骇地瞪大了眼睛。

此时浮现在他脑海中的第一个念头就是：这家伙不是参赛者！

他的防御根本不是灵旋期层次的人能打破的，只是他的确没想到，这鬼煞岭之中除了他们，竟然还有其他非参赛者存在，而且对方的实力比他们更强。

对方的速度实在太快，还没等黑衣人再做点儿别的事情，那破空而来的暗紫色流光已然一闪而逝！

跑在前面的另一名黑衣人听到了身后的动静，立即扭头去看，就发现自己的同伴已经倒地，气绝身亡。

而此刻在他面前站着的是一个身着紫衫，手握暗紫色匕首的冷峻男子，他正冷冷地盯着自己。

"你是谁？"这名方才在林志荣二人面前表现得非常冷酷的黑衣人此刻终于开口，声音之中却透出了一丝惊慌。

"杀手，紫阳！"

低沉沙哑的声音从紫衣男子口中传出的瞬间，那一把暗紫色的匕首猛地破空刺向了这名黑衣人。

第❻章
怎么会这样

"胖子,快走!"树林之中,紫衣少女李月茹焦急地喊道:"我的幻术被他们破除了,再不跑他们就追上来了!"

"你来背着我跑试试能有多快!"胖少年林志荣无力地抱怨道。

原来,方才趁着两名黑衣人陷入幻术,林志荣赶紧带着李月茹逃走。不过因为李月茹腿上受伤了,只能由林志荣背着她跑,所以现在二人也还没跑多远。

听着身后又传来了追赶的声音,两个人心中都是焦急无比,正犹豫着是继续跑还是找地方藏起来时,他们忽然发现,身后追赶的脚步声停下来了。

"怎么回事?难道他们走了?"林志荣低声嘀咕道。

"应该不会,他们追杀了我们这么久,怎么会突然放弃?"李月茹否决道,"恐怕是有诈!"

"或许是出了什么变故?"林志荣眼珠子一转,毫不犹豫地带着李月茹在旁边藏了起来。同时,他更是发动了一种精妙的隐匿符技,将他们二人的气息隐藏了起来。

反正他们现在就算跑也跑不远,还不如躲起来,静观其变。

论隐匿藏身之术,林志荣自信就算是那两名黑衣人都是化劲期强者,也未必能赢得了他。

两个人藏身于乱木丛中,过了许久也没看到黑衣人追来,反倒是隐约听到了一些打斗的声音。二人面面相觑,不明白究竟是发生了什么事情。

李月茹低声说道:"要不,你去看看怎么回事?"

林志荣却立即摇头,道:"要去一起去!"

李月茹顿时不满了起来,骂道:"胆小鬼!"

林志荣反驳道:"你不是胆小鬼,为啥你不去?"

那边传来的打斗声一直没停下,而且似乎愈演愈烈。林志荣和李月茹在争执了一番后,最终还是决定一起去看看。

反正如果他们之中的任何一个先出事了,另外一个也是生机渺茫。

于是,他们又从树丛中出来,悄悄地沿来路返回。

没走多久,他们就发现了躺在地上的尸体,皆吃了一惊。

随即，两个人又都激动了起来，因为那具尸体正是方才追击他们的黑衣人之一。

他们立即猜到，现在还在打斗的怕是另一名黑衣人，还有那个将这名黑衣人击杀的人。

"到底是谁这么厉害？"林志荣猜测道，"难不成是城主他们发现了这里面的异常，派人出手了？"

李月茹却催促道："快，去那边看看就知道了！"

林志荣只能背着她，朝着那打斗声传来的方向走去。

片刻之后，二人终于看到了激战中的两道人影，其中一个正是另一名黑衣人，而另外一个则是一名身着紫衣、面色冷峻的男子。

双方激战正酣，林志荣和李月茹很快就被他们的战斗吸引了。

才看了几眼，林志荣就不由得惊呼起来："这是入微级别的身法符技？"

这时在场的所有人都被他这突如其来的惊呼声吓了一跳。尤其是李月茹，更是直接狠狠地拍了他一掌，道："死胖子，你想找死别连累我啊！"

原本他们躲得好好的，就因为林志荣这一声惊呼，直接将位置暴露了出来。

李月茹感受到那边激战的两个人都将目光扫向了这边，一下子头皮发麻。

林志荣却委屈而又激动地说道："不怪我啊，这可是入微，入微啊！"

李月茹不禁无语。

她自然也知道身法控制入微的厉害，也知道这一层境界有多么难以达到，可是现在是讨论这个的时候吗？

方才她还计划着暗中出手，帮助那紫衣男子解决那名黑衣人，现在被林志荣一喊，黑衣人必然提高了警惕，这个计划还没开始就直接破灭了！林志荣却浑然不觉自己带来的影响，只是紧盯着前方战斗着的一黑一紫两道人影。

紫阳很想立刻解决对手，然后离开，可是此时他面对的这名黑衣人也不是那么容易解决的，自己仅有一把匕首，对方手中却有着不少符卡符器可以使用，否则也不会僵持这么久。

想到这里，紫阳心中忽然一动。

然后猛地一击逼退黑衣人，而后再次逼近对方，做出拼命一击的姿态。

那黑衣人被他突然的爆发吓了一跳，随即毫不犹豫地快速退开，不想贸然和紫阳硬碰。但是让他想不到的是，在他退开的瞬间，紫阳竟然也停止了攻击，而后猛地扭头朝另一个方向冲去，转瞬间就消失在了树丛中。

这是什么意思？

黑衣人傻眼了，观战的林志荣和李月茹也傻眼了。

他们都呆呆地看着紫阳消失的方向，原本等待着他会突然冒出来，然后发动什么奇特攻击。

但是等了老半天，他都没有出现。

不是吧？他竟然跑了？林志荣忽然意识到不妙，眼角的余光悄悄瞥向那名黑衣人，就发现他居然也在看他们。

不好！

林志荣心头一跳，立刻背起李月茹转身就跑。

没有了那名神秘的紫衣男子，这名黑衣人很可能会再次将目标转移到他们身上。

果然，他这一开始跑，那名黑衣人就立刻朝他们追了过来。

"坏人，那个家伙怎么能突然就跑了？"林志荣气得脸都青了，"你不是英雄吗？就算打不过他，想跑也先和我们说一声啊！"

现在他简直后悔透了：为什么刚刚要跑回来？为什么？

"别抱怨了，他追上来了，啊！"李月茹在他背上忽然发出了一声惊呼。

黑衣人发动攻击了！

"咻"！一抹刀光破空斩来，宛如死神的利爪，急速朝着他们这边抓了过来！

避不开了！

林志荣虽然没有回头，但他感受到了身后逼近的凌厉气息，骇然绝望的情绪瞬间充斥在心间。

就在此刻——

"咻"！

身侧的树丛之中，一抹紫色的身影猛地冲出。

被林志荣他们认定已经逃走的紫衣男子再次出现，一挥匕首就将那刀光斩碎，同时急速扑向黑衣人。

见此，林志荣二人又惊又喜。

那黑衣人却一点儿都不意外，反而冷笑一声："我就知道你是想偷袭！"

话音未落，他猛然加速冲到紫阳身旁，手中的短刀威势一变，竟然早已完成蓄力，直奔柳然的分身紫阳斩来！

电光石火之间，双方已经近在咫尺。

紫阳的脸色变了，露出了几分慌乱之色。

见此，直奔他袭去的黑衣人眼中闪现出了疯狂兴奋之色。

方才他和对方一番较量时，早已发现了对方的状况。

论实力，他与这人相差无几，也都是走近战的路线，唯一有差别的就是这人精通身法，而他则是必须依靠各种符器符卡弥补自身不足，这才和紫阳斗得不分上下。

方才对方的突袭，在他看来就是对方想到的一个打破僵局的方法。

可惜的是他早有防备，刚刚那针对林志荣他们的攻击也只不过是幌子，他真正酝酿的杀招，就是针对紫衣男子的！

而且，他有自信，对方接不下他这一招。

"四级攻击符技——横空杀！"

"咻"！

尖锐至极的呼啸声响起。

黑衣人手中的短刀携带着泰山般的威压，直接攻向了紫阳。

听到如此恐怖的尖锐呼啸，林志荣与李月茹都是脸色一变。

两个人深切地感受到，这道攻击符技恐怕已经超过了寻常的化劲期小成强者，能与化劲期大成强者相抗衡了。

这名紫衣男子只有化劲期小成的修为，正面交手，哪怕他全力以赴都未必能够接下这一击，更别说如今他显然是仓促应对。

林志荣和李月茹都已经不敢继续看下去，只知道这名紫衣男子性命堪忧了。

然而，现实情况却与他们预料的不同。

只见在那黑衣人手中短刀落下的瞬间，紫衣男子的脚下猛地踏出了几步，身形立即诡异一闪。

"扑哧"！黑衣人的匕首明明从他身上穿过，却没有刺中实物。

残影！

林志荣见此眼睛大亮，对紫衣男子的身法再次刮目相看，同时他眼中也浮现出了希冀之色。

但是，下一刻，这种希冀又消失了。

因为——

"哧"！

就在紫阳将身法施展到极致才终于避开的瞬间，黑衣人原本直刺而出的短刀再次变化，竟是以更快的速度横扫而出，目标正是刚刚避开攻击的紫衣男子！

无疑，这种攻击符技出其不意的变化，才是它真正强横的地方。

这一次，紫阳终究无法再次避开，他只来得及双手护于身前，便被黑衣人一刀刺中。

"轰"！紫阳整个人都被撞飞了出去，他仓促间调动的符力根本无法挡住黑衣人的攻击，当即胸口直接被黑衣人的刀芒穿透，鲜血四溅！

"扑通"！他的身体狠狠地砸落在地，趴在那里便一动不动了。

黑衣人这时猛地一个箭步再次冲了上去。他知道刚才那一击并未击中要害，最多只是让对方重伤而已，而现在他要做的就是彻底结束紫衣男子的性命。

"唰"！

刀光浮现，宛若弯月。

黑衣人一刀斩向了紫阳的脑袋，打算将紫阳的脑袋劈成两半。

电光石火之间，他的刀芒猛地一顿——

"砰"！

一层密密麻麻的符纹在他刀刃之下涌现，赫然是一道防御符阵。

"什么？怎么会这样？"黑衣人瞪大了眼睛。

就在此刻——

"轰"！

地面上原本"重伤昏迷"的紫阳，左手狠狠一拍地面，将地面砸出了一个大坑，同时上半身借力一跃而起。

黑衣人大惊失色。

虽然他的攻击已经穿透了那层突然出现的防御符阵，但是此刻已经完全落空了。

还没等他反应过来，紫阳就在地面上双脚一蹬，朝着他疾冲而来。

"杀"！低沉的喝声从紫阳口中传出，同时他的右手横扫而出。

那暗紫色匕首上爆发出极其璀璨的光华，当空划过一道优美的弧度。

"扑哧"！

这怎么可能？

黑衣人很想大喊，可是他却连惨叫都发不出来，只能用手捂住脖子，口中发出"叽里咕噜"的奇怪声响。

生命力，正快速从他身上流逝！

依靠强大的修为，他极力维持着最后一丝生机，难以置信地看着缓缓站直身体的紫衣男子。

他的身上还有一个流着血的巨大伤口，证明方才自己的攻击是真的奏效了。

只是，他想不通对方为什么会没事，而且还能施展出如此惊人的反击。那样恐怖的伤势，哪怕没有直接击中他的脏腑要害，他也不可能再轻易动弹才对。

更让黑衣人想不通的是，方才那挡住他刀芒的防御符阵，分明是紫衣男子发动了某种防御符卡产生的，可是他自始至终都没用过什么符卡啊，难道是他在没有其他倚仗的情况下，故意伪装的？

迎着黑衣人的目光，紫阳嘴角微微一勾。

"你想不通为何我重伤至此，居然还能爆发出这样的攻击吧？"紫阳淡然说道，"很简单，因为我的身体异于常人。"

话音未落，黑衣人骇然看到，紫衣男子的身体上快速地长出了肉芽，那还在流血的伤口正在迅速愈合！

迅速的恢复能力，是他这具分身继承修罗魔体所得到的强大特性之一。

紫阳紧接着说道："至于刚刚挡住你的那张符卡，说起来我还得感谢你的同伴！"

黑衣人已然涣散的目光中，露出了几分恍然之色。

原来，刚刚对方突然离开，并不只是为了藏起来找时机偷袭，而是返回刚才被击杀的另一名黑衣人那里，将他身上的东西拿了过来。

于是，他才有了可以挡住自己方才那一刀的防御符卡！

想通了这些之后，黑衣人终于知道，自己输得不冤，对方这一番布局，别说是他，就是化劲期大成，乃至化劲期巅峰强者，稍有不慎都会中招陨落！

"扑通"！黑衣人仰面倒下，重重地砸落在地，终于气绝身亡。

"呼——"紫阳长长地吐了口气，嘴角上扬的弧度却越来越明显。

经过了这次生死交战，紫阳的修为虽然并未得到提升，可是战斗经验猛增，对于这具分身的实际掌控也是更佳！

再加上他刚得到了另一名黑衣人空间符戒中的一切，等于实力又是大增！

若再次遇到与眼前这名黑衣人同等的对手，他有信心可以轻松地胜出。

"扑通"！林志荣胖墩墩的身体忽然跌倒在地，发出了一声闷响。

紫阳顿时回过神来，扭头就看到他和那紫衣少女都十分惊愕地看着他，显然都被方才那瞬息间的局势扭转惊呆了，现在都还没回过神来。

紫阳也没理会他们，直接俯身从那黑衣人身上取走一枚空间符戒，而后抬步便要离开。

这时候林志荣和李月茹才猛然回过神来，连忙高喊了起来。

"等等！"

"请留步！"

两个人说话间便要朝紫阳冲过来。

紫阳眉头一皱，冷声说道："如果你们不想要自己这条小命的话，就过来吧！"

说话间，他全身的气息涌动起来，化作冰冷的杀机。

瞬间，林志荣和李月茹都止住了脚步，他们不明白为何这紫衣男子会对他们如此冷漠。

"那个，我们只是想感谢一下阁下的救命之恩。"林志荣小心翼翼地说道。

"不必了，我只是忽然被人从睡梦中惊醒，所以才会动手解决他们而已，并不是特地来救你们的。"紫阳冷淡地应了一声。

他并不想和林志荣他们接触太多。不过，他随口胡诌的这个借口却让林志荣二人愕然。

睡觉？在这鬼煞岭之中还有人能睡得着？

同时，他们二人也都意识到了，这紫衣男子的身份似乎没那么简单。

他们一开始以为，对方是炼符师公会，或者城主府的人，因为发现了那些古怪的黑衣人才会出手，但现在看来真相似乎并非如此。

就在这时——

紫阳抬头看向了上天空，空中一片电闪雷鸣。

刹那间，紫阳脸上的笑容更浓了几分，心想：看样子，燕大小姐也开始行动了。江流云，嘿，这一次我就让你血本无归！

一直被动挨打，紫阳可不喜欢。所以，他早就和燕凌菲商议好如何里应外合反击。现在这情况，分明是有人正利用符阵将鬼煞岭包围了起来，这正是他们的反击计划已经迅速展开的迹象。

想到这里，紫阳就更不想待在这里了。

林志荣和李月茹被空中突然传来的雷声吓了一跳。趁着他们还没反应过来，紫阳身形一动，猛地蹿入了一片丛林之中。

等林志荣他们反应过来的时候，他早就消失了。

李月茹看了看紫衣男子离开的方向，又看了看空中那片翻腾的雷云，一脸的茫然："这到底是怎么回事啊？"

"你问我，我问谁？"林志荣无奈道，"不过可以肯定，这一次的选拔考核，肯定是出现了什么变故。"

也因此，他们两个人决定联手，在事情还没明了之前暂时不贸然行动，先找个地方隐匿起来。

同一时间，鬼煞岭之外。

原本负责镇守各方的榕城三位城主杨修、杨程、燕凌菲，以及炼符师公会的卢远山、张青松等人此刻正聚于一处。

杨程是最后一个赶到的，他一出现就十分不解地问道："怎么回事？卢会长，你们怎么突然用符阵将整个鬼煞岭给包围起来了？"

卢远山脸色难看地回答了他的问题，道："刚刚我们发现这鬼煞岭之中突然出现了一伙来历不明的黑衣人，正在大肆屠戮参加选拔的符修，为了以防万一，我们才立刻将鬼煞岭封锁了起来。"

"竟然发生了这样的事情？"杨程故作震惊地说道。

不过他很快就发现，燕凌菲正用一种戏谑的目光看着他，心中不由"咯噔"一下。

难不成这女人发现了什么？他心中暗道不妙。

一旁的炼符师公会副会长张青松则是皱起了眉头，疑惑道："这些人究竟是怎么混进去的，到现在还没查出来。"

闻言，杨程暗暗松了口气。

随即，他立刻转移话题，道："当务之急不是调查他们是如何闯进去的，而是应该立刻营救里面的参赛者。他们可都是我们榕城的精英，更是人族的希望！"

话毕，他眼角的余光瞥向了燕凌菲，心中十分担忧这女人会不会真的发现了什么，万一当场揭发出来就不好了。

然而让他没想到的是，听完了他的话之后，燕凌菲居然直接附和道："杨副城主说得没错，当务之急还是要解救参赛者。"

话音微微一顿，她又道："我建议立刻解除考生们手中空间符卡符器的封印，让他们拥有更强的自保之力，并且我们要立即将黑衣人的情况通报给他们。"

杨程不知道燕凌菲究竟想做什么，但总觉得不太对劲儿。

思索了一下，他故作无奈地说道："只是如此一来，咱们这次的考核也必将中断，只能回头再另行举办了。"

燕凌菲轻笑一声，道："那倒不用！那些黑衣人虽然实力不凡，但咱们榕城挑选出来的这群年轻精英也不是寻常之辈，若是打开了他们的空间符卡符器，让他们放开手战斗，咱们再里应外合，未必无法全歼对方。"

杨程忽然心头剧跳，隐约猜到燕凌菲想干什么了。

但是他还没来得及开口，燕凌菲就说道："卢会长，我看不如就临时改变一下考核的规则，让考生们将猎杀目标转向那些黑衣人，谁猎杀得多，自然谁的贡献值就高，那么自然可以获胜，若是能够生擒某个黑衣人，那自然是最好不过了。"

听到这里，不但杨程惊慌了起来，就是杨修这个天劫境强者也不由得脸色一变。

不过，卢远山闻言却是眼睛大亮，一口就答应了下来："没错，就该这么办！这些不知道从什么地方冒出来的家伙竟然破坏我们榕城的选拔赛，就该让他们自己尝尝后果！"

话毕，他根本没有询问杨修他们意见的意思，直接打出了几道符印。

瞬间，这几道符印就通过元灵符界传遍了符阵包围着的鬼煞岭。

鬼煞岭之内，所有考生手上的空间符卡符器顿时解封！

同一时间，卢远山的声音通过所有考生身上的炼符师公会的徽章，传达到了所有参赛者的耳中。

"所有参赛者，你们的空间符卡符器已经解封，请尽情战斗吧，这些黑衣人就是你们的目标，击杀他们，夺取他们的一切，都将成为你们考核成绩的一部分！"

一瞬间，鬼煞岭中所有的参赛者都沸腾了起来。

唯有江流云在此刻脸色大变，难以置信地说道："怎么会这样？"

第七章
引燃识海

一棵奇形怪状的古树之下，江流云负手而立。

在他面前，管家黑衣老者正垂首而立，等待着他的命令。只是，许久也没听到江流云开口。

江流云的脸色变换连连。

自己安排的黑衣人会被发现，他早已预料到了。

但是他万万没想到，卢远山他们的应对方法居然这么狠！

封锁鬼煞岭，让鬼煞岭之中原本惊慌失措的众多榕城俊杰与他们里应外合对付黑衣人，这分明是要将他江流云的这批手下赶尽杀绝！

更可恨的是，他们竟然还是当着他的面来杀！

甚至，如果他想在这一次选拔赛中胜出，也不得不对自己的手下动手！

"如此狠辣的诡计定是燕凌菲想出的！"江流云咬牙切齿地说道。

可是他浑然忘记了，这一切都是他安排设计在先，只不过是恰好落入了柳然和燕凌菲商议出来的圈套而已。

一群化劲期的手下啊，若真的全都葬身于此，对他江流云来说就是狠狠地斩断了一条手臂！

毕竟，化劲期层次的手下，在他们江家，哪怕在府城东川，都是主要战力，他江流云所能调动的数量，也不过区区十几个而已！

江流云显然不希望自己的手下就这么被击杀，但是他又不想放弃这次的选拔赛，左思右想也想不到什么两全之法。

江流云甚至怨恨起杨修、杨程他们兄弟二人来，他们怎么会让卢远山发出这样的命令？

可是，精英符修选拔赛这种活动本就是炼符师公会主办的，哪怕是作为一城之主，杨修也无法干预太多，卢远山作为会长有权力做出任何决定。

正在这时，他面前的黑衣老者忽然收到了什么信息，看完之后脸色大变。

"少爷，请快做决定！"老者对江流云说道，"下属禀报，我们的人已经确认有四个死亡了！"

"什么？"江流云脸色大变。

如此快就出现了这么重大的伤亡，显然让他始料未及。

要知道，他这次安排到鬼煞岭中的人，加上他身边的这位管家，一共也不过九个，如今转眼间都快葬送一半了！

那些参赛者一解开空间符器，居然都变得如此凶猛！

江流云难以置信，却又不得不接受事实。

只是他没想到的是，这四个人中，有三个人是死在了柳然的分身紫阳手下！

在柳然看到了空中的变化之后，他立刻加速行动，在其他人还没反应过来之前，他便再次斩杀了一名黑衣人。

至于第四名黑衣人，却是死在了另外两名参赛者的联手攻击之下。

江流云再三思索，最后一咬牙，命令道："传令所有人退避，尽量藏身躲开那些参赛者！"

事到如今，他也只有这样做才能尽量保全自己的手下了。

这鬼煞岭范围不小，他相信，自己的手下都是化劲期层次，就算这些参赛者都是年轻精英，潜力巨大，但毕竟都还没成长起来，若是他的属下全力潜伏，他们也无可奈何。

下达了这条命令之后，江流云自己又发狠地行动了起来。

他知道如今其他参赛者的空间符戒已经解封，他们在这鬼煞岭之中的生存能力大增，寻找各种珍稀材料的能力也将大大提升。

那么，为了夺下这次比赛的第一名，他就必须更多地收集材料才行！

于是，他不顾一切地持续催动自己的秘法瞳术。

同一时间，江流云的手下在收到命令之后，自然立刻躲了起来。

有一个倒霉一点儿的来不及躲避就被击杀，但其他人基本上都顺利逃过一劫。

众多参赛者四下寻觅，最终也没找到其他黑衣人的踪迹，无奈之下只好放弃，一边小心戒备，一边继续与这山林之间的鬼兽激战，夺取各种可用的炼符材料。

如果说之前空间符戒被封，他们不得不小心翼翼地求生，那么现在空间符器被解封的他们，顿时都化身为凶猛的虎狼，纷纷在鬼煞岭之中肆意冲杀了起来。

见此情形，鬼煞岭之外的卢远山决定不中断选拔赛，而是让他们继续在鬼煞岭之中竞技。

至于那些突然出现，现在又都纷纷隐匿起来的黑衣人，因为鬼煞岭之中的参赛选手死伤不大，所以仿佛变成了这次选拔赛的某种特殊安排一样。

甚至有不少人心中都涌现出一个念头：难不成卢会长他们是希望我们以后在战场之上，不但要小心戒备各种异族，更要戒备潜伏于人族之中的奸细吗？

这样的想法自然无人为他们确认，只是他们都认定如此。

所有的参赛者之中，只有三个人知道真相，那三个人中的两人，就是差点儿被杀死，同时又目睹了紫阳将两名黑衣人杀死的林志荣和李月茹。

至于第三个人，自然就是柳然。

此刻，柳然藏身的那一处山洞之中。

一番厮杀之后的分身紫阳已经重新回到了这里，他的手中还拿着三枚来自那些黑衣人的空间符戒，以及三颗来自黑衣人的牙齿。

之所以留下这么恶心的东西，是因为人族军队之中，计算战功就有这样的习惯，以敌人的符器与身上的某样东西作为凭证，比如牙齿。

此外，紫阳想将此作为自己诛杀那三名黑衣人的凭证，这几颗牙齿完全可以利用特殊的气息鉴定附属，验证他手中那三枚空间符戒就是他从黑衣人身上夺来的。

分身紫阳返回山洞之后，并未打扰盘膝坐着的本尊。

他直接盘膝坐下，精神意识与本尊融为一体，出现在了识海之内。

谁也不会知道，大家都在外面忙活的时候，柳然正在修炼他的识海，试图提升自己的精神境界。

并且，他此时已经取得了一定的成果。

柳然的识海之中，与之前那空荡荡的情况截然不同，现在竟已经化作一片滔天火海。

此情此景，就仿佛当初他第一次见到柳灵灵的时候所看到的场景一样。

火海滔天的识海之中，柳然与柳灵灵的意识聚集在暗符界通行符之下。

"灵灵，这识海还需要燃烧多久？"柳然有些忐忑地询问道。

"这一次我们只是将识海的二十分之一进行了焚烧，很快可以结束的，我估计不到半天就可以了。"柳灵灵回答道。

柳然点了点头，眼睛看着眼前的滚滚火海，整个人却陷入了发呆的状态。

焚烧识海，这是柳灵灵查阅了大量的识海修炼资料之后，为柳然设计出来的一种独一无二的精神修炼方法。

柳灵灵称之为"刀耕火种炼魂术"。

人的识海，本就潜能巨大，更充斥着大量精神能量，只是大部分都无法被人利用，只能通过后天修炼让精神慢慢吸收自己强化。

这一过程十分缓慢。

柳灵灵想到的这个办法，则是以意念之火焚烧识海，将识海充斥着的能量强行炼化还原，而后再将精神意识如同种子一般植入，仿照古人焚烧山林进行耕种的做法，"种植"出精神之力来。

这种方法若是用在别人身上，那简直与找死无异。因为可能识海还没炼化完毕，他自己的精神就先被烧死了！

但是，这种方法用在柳然身上却非常合适。

因为柳然拥有分身，精神主体完全可以先进入分身，避开识海燃烧的危险。

当然，光是这样还不够，他的识海之中还有柳灵灵这样特殊的存在，帮他控制识海燃烧，等烧得差不多了，再让他的精神主体回归。

柳灵灵因为本体实际上是柳然融合的天符，她在柳然的识海中只能算是一个精神投影，所以燃烧过程中也并不会遇到危险。

于是，这才有了方才柳然催动分身紫阳出动，前去猎杀黑衣人，而柳灵灵在他识海中展开行动的情况。

不过，为了安全起见，柳灵灵也不敢一次性将柳然的整个识海都烧了，而只是划出一小部分燃烧。

"灵灵，照你的估计，燃烧完这一片识海，将我的精神种入其中，精神之力将会提升多少？"柳然忽然问道。

"这个很难估量。"柳灵灵歪着小脑袋，思索着说道，"人的识海潜力有大有小，有人到化劲期层次巅峰，也就是灵劫境极致的时候，精神就不再成长，潜力耗尽，因而卡在了化劲期，一辈子无法前进。也有人精神成长迅速，甚至轻易拥有堪比天劫境层次的精神，那么他在灵劫境时就可以毫无阻碍地突破。"

柳然点了点头，表示自己明白了。

功法、根骨是制约一个人成长的两大关键因素，这是众所周知的常识。

但如今柳然知道，其实更重要的是人的精神强度，根骨再好，功法再妙，如果精神无法领悟、掌握到那一层的境界，一切都是白搭。

也是在了解了这些之后柳然才知道：灵劫境、天劫境这样的大境界，其实同时代表着精神的层次。

天劫境强者与灵劫境强者相比有着极大的差别，关键就在于精神已经发生了巨大的变化。

柳灵灵随即又笑着说道："不过按照哥哥的识海规模，我可以大概推测，这一次焚烧识海形成的精神能量，应该足以支撑哥哥的精神强化到灵劫境巅峰。"

这个答案让柳然十分满意。

一小部分的识海燃烧之后，就可以助他将精神境界提升到灵劫境巅峰，若是整个识海燃烧吸收完成，那么他的精神至少可以达到天劫境中等层次，甚至更高！

这也就说明了，他想要将实力提升到天劫境层次并不是很困难。

"很好，那么你在这里帮我守着，我继续控制分身紫阳行动，收集更多炼符材料。"柳然对柳灵灵说道。

"好的，哥哥加油哦！"柳灵灵乖巧地应道。

"嗯！"柳然点了点头，随即意识便联系上了分身紫阳，将意识主体又送到了分身体内。山洞之中，分身紫阳霍然睁开了双眼。

"半天时间，到时候这次选拔赛也差不多要结束了。"分身紫阳的口中传出了一声低语。

蓦然，柳然心念一动，分身紫阳开始变化起来，身上的肌肉、骨架竟然都在变换大小、形状。

转眼间，这分身竟然变得和他本尊一模一样。

显然，这也是分身紫阳的一种特性。

将分身变得与本尊一般无二之后，然后将分身的气息隐藏了起来，让人感觉他就在灵旋期巅峰一样。

做完这些之后，紫阳看向了山洞中那只已经被他收拾得服服帖帖的黑豹，然后冷笑一声，道："给你一条活路，现在你立刻带我去将这里所有你这个层次的鬼兽找出来，我就放你一条生路！否则，我现在就杀了你！"

黑豹的眼睛顿时一瞪，毫不犹豫地点头答应了紫阳的要求。

它刚刚已经被柳然折磨够了，现在只想活下来。

于是，紫阳解开了它身上的部分封印，让它带着分身紫阳离开了山洞。

鬼煞岭之中，其他参赛者看到化劲期层次鬼兽躲避都来不及，所以也没什么人发现紫阳的行动。再加上紫阳自己就骑着一只相当于人族化劲期层次的鬼兽，更让那些参赛者远远避开。紫阳就这样带着鬼兽黑豹，开始横扫整个鬼煞岭，所到之处，鬼兽一只不留！

半日后，紫阳带着黑豹满载而归，山洞之中，他本尊识海之内的火焰也终于熄灭，留下识海中一片焦煳的空间。

柳然的意识回归其中，立刻感觉到整个识海生机勃发。

他的精神之力就如同柳灵灵所预计的那样，开始在这识海"焦土"之上生根发芽，蓬勃生长！

恰在此时，这一次的选拔赛也到快结束的时间了，柳然胸前的炼符师公会的徽章中传来了卢远山发出的信息："选拔赛结束，所有参赛者回到鬼煞岭入口处集合！"

柳然收回了分身紫阳，本尊霍然睁开了双眼，眼中精芒闪动。

"该出去了！"

柳然嘴角勾起一抹微笑，又看了一眼自己在鬼煞岭之中的收获，脸上的笑容就

第七章 引燃识海

更深了。

他低声笑道:"江流云,很抱歉,这一次的第一名是我柳然的了!"

他如约放了鬼兽黑豹,随后飘然离去。

鬼兽黑豹在柳然走后顿时欣喜若狂,长啸连连。

它却不知道,自己生存的鬼煞岭,本就是人类设置的一个牢笼,就算柳然不杀它,它迟早也是其他人类修士练手的对象。

鬼煞岭依旧被巨大的符阵笼罩着,只留下一个出口。

莽莽的山林中,一道道人影接连飞掠而过。

他们的身上都有着不少的伤痕,看上去十分狼狈,可以看出都经过了十分激烈的厮杀。不过,历经血与泪的洗礼之后,这些年轻人的脸上,却多了几分刚毅与成熟。

见此,卢远山的脸上也多了一丝笑容。

这些人中虽然最多仅有三人能够到府城参加府城之战,但剩下的也将成为榕城炼符师公会以后的中流砥柱。

至于张青松等人都在招呼大家开始记录他们在鬼煞岭之中所获得的东西,接着估算其价值。

林志荣和李月茹也缓步从山岭丛林之中走了出来。

那天他们遇到黑衣人袭击,因为柳然分身紫阳的关系,侥幸存活了下来,之后就一直共同行动了。

他们本来以为两个人的收获会很大,至少这一次出来可以争取到两个晋级府城之战的名额。然而,当他们来到鬼煞岭之外时,却发现情况和他们想象的不太一样。

其他人的收获,同样非常巨大。

尤其是其中似乎还有人私下做了交易,让某两三个人手中的物品价值远超其他人。"喂,李月茹。"林志荣忽然停下了脚步。

"嗯?"李月茹疑惑地看了他一眼,就看到他将一大堆东西塞到了自己手上。

这些东西,正是林志荣在鬼煞岭之中的收获。

李月茹愣了一下,随即沉声问道:"胖子,你这是什么意思?施舍吗?"

林志荣漫不经心地对她说道:"我忽然对这个比赛没什么兴趣了,这些东西都借给你,加上咱们猎杀的那名黑衣人,应该够你冲上前三名了。记住,东西是我借给你的,要记得还!"

李月茹愤然地还想要说些什么,恰在这时,他们看到一道人影缓缓地从鬼煞岭之中走了出来。

这人正是江流云。

让林志荣和李月茹吃惊的是,江流云神色淡然,衣衫干净,和其他人截然不同。

他就像只是进入鬼煞岭之中游玩了一圈。

随着他出现，现场顿时安静了许多，另外几名参赛者脸上也不禁多了几分肃穆凝重的神情。

林志荣和李月茹的脸色却忽然变得很难看。

因为根据他们的推测，那批突然出现，差点儿要了他们两个人性命的黑衣人恐怕就是这位东川城江家少爷的手下！

在场这么多人，也只有这位江家少爷能够调动那么多化劲期强者，而且还能混入鬼煞岭杀人。

"李月茹，你看到他那得意扬扬的模样了吗？难道你甘心将第一名拱手让给那个坏人？"林志荣低声对李月茹说道。

这样的话无疑挑动了李月茹的神经。

她死死地盯着江流云，握了握拳头，最终说道："好吧，那就当我欠了你一个人情！"

林志荣无所谓地笑了笑，径直走开了，表示自己放弃了比赛。

随即李月茹便带着他们获得的所有东西来到了炼符师公会的人面前，开始清点自己的所得。

另一边，江流云所得的东西也在被人清点价值。

两个人取出来的这一堆材料，一下子就将其他人都比了下去。

不过，就材料价值而言，李月茹的东西显然比江流云要低了不少。所以，江流云只是瞄了她一眼，确定她不会对自己构成威胁之后，便不再理会了。

然后他看向了不远处的卢远山、燕凌菲等人，眸光闪动。

他可没忘记，自己还有几名手下困在鬼煞岭中，他必须想办法让卢远山他们将笼罩鬼煞岭的符阵撤掉才行。

"价值统计出来了，目前所有参赛选手中，选手江流云所得物品价值一万八千金币，暂时领先，选手李月茹所得物品价值一万四千金币，暂居第二。"张青松很快就得出了统计结果，对外宣布道。

一瞬间，在场其他选手都不禁面露失望之色。

这两人所获得的物品价值远超他们，也不知道他们究竟是怎么做到的。

对此，江流云自然没有感到任何意外。

他所带出来的这些东西，其实体积不大，但价值都极高，他自认为不可能有人能够超越自己。

不过，让他意外的事情很快就出现了。

"等等，副会长大人，我还有这个。"李月茹忽然开口说道。

江流云眉头一皱，立刻转过头去，在看清李月茹拿出的东西后脸色顿时变得难看起来。

原来，此刻李月茹取出来的东西，竟然是一枚空间符戒，还有一颗属于人的牙。

无疑，这正是李月茹从江流云的一名手下身上得到的。

其他人在看到这两样东西时也不由得愣了愣。

大家都没能顺利猎杀那些黑衣人，于是以为没人猎杀到，没想到李月茹一个弱女子，却在此刻拿出了这样的东西。

不远处，燕凌菲看到这一幕不由得微微一笑，道："这个小姑娘倒是有点儿意思。"她也看到了江流云此刻的脸色，眼眸中的笑意顿时浓了几分。

李月茹却不理会其他人的反应，只是对张青松说道："副会长大人，请问这个价值是多少？"

张青松连忙回过神来，走近一步去检查那颗牙齿和那只空间符戒，在确认它们的气息一致之后，他又打开了空间符戒，检查其中的物品。

所有人都紧张地看着他，就连江流云也不禁屏住了呼吸。

"这枚戒指之中的东西，价值六千金币！"张青松大声宣布。

"哇！"

瞬间周围的人都沸腾了起来。

李月茹的脸上此刻终于露出了笑容，说道："如此一来，我所获得的东西价值就是两万金币，超过你了！"

她的目光扫向了江流云，其他人也都纷纷看向江流云，目光中透出几分戏谑之色。说起来，榕城的参赛者之间虽然存在着竞争关系，但至少大家都是榕城中人，还是同仇敌忾的，不想让外城的人得到第一名。

就在这时——

"江少爷，江少爷！"一声呼喊忽然传来，将众人的目光吸引了过去。

随即，众人就看到一名青年飞奔而来，手中捧着一件洁白的鬼兽毛皮。

他一边跑一边说道："江少爷，我想清楚了，我要靠自己的实力赢得比赛，这件毛皮还是还给你吧！"

一瞬间，榕城的参赛者的脸色都沉了下来。

而江流云的嘴角却勾起了一抹笑容。

所有人的注意力都被那名青年吸引了过去，因此没人注意到，柳然的身影也出现在了鬼煞岭的出口处。

第八章
以彼之道，还施彼身

柳然大步从鬼煞岭中走了出来，第一眼就看到了前方躁动的人群。

"咦，看来我正巧赶上了一场好戏啊！"他的眼睛微微一亮，便也没有惊动任何人，悄然来到了人群后方。

人群之中，方才那名先柳然一步走出鬼煞岭，并且手捧一张兽皮的青年，此时已经来到了江流云的面前。

他直接将那兽皮交给了江流云，道："江少，物归原主！"

江流云还没伸手接下那兽皮，周围所有人就已经纷纷喝骂了起来。

"王岩，你这个坏人！你知道自己在干什么吗？"

"王岩，你这是想出卖整个榕城？你就不怕从此之后榕城再无你的容身之地？"

"会长大人，这张兽皮绝对不是江流云的，千万不能听这王岩胡言乱语！"

在场无数人指责王岩，因为他们都已经认出，王岩手中这件兽皮乃是一件罕见的化劲期大成以上级别的鬼兽之皮，而且上面毫无瑕疵，乃是制作符甲的上好材料。

这样的材料价值两千金币！

也就是说，如果江流云真的将这件兽皮加上去，他所获得的东西价值就将超过两万，直接超过了李月茹。所以众人才会如此气愤。

不过，面对众人的指责，这名叫王岩的青年却十分淡定。他的目光环扫四周，缓缓说道："你们有何证据证明，这件兽皮不是江少给我的？"

众人闻言不由得一滞。

随即有人直接反问道："那你又有什么证据可以证明是？"

王岩冷笑道："你们觉得，就凭我可以猎杀得了一只化劲期大成级别的鬼兽？"

"这……"众人一时间哑口无言。

虽然他们都觉得其中必然有问题，但的确无法解答为什么王岩能够弄到一只化劲期大成级别鬼兽的兽皮。

毕竟，他们可都知道王岩的实力在众人之中一直是垫底的，年纪也是最大的，这次比赛都是勉强才能参加的，他怎么可能独自猎杀一只化劲期大成的鬼兽？

王岩见大家答不上来，又道："事实上，这只鬼兽是我和江少一起猎杀，只是江少看我进入鬼煞岭所获甚少，就将这鬼兽身上大部分的东西都送给了我。不过，我王岩愧不敢受，如今才拿来物归原主而已。"

说着，他再一次将手中的兽皮朝着江流云递了过来。

江流云心中已经乐开了花。

这个王岩他是不认识的，但是，他猜到了这估计是他的管家安排的后手，这只鬼兽，怕是他的手下帮这王岩猎杀的。

原本，江流云没放在心上，没想到如此关键时刻正好用上了。

不过，他却装作十分矜持的模样，轻叹一声，道："你怎么……唉，罢了，既然你不想依靠别人，那我就成全你吧，放心，不管你这一次能否进入府城之战，以后你到东川，我必定让你大展拳脚！"

听到这里，王岩脸上不禁露出了狂喜之色，连声说道："多谢江少！"

事实上，他之所以敢冒着被榕城无数人唾弃的风险做这样的事情，所求的不就是这个吗？毕竟以他的能力，就算能够进入府城之战，也不可能取得什么成绩，甚至还有可能会丧命，索性就送江流云一个人情。

反正此事之后，他就会随江流云前往府城，这榕城的人不喜欢自己，以后大不了不回来就是了。

"副会长大人，麻烦你重新帮我计算一下，我现在获得的这些东西的价值。"江流云接下了王岩那张兽皮之后，神色淡然地对张青松说道。

闻言，林志荣不由得急了起来，大声说道："张副会长，这江流云要诈，你们千万不能上当啊！"

其他人也都紧张地看着张青松。

张青松却无奈摇头，道："你们也看到了，就算这兽皮不是江公子所猎杀的，但王岩自愿将东西给他，自然也可以纳入成绩计算当中。"

话音微微一顿，他宣布道："江流云目前成绩是两万一千金币，暂时第一！"

"为什么会这样？"

所有人都对江流云、王岩怒目而视，偏偏又非常无奈。

他们倒是想拿出一点儿东西学王岩这一招，帮助李月茹超越江流云，可是他们所有人都已经将物品进行了核算登记，就无法再这么做了。

不远处，卢远山连连皱眉。

无疑，他非常不喜欢江流云这样的举动，但他同样也无可奈何，因为江流云并没有违反他定下来的规则。

副城主杨程看到这一幕，脸上不由得露出了笑容，然后挑衅地扫了燕凌菲几眼。

城主杨修虽然面无表情，但眼眸深处同样掠过了几分快意。

不过，燕凌菲却冷不丁地对他兄弟二人说道："你们不会觉得，这样就尘埃落定了吧？"

杨修眉头一皱，杨程却直接冷笑一声，道："燕小姐是想说你带来的那个柳然还没出现，只要他出现就可以改变局势吗？"

"不错。"燕凌菲点头。

杨程哈哈一笑，道："恐怕这一次你要失望了！"

在他看来，之前一直找不到柳然，现在柳然也一直没出现，多半是已经葬身鬼煞岭之中某只鬼兽之口了。

然而，就在这时——

"哟，看来我没来晚，正好看了一场好戏啊！"一道声音从人群后方传来。

杨程的笑声一下子噎住了，目光扫向了那声音传来的方向，脸色瞬间沉了下来。

杨修也看向了那边，脸色也变得难看起来。

至于燕凌菲，此刻却是轻笑出声，笑得非常开心。

就连卢远山，一张老脸上此时都露出了几分笑容。

因为，他们看到的说话之人，正是被杨修、杨程认为已经死了的柳然！

此时，在所有人目光的注视下，柳然面带微笑，从人群后方大步朝前走了过来。

"啪"！一个空间符戒和一颗牙齿被他直接扔在了李月茹的面前，一下子让所有人都愣住了。

紧接着，众人就听他漫不经心地说道："月茹妹子，这是你放在我这里的空间符戒，现在物归原主了！"

寂静。

死一般的寂静！

现场所有人都瞪大了眼睛，盯着柳然。

就连李月茹此时都是傻愣愣的，有些不知所措。

还是林志荣最先醒悟过来，他也看出了柳然绝对是为了恶心江流云，才在此刻出手。并且，还是以彼之道，还施彼身！

当即，他兴奋地对李月茹说道："李月茹，你还愣着干啥？快，把你的东西拿回来，我就说柳兄是个有信义的人！"

柳然扫了他一眼，微微一笑，又对李月茹说道："不错，这符戒是当初你和我共同猎杀那名黑衣人时所得，本来按照当初所说的分配方案就是属于你的，现在物归原主了。"

"物归原主"四个字，他故意咬重了几分，更是戏谑地看向了江流云和他身边的王岩。

到了这时候，其他人也都醒悟了过来，一瞬间所有人脸上的表情都变得非常精彩。

榕城这边的人自然都非常兴奋，没想到最关键的时刻居然还会有人破解眼前的困局。这就是当面狠狠地打了江流云和王岩二人一记耳光啊！

让他们如何能不兴奋？

王岩此刻的脸色自然非常难看。

江流云面沉如水，心中早已怒火冲天，毕竟柳然此刻取出来的这枚符戒和一颗牙齿，可是代表了他的一名手下死在了柳然的手中！不过他什么也没说，只是如毒蛇一般盯着柳然，脑海中尽量冷静地思索起对策来。

但是王岩却冷静不下来，他好不容易争取到这个机会，岂能让柳然就这么破坏？可他又想不到什么办法，就像刚刚大家不知道如何对付他一样。

他只能直接叫喊道："你这是作弊！明目张胆破坏比赛规则！"

可惜的是，他这一番叫喊非但没有换来张青松等炼符师公会的人的响应，反而让众人对他更加厌恶。

你自己这么做就是堂而皇之，别人这么做你就出来指责？

"如此小人，和我炼符师公会的宗旨有些冲突啊！"站在远处的卢远山平淡地说出了这样一句话。

听到他的话，杨修和杨程二人心中却是暗自凛然，燕凌菲默默向王岩投去了怜悯的目光。

他们都知道，在人族的疆域之中，一个城市炼符师公会会长拥有的影响力，有时候甚至比一城之主更大！

卢远山这一句话传出去之后，王岩以后的日子可不好过了。至少在炎玄王朝的疆域内，这王岩都不会被任何炼符师公会收留了。

王岩却根本没听到卢远山的话，还在死死地盯着柳然。

柳然戏谑地看着他，缓缓说道："你有何证据证明我是在作弊？"

王岩的脸涨得通红，直接反问道："你……那你又有什么证据可以证明这空间符戒是属于她的？"

柳然轻笑一声，道："你觉得就凭我可以猎杀得了一个化劲期层次的强者？"

显然，柳然是故意的，答复的话语都与王岩方才所说的如出一辙。

"你！"王岩气得几欲吐血，却根本无法辩驳。

事实上，众人想想都知道，这个符戒肯定不是柳然和李月茹两个人联手弄到的，但他们也无法解释柳然究竟是怎么独自斩杀一名化劲期的黑衣人的。

柳然没有理会大家的疑惑，转头对张青松说道："副会长大人，麻烦你帮忙看看这空间符戒是真是假，顺便看一下到底值多少金币吧。"

"好！"张青松回过神来，笑着便要上前检查那空间符戒。

不过这时候李月茹却忽然拦住了张青松，开口说道："等一下！"

众人纷纷朝她投去疑惑的目光。

明眼人都看得出，这个符戒本身就价值几千金币了，哪怕这个符戒之中的东西只值几百金币，她也可以一举超过江流云。

可是现在她居然叫停？

李月茹看着柳然，说道："这个符戒给了我，你自己怎么办？"

闻言，众人一下子明白了过来，疑惑的目光变成了敬佩。

她这是考虑到如果柳然将这个符戒交给她，会影响柳然自己的成绩，所以才会突然叫停。

相比之下，方才江流云却是几乎毫不犹豫地将王岩的那张兽皮接了过去，个人品格显而易见。

旋即，众人的目光又都回到了柳然的身上。

比赛开始之前，他们就看出柳然和江流云不对付了，现在柳然如果将符戒交给李月茹，对于他自己和江流云之间的较量怕是影响不小。

柳然只是微笑道："放心吧，这一个小小的空间符戒还不至于影响我胜过某些人。"

霸气！

不少人都乐了，一道道目光扫向了江流云，众人看到他的一张脸几乎全黑了，顿时人群中传出了不少偷笑的声音。

李月茹却没有笑，她深深地看了柳然一眼，确认他并不是在说笑，而是真的非常自信之后，她才点了点头，道："谢谢！"

柳然耸了耸肩，又看向了张青松，张青松当即心领神会，立刻检查起那空间符戒。

过了一会儿，他直接宣布："这个空间符戒，价值三千金币！"

"哗"！

"太好了！"

在场众多榕城人纷纷欢呼了起来。

李月茹原本就有两万金币的成绩，加上如今这三千金币，直接超过了江流云两千金币！

大家欢呼的同时，也都饶有兴致地观察着江流云这位府城大少爷的神色，不过他们发现，到了此刻江流云反而忽然平静了下来。

见此，众人慢慢安静下来，纷纷猜测：难不成，他还有什么后手？

江流云只是神色平淡地看向了柳然，说道："就算我无法夺得第一又如何？我就不信你将那枚符戒送出去之后，还可以冲击前三名。"

王岩闻言也反应了过来，扭头看向柳然，面色狰狞地说道："没错，就算你成功地让李月茹获得了第一又如何？你自己到头来还不是竹篮打水一场空！"

在他看来，自己冒险这么做赢得了江流云的信任，而柳然简直是傻，这么做最多只能恶心一下他们，还能有什么收获？

然而，在他的话音刚刚落下时，柳然便道："哦？那恐怕我今天要让你们失望了！"

话毕，他忽然一抬手，一堆小山一般的材料便出现在了众人的面前，瞬间镇住了所有人。

看到这一大堆材料，江流云一下子就傻眼了。

他口中喃喃说着："不可能！"

忽然，他直接冲到了柳然那堆材料那里，一把抓起其中几件就仔细查看了起来，试图证明这些材料是假的，是柳然原本就带在身上的。

可是，他最终失望了。

柳然取出来的这些东西，大多数都是从鬼兽身上所得的各种毛皮、筋骨、犄角等，一眼就可以看出它们是刚刚从鬼兽身上获取的，最早的也不超过三天。

也就是说，这一堆东西的确是柳然在这三天之内在鬼煞岭内获得的！

"这怎么可能？"江流云根本无法接受。

他可是倚仗家传的秘术"雪花灵瞳"才搜寻到那么多珍材的，李月茹超越了他还是因为有人相助，更有两枚自己手下的空间符戒加分才做到的。

可如今柳然居然光凭自己所获的材料，成绩似乎就要超过他了，让他如何能够接受。

"江少爷，麻烦你让一让，我们还要清点柳公子的战利品。"张青松走上前来说道。

江流云再不情愿也只能退开，不过他愤怒的目光却一直锁定着柳然。他实在是想不通，柳然究竟是怎么做到的。毕竟，根据他属下的汇报，前两天柳然肯定是在什么地方躲藏起来了，难不成他在第三天就弄到了这么多东西？

因为有元灵符界的辅助，各种材料价值分明，张青松带着炼符师公会的另外几人很快就将柳然带出来的这堆珍材的价值算了出来。

随后他眼神略微古怪地看了柳然一眼，宣布道："选手柳然，成绩两万金币！"

正好和江流云一样？

其他人看向柳然的目光也变得古怪了起来。

他们知道，若是没有王岩那一张兽皮，江流云必败无疑。或者柳然若是没将刚刚那枚空间符戒送给李月茹，他也可以稳胜江流云。

无论如何，现在他的成绩与江流云是齐平的，两个人之间还得用其他方式分出胜负。

而江流云在听到柳然的成绩只是和他一样时，脸色才终于缓和了一些。

但他随即心头又"咯噔"一下，因为他忽然发现，此刻柳然的嘴角居然勾起了一抹古怪的笑容。

"哦，副会长大人，我差点儿忘记了，我还有这个东西。"柳然笑嘻嘻地一挥手，便拿出了一枚空间符戒，还有一颗牙齿。

瞬间——

"嘶——"

四周传来一阵阵倒抽凉气的声音，紧接着周围立刻又传出了激动的议论声。

"他竟然杀了不止一名黑衣人？"

"这怎么可能？他竟然还有这东西！"

"快看江流云的表情，哈哈，这个柳然太坏了，简直是致命一击啊！"

江流云现在的脸色简直是黑如锅底，心中怒火冲天，简直忍不住要杀人。他双眼发赤，死死盯着柳然，恨不得立刻冲上去将柳然碎尸万段。

斩杀他的手下，将此作为成绩也就算了，竟然还和他玩这一手。先给他希望，然后再让他绝望，这种刺激换作任何人都难以承受！更让江流云愤怒的是，远处的燕凌菲不知道什么时候走了过来，此刻居然轻笑起来。

这笑声传入别人耳中会让他们感觉十分悦耳，但落入江流云的耳中，简直是无数把利刃！

他江流云何时受过这等侮辱？

可惜的是，他的怒火并不妨碍张青松公布最终的成绩。

"加上这枚价值五千金币的空间符戒，柳然的最终成绩是两万五千金币，位居第一！"张青松高声宣布道。

"好！"四周顿时响起一片叫好声。

若是往年，其他参赛选手自然是不可能为自己的对手如此欢呼的。但此刻柳然代表着榕城，自己战胜了一个使用阴谋诡计的外来者不说，而且帮助李月茹也战胜了江流云，让他们都感觉十分畅快，这才纷纷叫好。

"哈哈，诸位，承让承让！"

听到这个结果的时候，柳然的脸上也多了几分笑容，连连对大家挥手致意。

不过他同时也在暗暗警惕，眼角的余光一直锁定在江流云的身上。

这家伙可是敢在比赛期间让人偷偷混进赛场试图杀人灭口的狠角色，谁知道他会不会突然发疯对自己下手？

燕凌菲也是察觉到了这一点，才走近了一些。

另一边，秋叔其实早已出现在了柳然身后不远处，一旦江流云胆敢乱来，他就会立刻出手，甚至趁机下狠手。

不过，江流云暂时还没有彻底失去理智，尤其是燕凌菲的出现让他不得不控制自己的情绪。只是，让他就此将第一名拱手让人，那他回到东川将以何面目见人？

于是，他高声大喊："我不服！我江流云不服！"

瞬间四周所有人都安静了下来。因为在江流云大喊出声的瞬间，他手中的一枚元灵符界通行符已然接通了元灵符界。

"嗡"！

只听见一声轻响，一道道符纹瞬间凭空浮现，将他整个人笼罩了起来。

"他想干什么？"

"这……难道他是想发起排名之战？"

众人都被江流云这突如其来的举动吓了一跳，不过很快又都明白他此举的用意了。

精英符修选拔赛选手之间的实力差距并不大，所以比赛结果出现争议的情况也经常出现。为了公平起见，排名第二、第三的选手拥有自行发起排名之战的权利。一旦挑战成功，排名也将被改写！

不过这种挑战在现实中比较少见。

毕竟，质疑比赛结果，就是质疑主办比赛的当地炼符师公会的权威。

所以，只一瞬间，张青松等人，甚至是远处杨程和杨修身边的卢远山，他们的脸色都变得非常难看。

不过，这是选手应有的权利，并且江流云已经通过元灵符界将挑战信息发出，他们就是想阻止也阻止不了了。

"柳然，你可敢接受我的挑战？"江流云死死盯着柳然喝问道。

这时所有人的目光都落到了柳然身上，就看到他叹了口气，似乎很无奈。

然而随即他猛地抬起头，眼中满是坚毅之色，他朗声说道："我柳然，从来无惧任何挑战！"

"轰"！

话音一落，他胸前的炼符师公会徽章瞬间紫光闪烁，响应了江流云身上笼罩的元灵符界之力，让他也进入了元灵符界。

排名之战，发动成功！

第九章 一招击败

无数跃动的符纹逐渐化成一个符阵，以柳然和江流云为中心快速朝四周延伸开来。这是排名之战发动成功后，元灵符界自动为挑战者构建起来的对战空间。

四周众人纷纷退开，只留下柳然和江流云在对战空间之中。

紧接着——

"何人发动排名之战？"

一道威严的声音从符阵之中传出，瞬间传遍符阵内外。

一时间所有人都屏住了呼吸，因为他们知道，这个说话的人必然是榕城炼符师公会之上，府城东川的炼符师公会的高层人士。

这一位的实力、地位远超在场所有人！

"弟子江流云，对此次榕城精英符修选拔赛的结果有异议，特发动排名之战，请大人仲裁！"江流云恭恭敬敬地说道。

"江流云？东川江家子弟？"那道声音淡然问道。

"正是！"江流云应了一声。

事实上他非常忐忑，这位大人来自东川城，虽然东川城是江家的老巢，可是东川城的势力众多，江家也没有和炼符师公会的每一位强者都交好。

好在对方并没有要为难他的意思，只是又开口问道："榕城炼符师公会会长何在？"

卢远山从远处飞身而至，神色肃穆，胸前一枚金色的徽章正闪烁着光芒。

"卢远山，见过大人！"他恭敬地对着空中施了一礼。

"卢远山，为何榕城会出现排名之战？可是选拔赛过程中出现了变故？"那声音问道。

"回大人，由于一时疏忽，本次选拔赛中有参赛者之外的人闯入赛场，造成一定变故，不过情况较为复杂，属下目前尚未调查清楚。"卢远山如实汇报。

"既然如此，细节回头你再向我汇报，下面就由你来主持战斗，务必公正公平！"那声音再次从空中传来。

"是！"卢远山恭敬地应了一声。

随后那道声音没有再出现，只是现场所有人都不知道那位借助元灵符界隔空传音的府城强者是否还在关注这边的情况。

卢远山抬起头来，目光扫过了柳然和江流云，最终停留在了江流云身上。

"江流云，既然是你发动的排名之战，那么，接下来对战的内容就由你先选择吧！"卢远山淡淡地说道。

虽然卢远山语气平淡，但江流云还是明显感觉到卢远山看向自己的目光有些冰冷。毕竟，他这番举动给卢远山带来的，可是上级炼符师公会对卢远山工作能力的质疑。只是，事到如今他也没办法后悔了，只能硬着头皮，道："我选择进行战斗对决！"

排名之战，挑战者可以优先选择进行战斗对决或是炼符术对决，甚至可以选择进行炼符、符阵知识方面的比试。

不过现在江流云最想做的，就是狠狠地揍柳然一顿，以解心头之恨！

卢远山又看向了柳然，语气柔和了不少，问道："柳然，你的意思呢？"

柳然耸了耸肩，无所谓道："他想进行战斗对决那就战斗对决好了。"

卢远山点了点头，随即一挥手，下达了指令："开启战斗对战台！"

声音一落，他径直退开了一段距离。

而这一片对战空间慢慢发生了变化，符阵快速幻化出了泾渭分明的对战擂台。

身处符阵之外的众人都能看见站立于擂台之上，遥遥相对的柳然、江流云二人。

外界众人对这变化都还没来得及消化，柳然和江流云就要开战了。

对此，李月茹不禁有些担忧，而她身旁的林志荣却一脸神秘地说道："你就别担心了，那小子厉害着呢！等会儿肯定是江流云遭殃。"

他可是亲眼看过柳然出手，他那控制入微级别的身法在他们这个年纪能够练成，简直是奇迹！

而且，现在他很怀疑柳然和那个救了他和李月茹，然后又消失了的紫衣冷峻男子也许有什么关系。毕竟，柳然取出了两名黑衣人的空间符戒，而那名紫衣男子也杀了两名黑衣人，而且两个人同样都是身法入微。

若不是双方实力差距实在太大，他都要怀疑柳然和那名紫衣男子是同一个人了。

现在他觉得，就算两人不是同一个人，他们二人之间也必然关系不浅，柳然的两枚空间符戒，应该就是那名紫衣男子给他的。

也只有这样才能解释为什么那名紫衣男子会对那些黑衣人出手，想必，那些黑衣人一开始就是江流云为了对付柳然派出的！

柳然若是知道有人已经推测出这么多事情，必然会大吃一惊。不过，现在的柳然已经看不到外界的情况，他也无暇他顾，心思都放在了江流云的身上。

对战擂台上。

"开战之前,你还有什么要说的吗?"柳然平静地问江流云。

江流云原本还想说点儿什么,但是听到他这话,一下子失去了兴致,只觉得心中的怒火彻底无法控制了。

"我要你死!"江流云怒吼一声,便猛然冲向了柳然。

"嗖"!

他眨眼间就冲到了柳然面前,双手之间已然凝聚出了强大的力量,幻化为利爪。

突然,他一跃而起,当空对着柳然飞扑而下,利爪直接朝着柳然抓去。利爪划过空气,发出了撕裂般的声响,气势惊人。

"血鹰爪!"

"这是四级攻击符技!"

"好恐怖的威力!"

"柳然危险了!"

擂台之外的众人看到这一幕纷纷惊呼了起来。

四级攻击符技对于灵旋期层次的修士而言,就是极致。而这江流云显然已经将这一击锤炼得炉火纯青,稍有不慎,就算是化劲期强者也要在他的攻击之下受伤。

他攻击的速度极快,似乎根本不想给柳然反应的时间。他就如雄鹰扑食一般,瞬间将利爪抓向了柳然的脖子!

面对他这样来势汹汹的攻击,柳然竟然不躲不闪,仿佛被吓傻了一样。

"扑哧"!

这一爪毫无悬念地落在了柳然身上,发出了一声轻响。

对战擂台之外,杨程看到这一幕不由得冷笑了起来,说道:"没想到,这个柳然竟然如此中看不中用,一招就输了。"

话音未落,他身旁的杨修却忽然沉声喝道:"闭嘴!"

杨程有些不解,正想再说些什么的时候,却发现被江流云抓中的柳然突然消散了!

"这怎么可能?"杨程瞬间瞪大了眼睛。

残影!

江流云刚刚攻击到的柳然,并不是实体,而是一道残影。

因此,在他的手掌触碰到柳然的刹那,柳然的身影就消失了。

看到这一幕,所有人的脑海中自然浮现出了一个概念:身法入微!

城主杨修的目光扫向了另一个方向上的燕凌菲,看到她神色淡然地看着前方的擂台,眼中流露出笑意,他不由得暗自叹息。

"原来之前她是把这个柳然带到灵翠谷去了。"他低声轻叹。

还在发蒙的杨程一听到这话就回过神来，几乎要将牙咬碎。

他方才也以为江流云挑战柳然，定然可以将柳然击败，哪怕无法击杀，也要将柳然的第一名夺走，出一口恶气。

然而，现在他绝望了。

身法控制入微，这等技能境界就连他都没有达到。

不过这还不可怕，可怕的是柳然之前毫无表现，现在突然施展出来，猝不及防之下，将会达到极其可怕的效果！

毕竟所有人都看得出，江流云方才那一击虽然强大，但缺点也非常明显，那就是所需符力非常多，一旦一击失败，他根本没法立刻反应过来施展别的符技。

更可怕的是，此时他还悬于空中，而他遇到的偏偏是一个身法入微的强者！

胜负已分！

杨程彻底看不下去了，直接扭开了头。

也就在这一瞬间，对战擂台之上，柳然诡异地出现在了江流云的身侧。

江流云还没从刚刚自己一击落空的震撼与失落中回过神来，便被柳然一脚踢飞了出去。

"砰"！一声闷响，传遍四方！

柳然这一脚甚至连符技都算不上，只是简单地用力一踹，江流云整个人就被他踢飞到了擂台之外。

一击分胜负！

在江流云飞出擂台的瞬间，这次排名之战引出来的擂台符阵也快速地消失了。

"不，不！"江流云惊怒大叫，可是他根本阻止不了。

方才的对战擂台已经将战斗经过全都记录了下来，他现在也无法再发动排名之战了，就算他再怎么不甘心，也只能接受这一次的对战结果。

他原本还想冲上去和柳然拼命，但此刻却已经被炼符师公会的两个人按住了，动弹不得。

卢远山淡淡地瞥了他一眼，随即郑重宣布："对战结果，柳然胜出！"

瞬间，周围众人沸腾了起来。

大家原本以为即将看到一场龙争虎斗，没想到战斗居然只在一息之间就结束了。

但是，这并不妨碍他们情绪激动，尤其是认出柳然方才那一瞬间施展出来的身法的人，更是激动得满脸通红。

谁能想到，两名灵旋期修士之间的战斗竟然会出现入微级别的身法？

众人都沉浸在对柳然施展入微级别身法的惊叹中，以至于江流云的"不堪一击"，都暂时被人忽略了。喧闹的人群之中，李月茹轻叹了一声，看了林志荣一眼，问道："你早就知道他的实力了？"

林志荣只是"嘿嘿"一笑，随即低声回道："他和之前那个紫衣人是不是很像？"

李月茹经他这么一提，不由得眸光一闪，点头道："的确很相似！"

卢远山站在柳然身旁，面色和蔼地拍了拍他的肩膀，表示自己对他的表现十分满意。而后，他又看向了周围众人。见此，众人也都知道他这是要宣布选拔赛的结果了，随后喧闹的人群总算安静了一些。

"这一次的选拔赛虽然出现了一些意外，不过总算是圆满结束了！"卢远山面带笑容地说道，"我宣布，本次选拔赛前三名……"

众人一下子紧张了起来，等待着卢远山宣布结果。

不过，这时候柳然却忽然说道："等等，会长大人。"

"嗯？有什么疑问吗？"卢远山疑惑地看着他。

柳然挠了挠头，说道："我想问一下，目前名列第四的是哪一位？"

"是我，张小川。"一名青年男子走了出来，不解地看着柳然。

他的成绩原本倒也不错，在鬼煞岭之中所获之物的价值也有一万四千金币，只可惜这一届比赛遇到了柳然、江流云他们。

原本他正郁闷着，没想到柳然居然突然找他。

"哦，张兄，这个东西是你掉的，我捡到了，现在还给你。"柳然微微一笑，忽然抛出两样东西给张小川。

众人定睛一看，瞬间都倒吸了口凉气。

因为，柳然抛给张小川的，赫然正是一枚空间符戒和一颗牙齿！

他竟然还有？

而且，他竟然现在拿出来送给了原本的第四名，分明是想直接将江流云从前三名之中踢出去。

太狠了！

这一次，江流云是彻底败了！

众人心中纷纷浮现出了这个念头，随即都默默朝着江流云看了过去，正好看到江流云张嘴就是一口鲜血喷出，直接昏死了过去。

不仅是江流云，王岩此刻也两眼一翻，昏了。

两个昏了的人的差别在于，江流云是被气昏的，而王岩是被吓昏的。他可以想象回头江流云将这笔账算到他身上时，是多么可怕的情景。

卢远山倒是非常开心，哈哈大笑道："好，很好！张副会长，立刻查看一下，这枚空间符戒到底价值几何！"

"是！"张青松连忙应了一声，立刻从激动无比的张小川那里接过了那枚空间符戒。

片刻之后——

"会长大人，这枚戒指的价值是六千五百金币！加上这枚符戒，张小川的成绩是两万零五百金币！"张青松高声说道。

"好！"

卢远山朗声说道："那么我宣布，本次选拔赛的前三名分别是：第三名张小川，第二名李月茹，冠军是，柳然！"

"好！"

周围顿时响起了一片叫好的声音，众人纷纷鼓掌。

卢远山挥了挥手，示意大家安静，然后他继续宣布道："这三位，除了将代表我们榕城炼符师公会出战本届精英符修选拔赛的府战之外，还将获得我们公会的特别奖励！一会儿请三位到我们炼符师公会领取！"

话音微微一顿，他又看向了江流云，神色忽然冷漠了下来。

他沉声说道："下面，请诸位选手退场，炼符师公会化劲期以上的人，随我一同进入鬼煞岭，诛杀那群来历不明的黑衣人！"

听到这话，才转醒的江流云一下子又昏死了过去！

可惜，他昏迷之后事情并未发生改变，反而进展得更加顺利。

卢远山的命令一下达，众人立刻行动起来。

很快，他就亲自带领着炼符师公会的一群强者冲入了鬼煞岭，开始围剿藏匿在其中的黑衣人。

原地，那些参赛者根本舍不得离开，他们一边激动地回忆着刚才发生的种种，一边等待着鬼煞岭之中围剿的结果。

"为什么会这样？"杨程失魂落魄。

他看了看已经不省人事的江流云，又看了看另一边宛如英雄一般，正与其他参赛者谈笑风生的柳然，一时间根本无法接受现实。

谁能想到，一个榕城的小人物，最终竟然能够战胜一位府城的大少爷。

谁又能想到，江流云筹划了这么久，甚至冒险调动那么多得力的手下，非但没能杀死柳然，阻挠他参加府战，反而赔了夫人又折兵。

"走吧，我们回去吧！"杨修则是轻叹一声，直接转身离去。

他现在心中也不免有些后悔，为什么自己当初要答应和江流云合作，卷入江流云和燕凌菲的争斗中来。

如今，江流云所有的算计都落空了不说，就连他也被牵扯了进来。

不用想他也知道，卢远山围剿这鬼敛岭之中江流云的一批手下，只是燕凌菲展开报复的开始，更可怕的报复即将到来。

而他杨修，恐怕难逃燕凌菲的报复！

所以，他现在必须离开这里，并且得立刻想办法应对才行。

杨程也意识到了这一点，而且他知道，自己的处境绝对比自己的兄长更加危险。毕竟，他和柳然之间可是有直接冲突的，而他大哥作为一个天劫境强者，成功逃走的概率可比他大多了。

所以，他立刻紧跟杨修的脚步离开。

同一时间，江流云的手下觉得情况不妙，便赶紧带着自家少爷离开了现场。

他们本来以为燕凌菲会出手阻拦，却没想到燕凌菲表现得非常平静，任由他们将江流云带走了。

不久，鬼敛岭之中的围剿也有了结果。除了一名实力最强的黑衣老者在关键时刻借助某种特殊符卡逃出生天，其他黑衣人悉数被消灭！

柳然可以想象到，等江流云醒过来听到这个消息时，再次被气吐血的情景。

他倒是有些遗憾自己没机会亲眼看见那一幕。

随后，卢远山重新出现在柳然他们面前。

这个和蔼的老人，此刻身上笼罩着愤怒的气息，眉宇之间更是杀机隐现。显然，他此刻显然心情不太好，因为他们在那些黑衣人的身上，竟然没有发现任何有关背后指使者的信息。

一开始他们还试图活捉几个，带回去审问。可那些黑衣人一发现不对劲儿居然都非常干脆地选择自杀，与当初在炼符师公会袭击柳然的赵力父子如出一辙！

并且在此次行动中，炼符师公会有一名强者牺牲，还有几人重伤，这让卢远山如何高兴得起来？

不过，卢远山在柳然他们的面前并没有对此说什么，只是对他们说道："柳然，你们三个随我回公会吧，你们的奖励该给你们了！"

一行人浩浩荡荡地返回榕城。

入城后，燕凌菲等人告别了卢远山，而柳然、李月茹、张小川则一起跟着卢远山进入了炼符师公会，来到了卢远山个人会客的偏厅之中。

卢远山让公会的侍女为三人奉上了香茶，他自己梳洗了一番，重新换上了一套干净的衣服之后，也来到偏厅，在椅子上坐了下来。

"你们三个这一次的表现都很不错！"卢远山首先微笑着对柳然他们夸奖了一番。

柳然谦虚地连声说道："会长过奖了。"

而李月茹和张小川却相视苦笑。

他们知道，这次他们两个人还真没什么突出表现，若不是柳然，他们也就没机会坐在这里了。所以卢远山真正夸奖的，其实只有柳然一个人而已。

随即，卢远山又说道："再过几天，你们就要前往东川城参加府战了，你们代表着我们榕城炼符师公会，虽然我很期望你们能够取得好成绩，但是你们也不要给自己太大压力，毕竟府城是一个真正的藏龙卧虎之地，众多世家、势力精心培养出来的后辈，每一个都不容小觑！"

说到这里，他深深地看了柳然一眼，又说道："江流云的手段你也看到了，他那样的角色在府城之中只能算垫底，否则也不会来到我们榕城。若是他客气一些，老夫说不定也会卖他一个面子，给他一个名额，可惜，他做得有些过分了！"

李月茹和张小川都闭口不言。

他们都知道，这样的话题他们两个人并不适合参与讨论。

柳然却淡然一笑，说道："多谢会长大人提醒！不过，柳然一向不会主动招惹他人，但若是他人主动招惹我，柳然也不是怕事之辈！"

"很好！"卢远山微微一笑，"那我就期待你在府城之战中大放光彩了！"

话音微微一顿，他喝了一口茶，这才又缓缓说道："你们这一次表现出色，咱们公会的嘉奖也该发给你们了。虽然咱们榕城炼符师公会家底不是很丰厚，但是应发的奖励还是不会吝啬的。"

柳然三人都不禁眼睛一亮，期待地看着卢远山。

卢远山也不多说，直接向他们三人抛过去了三枚空间符戒，道："奖励内容我就不公布了，你们自己看吧。"

柳然三人连忙接过来，也顾不得施礼，便各自将空间符戒进行气息锁定认主，而后迅速查看其中的内容。

只看了一眼，三个人就都有些不淡定了。

张小川得到了一套紫玉级的符卡，包括攻击、防御各两张，还有增速等辅助类的符卡。而且张小川看了制作者签名，发现这套符卡还是卢远山亲手制作的，这在榕城之中根本就是无数人求之不得的宝贝！

他一时间激动无比。

因为这样一套符卡，对于他而言，不仅是珍贵的工具，更是难得的学习材料！

激动之余，他又忍不住看了柳然一眼，心中对于柳然更是感激。

同时，他也非常好奇李月茹和柳然会得到什么东西。毕竟，他们排名更高，获得的奖励必然会更加丰厚才对。

第十章

雨夜，杀机

就如张小川所猜想的那样，柳然和李月茹所得到的奖励确实更加丰厚。

排名第二的李月茹除了同样得到一套卢远山亲手制作的紫玉级符卡之外，居然还得到了一张大师级别炼符师才能炼制的玄金级防御符卡！

就这么一张符卡的价值就超过了那一整套紫玉级符卡。更重要的是，这张符卡对于她炼符术的继续提升，有着极大的学习借鉴作用。

在榕城，玄金级符卡就是各大家族压箱底的宝物，镇族之宝！

毕竟，哪怕是大师级炼符师也只能定量炼制玄金级符卡，而无法想炼制多少就炼制多少。再加上材料各方面价格高昂，更是大大限制了这种符卡问世的数量。

"多谢会长！"李月茹立即对卢远山躬身施礼。

张小川这时也反应过来，连忙同样施了一礼。

随后，他们两个人又都看向了柳然，就发现他还处于十分震撼的状态，甚至没有看到他们对卢远山施礼道谢。

李月茹和张小川不禁更加好奇：这柳然究竟得到了什么宝物？竟然如此失态。

卢远山也什么都不说，只是面带微笑地喝着茶。

半晌过后，柳然总算回过神来了。

然后，他也恭敬无比地对卢远山施了一礼，郑重说道："多谢会长厚爱！"

卢远山只是微微一笑，道："如果你真感谢我的话，就加把劲儿努力吧！在府战上为我们榕城争光！"

柳然笑着点头，道："柳然必定全力以赴！"

如此郑重其事，是因为卢远山给他的奖励实在是太过贵重，大大出乎他的预料。

因为，卢远山直接送给了柳然一套玄金级符卡，包括攻击、防御、遁形三种符卡！

这些符卡，有卢远山自己炼制的，也有其他大师级炼符师炼制的，论珍贵程度，绝对比之前柳然从炼符师公会副会长徐江手中得到的那套紫玉级符卡贵重百倍不止！

当初那套紫玉符卡，可是让柳然在幽灵岛上几次死里逃生，那么这套玄金级符卡发挥出来的作用将无法估量。

如果说出去，别说这榕城，就是在东川城都会有无数人拼死争夺。

而对柳然而言，它们除了本身的功效强大之外，对柳然冲击大师级炼符师也有着极大的帮助。

除此之外，卢远山还给了柳然一种四级攻击符技，以及一种四级防御符技！

显然，卢远山是看出了柳然如今空有高超的身法，却没有相关攻击、防御符技辅助，难以发挥全部的实力，所以才为柳然准备了这两种符技作为奖励。

柳然之前也大概了解过往年精英符修选拔赛奖品的情况，但是据他所了解到的，榕城的奖励从来没有如此丰厚过。

卢远山待他如此，柳然岂能不知恩图报？

柳然觉得最好的报答方式，自然不是口头上的感谢，而是尽自己所能，完成卢远山最期盼他做到的事情。

想到这里，柳然忽然觉得不久后的府城之行，自己肩上的担子又沉重了不少。

对于柳然的态度，卢远山非常满意。

随即，他又说道："哦，对了，你们三个的修为都已经达到了灵旋期巅峰，不过我劝你们不要太急着冲击化劲期。"

"哦？这是为什么？"

柳然、李月茹、张小川都一下子疑惑了起来。

"具体的事情，我不方便透露太多，"卢远山无奈地说道，"不过我可以告诉你们，如果江流云愿意，他早就可以踏入化劲期层次了。"

闻言，李月茹心中一动，立即问道："难不成他是故意压制了自己的修为进度？"

张小川则问道："可是，他为什么要那么做？"

柳然眸光一闪，看着卢远山，猜测道："难不成灵旋期巅峰层次在府战上会有什么特殊的好处？"

李月茹和张小川听到这话，也都立刻反应了过来，向卢远山投去了询问的目光。

卢远山却只是哈哈大笑，道："不愧是这次选拔赛的冠军！你猜得不错，不过我不能透露到底是什么好处，到时候你们参加府战就知道了。"

柳然三人无奈。

柳然想了想，又问道："对了，会长大人，府战会以什么形式进行？"

"府战进行的方式会比选拔赛更细化一些，全面考核参赛者的炼符术、个人战斗能力等，并且府战会分成初赛和决赛两个环节，只有晋级决赛的人才能获得奖励，而决赛的前三名也才有机会到京都参加国战。"卢远山解释道。

随后他和柳然三人又聊了一下府战需要注意的一些细节，然后才让他们离开。

临别时，卢远山忽然对柳然说道："柳然，我很看好你，所以请你一定要小心谨慎，防备一切危险！我感觉，江流云并不会就此罢手！"

柳然再次从这位老人身上感受到了善意，便微笑着点头，说道："放心吧，会长，我会小心的！"

卢远山甚至表示让柳然住在炼符师公会，他会提供保护，可是柳然却婉拒了，因为他还有自己的计划。

随即，他告别了卢远山，离开了炼符师公会。

原本，柳然是想去看一下皮猴父子的。可是，到了他们家的时候，他才发现皮猴父子二人都不在，邻居说他们已经很长时间没出现了。

"奇怪，他们离开了炼符师公会，却没有回家，那会是去了什么地方？"柳然皱眉低语。可惜，这样的问题他暂时也找不到答案。

无奈之下，柳然只好徒步走向另一个方向。也就在这时，他才忽然发现，自己似乎没什么地方可去了。

思索了片刻之后，他才选定了一个方向，走到了一处庭院的门口。

这庭院并不是很大，先不说和燕凌菲的住处无法相比，就是柳然寄宿了三年的方宇填家都比这里大了数倍不止。

不过，对于柳然而言，这地方却比城主府更好。

因为，这是他原来的家。

三年前，在他父母离奇失踪后，他被方宇填欺骗，无心管理自己的家，甚至将这里卖掉，换取了研究炼符术的经费。然后他就住到了方家，专心研究父亲留下的紫玉符箱。

"虽然我很快也要离开榕城了，但是这里始终是我的根，临走之前，我还是将这一套院落买回来吧。"柳然打定了主意，便迈步走入了这座庭院。

他打算找这院子的主人好好谈一谈。

在进入这院子之前，柳然忽然察觉到有人在暗处观察着他。

不过，他并未在意，嘴角微微一勾，心想：看样子，今晚会有惊喜啊！

是夜。

一场大雨骤至，整座榕城都笼罩在潮湿、阴冷的空气中。

榕城中一处僻静的别院，一间书房内。

江流云脸色阴沉，眸光冷冽地看着窗外，不知道在想什么。

忽然——

"嗖"！

一道黑影从门外掠入，随后一名黑衣老者出现在了屋子里，他正是江流云的管家。

"查得怎么样了？"一道沙哑而低沉的声音从江流云的口中传出。

"那个柳然中午离开了炼符师公会，之后并没有前往燕凌菲的住所，而是去了城东买下了一处宅邸。听说那地方是他原来的住所，不过之前卖掉了，现在又买了回来。"黑衣老者沉声说道。

"然后呢？"江流云冷漠地问道。

"他买下那个地方之后，便要求原本住在那里的人立即搬走，然后他就一直待在里面，没有再出来。"黑衣老者回道。

江流云眼中精芒一闪，冷笑一声："哼，看样子他是真以为自己赢了我，我就不敢动他了，竟然跑出来等死！"

黑衣老者也想不通，按理说柳然应该能想到他们还会对他下手才对，可是他居然没有躲在炼符师公会里，也没有寻求燕凌菲的庇护，而是跑到了一个毫无防御可言的宅子里待着。

思来想去，黑衣老者总感觉有些不太对劲儿，便说道："少爷，这会不会又是他和燕凌菲的阴谋？"

听到"阴谋"这两个字，江流云的脸色顿时阴沉了几分。

这次的选拔赛，就是柳然和燕凌菲的阴谋让他损失惨重，痛不欲生。他可以想象到，这里的事情传回东川之后，他将成为怎样的一个笑柄。也正是因此，他现在愤怒异常，简直一刻都不想让柳然再在这个世上活下去。

"阴谋？哼，那我们就多召集一些杀手，任何阴谋在绝对强大的实力面前都只是形同虚设！"江流云冷声说道。

他已经彻底下了决心：今夜就动手，杀了柳然！

黑衣老者听出了江流云的坚决，同时想到了今日惨重的损失，他没有反对。

他说道："我们能调动的家族力量已经到了极限，现在还要增加人手的话，怕是得另想办法了。"

"和那几个杀手组织联系一下。将今夜子时之前所能调动的杀手都给我找来，不必计较代价，本少爷现在只想将柳然那个坏人碎尸万段！"江流云眼中凶芒骤闪。

"是！"黑衣老者恭敬地应了一声，随即退下去开始执行江流云下达的命令。

在他走了之后，江流云忽然抓起桌面上的一个茶杯，狠狠地摔了个粉碎。

"柳然，燕凌菲！我一定要让你们后悔莫及，生不如死！"

低沉的嘶吼声从他口中传出，带着无边的杀意，瞬间让这书房仿佛又阴冷了几分。

"轰隆"！

窗外一道闪电一闪而过，照亮了江流云那张狰狞扭曲的脸。

同一时间，黑衣老者已经通过元灵符界，利用特殊的渠道联系上了一些杀手组织。不多时，榕城附近的许多人就纷纷收到了通知。

榕城之中，城东方家。

方宇填正在自己的卧室中躺着，却怎么也睡不着。

柳然获得榕城精英符修选拔赛冠军，并且得到了炼符师公会会长卢远山赏识的消息，早已传到了他这边。

也正是这个消息让他如今心绪难平，惴惴不安。

事到如今，方宇填却一点儿都不后悔当初自己算计了柳然，再给他一次机会，他还会做出三年前一样的决定。

毕竟，天符对他而言诱惑力实在太大。

他唯一后悔的就是自己太小瞧了柳冲霄，也小瞧了柳冲霄的儿子。若是他当初布置得更加缜密一些，又怎么会让柳然跑了出去？就更不会有现在的担惊受怕了。

如今柳然以潜龙出海之姿，冲到了一个他方宇填这一生可望而不可即的大舞台上，未来的成就可能不会比他的父亲柳冲霄逊色，这才让方宇填深深地感觉到了危机。

柳然虽然一直没有对方家下手，但他方宇填不认为柳然会放过他们。

所以，方宇填觉得自己必须尽快想出办法解决柳然。

"难道要将他身上藏有天符的事情公布出去？"方宇填脑海中掠过这样的念头。

显然，他还不知道柳然身上的天符早已被柳然融合了。

天符是何等珍贵之物？

一旦柳然身上有天符的消息传出去，光是榕城之中就将有无数人围攻柳然，甚至是现在与柳然关系不错的炼符师公会，都会有无数人心动，心生杀人夺宝之念。

只是，这是他现在所能想到的最后的办法，不到万不得已，他根本不想走这一步。

因为，他到现在还期盼着自己能够将天符夺回来。

他现在是化劲期巅峰层次的强者，可是化劲期强者之间的强弱差距极大，他方宇填在化劲期巅峰层次之中只能算是中流的存在。至少，他比起燕凌菲就要弱了不知多少。

不过，若是他能得到天符，并且自行融合，那么他不但能够打破自己如今的修为瓶颈，而且有可能一举超越如今榕城的第一强者杨修。

可是随着柳然越来越强大，这个愿望也离实现越来越远了。

"我不甘心啊！"方宇填握紧了拳头，低声长叹。

就在这时——

"嗡"！

传信符突然发出振动,惊了他一下。

方宇填猛然翻身站了起来,神色变得微微凝重起来。

因为,此刻收到的是一枚特殊的传信符,也是他平时接受特殊任务时才会用到的东西。

目光扫过四周,快速感应着周围的环境,他在确定四下无人之后,才取出了传信符。

那是一枚有着血色纹路的玉质符卡,若是有杀手界的人在,必然可以认出,这是杀手组织"血爪"特有的传信符。

方宇填正是"血爪"的成员之一,这一点就连他的女儿都不知道。

他将气息探入其中,查看内容。

下一刻,他先是一愣,随即眼睛大亮:"竟然有人悬赏击杀柳然?"

东川榕城任务,目标:榕城一名十五岁少年柳然。

任务奖励:参与者奖励两千金币,成功击杀者奖励一万金币,顺利将其活捉者奖励一万五千金币!

后面还附带了不少柳然的信息介绍以及任务要求等。

这就是方宇填手中的血色传信符之中浮现出来的内容。

"看来是那个江家少爷下的任务,真是天助我也!"

方宇填眼中精芒闪烁,脸上也浮现出了兴奋之色。

他基本可以确认,江流云是不知道柳然身上有天符的存在的,那么如果他击杀了柳然,也未必没有机会趁乱将柳然的空间符戒弄走。

"这是我最后一线希望了!"

方宇填毫不犹豫地将这项任务接了下来,并且立刻着手准备行动。

片刻之后,他便离开了方家,前往任务上说明的集合之地。

同一时间,和方宇填有相同行动的人还有很多。

别看柳然他们从鬼煞岭出来时大家都收获了几千甚至一两万金币的材料,事实上这种机会几乎可遇而不可求。

在榕城,一万金币对于很多人而言,都是一笔巨额财富。

毕竟,寻常人日常所使用的货币都是银币,一万金币可就是百万银币!柳然他们击杀那些黑衣人,从他们身上所获的空间符戒价值也就几千金币。

往日里,这些杀手拼死击杀一名化劲期强者才得到不过几千金币,现在光是参与行动就有两千金币,也就是二十万银币,相当于寻常人两三年的收入,这钱岂能不赚?

所以,这任务发布之后,很快榕城内某个地方就聚集了数十名杀手。

子时很快到来，一道黑影出现在了这些杀手的面前，并且将任务细节交代了下去。

事实上，大部分人根本不用直接参战，只需在必要的时候阻拦前来救援的人就行了。

交代完一切之后，那黑影便带着这群杀手没入了茫茫雨夜。

城东，柳家宅院之内。

柳然盘坐于大厅之中，双目紧闭，体内的符力正在缓缓运转。

在绝对的金钱攻势之下，他不但顺利地将自家的宅院买了回来，还让对方同意立即搬走。所以，此时在这宅院之中就只有他一个人。

忽然，柳然的耳朵微微一动。

"来了吗？"他的嘴角勾起了一抹浅浅的弧度。

下一瞬间——

"嗖"！

两道人影率先冲入大厅，两个人都是蒙面装扮，一看到大厅之中的柳然，他们都是眼睛一亮，随即急速朝柳然冲了过去。

毫不犹豫地，两个人从左右两边同时一刀刺向了柳然的要害。

"扑哧"！

刀光一落，柳然的身影直接在大厅之中消失了。

看到这一幕，这两名蒙面人倒也不惊讶，显然早就对柳然有所了解。随即两个人背靠背，防备着柳然突袭。

可是，他们等了许久，却一直没有等到什么攻击，这反倒让他们心中焦躁起来。

"不对，这不是身法残影，是幻象！"一名蒙面人瞳孔骤然一缩，沉声喝道。

另一个人也感觉不对。

残影说到底就是人突然高速移动，速度甚至超过了人眼视物的极限，就在人的视野之内残留了影子。以高超身法达到这一步，那么人的本体根本不可能瞬间离开多远。

可是现在，柳然的"残影"消失了这么久，他的本尊却一直没有出现，这种情况根本不对。

那就只有一种解释：方才的影子根本不是残影，而是某种幻象，这大厅之中应该被人布置了什么迷幻符阵！

可惜，在他们两个人意识到这一点的时候，已经迟了。

"扑哧"！

就在他们还没来得及考虑用什么办法破开幻象时，一抹血光一闪而逝，两个人都被抛飞出去，落地的时候已经毫无生息。

一身紫衣的男子，出现在了他们尸体旁边。

这名紫衣男子，正是柳然的分身紫阳。

一击斩杀这两名蒙面人之后，分身紫阳立即离开了大厅。

片刻之后，又有几个人进到大厅之中，察觉到这大厅内有迷幻符阵的存在，当即联手强行破除了符阵，而后才发现了地上的两具尸体。可惜，击杀他们的人早已消失无踪。

"给我搜！"为首的那人沉声喝令。

顿时，他身边的人以及屋外的人都纷纷行动起来，在宅院的各个角落展开搜寻。

柳家这宅院虽然不是很大，但是搜起来也不容易，尤其是柳然还在宅院某些地方布置了种种符阵，虽然不会有性命之危，但是都比较难缠。

但参与这次行动的人不少，过了两炷香的时间，这数十个人终于将整座宅院搜了一遍。但是，他们却没有发现柳然的踪迹。

就在这时——

"大人，我发现了一条秘道！"一名杀手对为首的黑衣蒙面人禀报。

那黑衣蒙面人眼中寒芒一闪："这里竟然会有秘道？立刻去看看是怎么回事！"

说罢，他立即带人前往秘道所在之处，小心翼翼地检查起来，确认安全后才命令几个人入内探查。过了一会儿，探查的人就回来了。

"大人，这条秘道并不长，只有数百米，通往城中大街枫叶酒楼附近。"探查的人汇报道。

听到这话，那名为首的黑衣男子忽然意识到不对劲儿，惊呼一声："城中方向？不好，少爷有危险！"

他忽然间意识到，他们这些人杀到这里之后，除了一开始损失了两个人，后面几乎没有遇到什么危险，却在这里莫名其妙地浪费了不少时间。

而现在看来，柳然在杀了他们两个人之后，自己早就离开了。

再加上城中大街的枫叶酒楼，就在江流云居住的地方附近，所以他才会推测，柳然怕是算计好了，趁着江流云身边防御空虚，化被动为主动，直接偷袭江流云去了！所以，他此刻非常着急地要赶回江流云身边。

此刻不但他着急，杀手中的方宇填同样非常着急。所以他直接建议道："大人，要赶去城中区域，最近的途径就是这秘道了！"

"没错！"为首的黑衣男子反应过来，立刻下令所有人跟着他一起走秘道，前往城中区域。

然而就在他们进入秘道不久，异变突生！

第十一章 你死我活

杀手之中，忽然有人拔出兵器对着身边的人疯狂展开攻击。

秘道空间狭窄，再加上众人猝不及防，瞬间就死伤了十几人。

"怎么回事？"

为首那名黑衣男子大惊失色。

方才他也遭到了攻击，若非身边两个自己人及时护住了他，他现在已经受重伤了。

扭头看向身后，他便看到一片混战中自己带来的人明显分成两派，正在混乱厮杀。

看到这一幕，他怎么会想不到自己已经被人摆了一道！

这些通过各个杀手组织雇用来的杀手之中，分明有人早就被人买通，假意前来配合行动，其实就是为了偷袭他们。

能做到这些的人，在榕城之中只有燕凌菲！

想清楚这一点，黑衣男子心中更加愤怒，同时他对江流云的安危也更加担忧。

"不行，我必须立刻赶回去支援少爷！"

黑衣男子一咬牙，不再理会这秘道之中的惨烈厮杀，自己掉头直奔秘道深处冲去。

不多时，他就穿过了秘道，出现在了城中大街枫叶酒楼附近的一条巷子里。他立即认准了方向，便要冲向江流云住着的那一处宅院。

就在这时——

"咻"！

一抹寒光乍现，骤然朝他袭来，瞬间让他汗毛竖立。

黑衣男子全力施展身法闪避，同时捏碎了一张紫玉级防御符卡，好不容易才避开了要害，并且挡下了这突如其来的攻击。

偷袭者出现在他的面前，和他一样是蒙面装扮。

同时，黑衣男子还在对方身上感受到了和自己相差无几的符力气息，心中顿时一沉。

遇到这样的对手，他显然不可能在短时间内脱身，也无法如愿前去支援。

他们的少爷江流云危险了！

正如这名黑衣男子所猜想的那样，此刻柳然的确已经来到了江流云的宅院之内。

幽暗的房间中，一盏晶灯散发出昏暗的光芒，照亮了坐在书桌前的江流云的身影。

房中还有一名青衣侍女正在伺候江流云，她的动作非常小心，生怕稍有不慎自己就要遭殃。

因为，此刻江流云的一双眼睛正发出森冷寒光，宛如毒蛇一般，让人胆战心惊。

无疑，江流云此刻正在等待消息，等待他派出去的人传回柳然被抓回来，可以让他亲手斩杀的好消息。

可惜的是，今夜他注定要再次失望了。

他没有等到前来报信的属下，却等到了一名身着紫色劲装、面容冷峻的男子。

在这紫衣男子闯入房间的瞬间，江流云不由得瞳孔一缩，并在对方身上感受到了浓烈的杀意。

他强自保持镇定，沉声道："阁下半夜三更闯入我的房间，所为何事？"

他利用符力将声音直接传遍了整座宅子，显然是想引起下人的注意。

然而怪异的是，他留在这宅子中的手下都仿佛消失了一样，根本没有任何反应。

如此情景，更让江流云心中发沉。

此刻他知道自己留在这宅子里防卫的几名手下，怕是已经被人解决了。

他也知道这名紫衣男子必然是来者不善，却根本想不到这紫衣男子正是他恨不得碎尸万段的柳然的分身。

分身紫阳望着江流云，轻笑一声后说道："何事？有人花了大价钱，请在下前来此地带走一颗人头，你说我来干什么？"

江流云脸色一沉。

按理来说，杀手出手杀人都是暗中出手，可是这名紫衣男子居然光明正大地出现在他的面前，若不是犯傻，便是有着过人的本事，所以才敢如此大胆。

"是燕凌菲让你来的？"江流云沉声问道。

分身紫阳轻笑一声，道："我不认识什么燕凌菲，我只知道今晚的任务就是来取走你的人头！"

话毕，他便迈开脚步，朝着江流云走了过去。

他本以为江流云会恐惧，可是江流云却忽然大笑了起来。

"哈哈哈，真是可笑！"江流云狂笑着说道，"燕凌菲真以为，我吃过一次亏之后还会对她毫无戒备，真的把所有人都派出去了？"

话音未落——

"砰"！

书房的一扇窗户忽然被撞开，一道黑色光芒破窗而入，落于书房中央，来人赫然是一名黑衣老者。

这名黑衣老者正是江流云的管家，一名化劲期巅峰层次的强者。

今夜为了江流云的安全起见，他并未参与刺杀行动，而是留在宅子里保护江流云，果然等到了刺客！

"是你？"黑衣老者一出现便死死盯着分身紫阳，眼中寒芒骤闪。

一旁的江流云不由得讶异，问道："管家，你认识他？"

黑衣老者沉声道："少爷，这个人的着装打扮和两天前在鬼煞岭之中被杀的手下传回来的信息之中所形容的一模一样！"

"什么？"江流云的眼中顿时也是杀意乍现。

他死盯着分身紫阳，仿佛要吃人一般，沉声喝道："就是你在帮助柳然？"

他本以为这名紫衣男子只是一个雇佣杀手，可是现在看来，这人居然和柳然、燕凌菲关系匪浅。

让江流云和黑衣老者惊讶的是，这名陌生的紫衣男子分明只是化劲期小成层次的实力，但此刻黑衣老者将气息完全锁定在他身上，他居然面不改色。

似乎看出了他们的惊疑，分身紫阳的嘴角微微一勾，道："你们以为，我会没想到你们也有所防范？"

话音一落，一抹灰色流光急速飞来，而后落到了他身旁，来人正是一名身着灰衣的老者。

与江流云的管家一样，这名灰衣老者的实力也是化劲期巅峰。

江流云一眼就认出了这名灰衣老者正是燕凌菲身边的"秋叔"，顿时一阵咬牙切齿。

他沉声冷喝道："李秋！想不到燕凌菲竟然让你出手了！"

秋叔微微一笑，泰然说道："没办法，谁让这一次的目标是来自东川的大人物呢！"

话音未落，他和柳然的分身紫阳同时迈开脚步，快速逼近江流云和那名黑衣老者。

柳然一方是两名化劲期强者，而江流云一方却一个为化劲期巅峰，另一个则是灵旋期巅峰，两相比较之下江流云略逊一筹。

正在这时候——

"咻"！

江流云的身后，那名一直静静站着的侍女忽然走了出来，身上猛地散发出了化劲期大成层次的气息波动！

瞬间，紫阳和秋叔都止住了脚步，脸色微微一变。

无疑，江流云的侍女突然爆发，瞬间让这书房之中的局势再次扭转。

紫阳一方又陷入了劣势。

"不愧是东川的大家族子弟，竟然连侍女都是化劲期大成的强者！"分身紫阳深深地看了那名模样并不出众的侍女一眼，略带讥笑地说道。

这名侍女，他从未在江流云的身边见过，无疑这也是江流云临时安排的一张底牌。

江流云却面无表情地说道："没办法，总有些不知死活的人想和本少爷作对，本少爷自然要多为他们准备一些惊喜！"

他看着紫阳和秋叔，本以为他们会萌生退意，却没想到他们居然再一次迈开了脚步，朝着他逼近。

这让江流云十分不解。

按照现在的局势，是自己一方有利才对。

毕竟他的管家一人就可以挡住燕凌菲的管家李秋，而他的侍女的实力还在那紫衣男子之上，双方战斗起来，对于李秋他们来说毫无胜算。

甚至，一旦紫衣男子被侍女重伤，或者被直接击杀，李秋就会有性命之忧。

可是在这种情况下，对方居然还是选择了动手？

"难不成燕凌菲也亲自来了？"江流云心头忽然一跳，目光扫向四周，戒备了起来。

虽然他并未察觉到燕凌菲的存在，但是他不得不防备。

"杀了他们！"江流云终于按捺不住，下令击杀。

瞬间，他手下的黑衣老者和那名侍女便都行动起来。

黑衣老者和秋叔交手激战，一时间斗得难舍难分。

而那名青衣侍女身形一动，整个人便犹如一阵冷风，向紫阳席卷而去。

一时间，紫阳的周围竟然出现了数道残影。

紫阳没想到这名侍女的身法造诣竟然也如此惊人，不过，他却毫不畏惧。

比身法？

紫阳如今最强的便是身法，加上这分身的肉身比本体更强，分身的速度也比本体快上不少。

只是这一点，江流云他们貌似还不知道，所以紫阳也没有贸然暴露，依然不动声色地站在原地。

"你可以去死了!"

一道冰冷无情的声音,从侍女的口中传出。

瞬间,她一双纤细的手掌之中,犹如莲花盛开一样,竟然有无数冰寒的气浪激射而出,朝紫阳而去。

"正好拿你来试试我今天刚学的攻击符技,看看威力有多大!"紫阳嘴角一勾,而后忽然一拳打出,没有丝毫保留地轰向了青衣侍女。

拥有了分身紫阳之后,最大的好处就是可以间接实现一心二用。

此刻柳然的分身紫阳所施展的拳法,正是他从卢远山手中得到的奖励,他下午将自家的院子买回来之后,本尊在布置各种符阵时,他就趁机将这种四级攻击符技基本学会了。

虽然这是他第一次使用,但效果比他预想之中更强。

"咻"!

非常简单直接的冲拳,却带起了尖锐的破空声!

紫阳的这一拳携带着泰山压顶一般的威势,直接向青衣侍女脸部攻击而去,没有半点儿怜香惜玉之情。

江流云听到如此恐怖的尖锐破空声,脸色骤然一变。

他蓦然发现,这个来历不明的紫衣男子的实力比他想象中更恐怖。那么就算他有管家和青衣侍女保护,也不见得有多安全!

青衣侍女也被打得措手不及,拳头转瞬间就到了她面前,那可怕的拳风,刮得她脸上一阵刺痛。

仓促之间,她只能立刻将自己酝酿的攻击散去,双手收回面前防护,体内的符力极力调动起来,用最快的速度增强防御。

可是,紫阳根本不容她催动多少符力,拳头直接打到她身上。

"轰"!

一道沉重的碰撞声响起,青衣侍女受力后一下子飞退,脸色也瞬间难看起来。

紫阳这一拳让她感觉自己的骨头都险些被打裂,甚至让她暂时不敢继续攻击了。

"这个家伙的攻击力竟然这么强!"江流云在旁边看得心惊肉跳。

他眸光微微闪动,毫不犹豫地抓住一丝空隙,猛然冲向了房间外面。

见状,紫阳试图冲过去阻拦他,可是却被那青衣侍女强行截了下来。

秋叔也同样被那黑衣老者纠缠着,无法追击逃走的江流云。

这书房之中的空间被四人分割成了两方战场,激烈的战斗彻底爆发,将整个房间搅得乱成一团。

这惊人的动静让逃出房间的江流云不得不继续躲远一些,以保证自己的安全。

他原本还想再找人来保护自己，可是他四处叫喊了半天，根本没有人回应。

看来他安排在院子里的其他人，怕是早就被解决了。

"燕凌菲，你这个该死的女人！"江流云不想也知道，这必然是燕凌菲动用了榕城之中的势力做到的。

想到这里，他又不禁担忧起自己派去刺杀柳然的人，于是当即取出传信符，便要传信询问现在是什么情况。

就在这时——

"你是在找我吗？"一道熟悉的声音忽然从他背后传来。

瞬间，江流云只觉得全身汗毛竖立，因为这个声音是他此刻万万想不到会出现在这里的！

一开始他还以为是自己的幻觉，但他猛地回头，看清楚了出现在身后的人，脸色顿时变得煞白。

"你为什么会出现在这里？"他怒喝。

此刻出现在他身后的，赫然正是他派人暗杀的柳然本尊！

柳然闻言耸了耸肩，反问道："我为什么不能在这里？难道就只许你江少爷派人暗杀我，就不许我反过来追杀你？"

"你……"江流云气得七窍生烟。

事到如今，他不用想也知道自己派去暗杀柳然的人，怕是凶多吉少了！

不但如此，他自己此时也陷入了生死危机之中。

燕凌菲一直没有出现，这让江流云十分怀疑她会不会突然降临，然后夺走自己的性命。

所以，他必须先下手为强！

想到这里，江流云眸光一闪，随即猛地向柳然扑了过去，口中怒喝道："既然你亲自跑来送死，那我就成全你！"

见此，柳然嘴角却是一勾，他不退反进，猛地冲向了江流云。

到了此时此刻，他们之间就只有一个你死我活的结果了！

而江流云对柳然已经恨之入骨，也想手刃柳然以解心头之恨。

虽然他和柳然交手，无论是第一次在街头，还是这一次在他发动的排名之战上，他都没有占得半点儿好处，但他一直坚信自己是因为大意才会输给柳然的！

不过，为了安全起见，今晚他才强忍着自己出手的冲动，只要求属下尽量将柳然生擒回来，自己再亲自手刃柳然。

到了现在，一切再次脱离了他原来的算计，但他也没有别的选择，只能放手与柳然决死一战了。

面对江流云的进攻，柳然同样不敢有丝毫的马虎。

他非常清楚，前两次能够轻易战胜江流云，的确有运气的成分在。

这次江流云一动手，就拿出了一件柳然从没见过的符器。

那是一把紫玉级的弯刀，状若弯月，寒光闪烁。

江流云怒喝一声，手中弯刀之上符光闪烁，寒意大盛，他一挥手，便猛地一刀斩向了柳然。

又是一种四级攻击符技！

柳然眼睛微微眯起，不由得想起了白天他和江流云进行排名之战时江流云所施展的那凌厉的爪法。

不愧是大家族子弟！

柳然好不容易才从炼符师公会那边得到了一门四级攻击符技，而这江流云自己就身兼两门，而且都练得非常熟练。

此刻江流云这刀法虽然不如他那爪法强横，但在紫玉级战刀的辅助下，发挥出来的威力丝毫不亚于他那一门爪法。

不过，柳然却并未退让。

只听他冷喝一声，双手猛地紧握成拳，猛地击出！

"砰"！

"砰"！

两道碰撞声接连响起，柳然的双拳犹如潜龙出渊，狠狠地打在了江流云的战刀两侧。

江流云猛冲而来的身形一顿，脚步都有些踉跄。

他的双目之中闪出噬人般的寒光，死死地盯着柳然道："那个紫衣人果然和你有关系！"

原来，他认出了柳然此刻施展的拳法符技与方才房间之中那个紫衣男子施展的如出一辙。

可惜，他无论如何也想不到，柳然和那紫衣男子岂止有关系，他们根本就是同一个人！

柳然只是撇了撇嘴，根本没有回答的意思，随即毫不犹豫地抬腿，狠狠扫向江流云，将他逼退。

江流云勃然大怒，蓄力又冲了上来，对着柳然展开连续攻击。

可是，他的每一次攻击不是被柳然避开，就是被柳然用拳头硬接了下来，没有一次给对方造成伤害，这让他又惊又怒。

"这怎么可能？他明明是刚突破到灵旋期巅峰，身法厉害点儿就已经不错了，为什么就连攻击都如此厉害？"江流云心中十分难受。

他早就达到灵旋期巅峰境界了，又有家族的全力培养，掌握的符技都是四级层次的，反复习练至今，却无法胜过一个他一直看不起的穷小子！

这让他如何能够接受？

更让他难受的是，柳然的拳法明显一开始还略带几分生涩，与他对战了一会儿后居然变得越来越流畅熟练。到了后面，甚至变成他无法招架柳然的拳头了。

"不，我决不允许！"江流云蓦然疯狂地怒吼起来。

他绝对不允许自己第三次败在柳然手上，哪怕他将一直以来深藏着从未施展过的底牌拿出来也在所不惜！

"吼"！

一声带着无穷恨意的低沉吼声，猛然自江流云口中传出。

"嗡"！

两个人周围的空气忽然震荡起来，一股恐怖的力量仿佛火山爆发一样从江流云体内涌出。

江流云长发乱舞，狂暴的符力从他体内横冲而出，遍布全身，让他整个人显得模糊不清起来，只有那双冰冷森寒的眼睛，依旧在死死地盯着柳然。

瞬间，柳然汗毛尽竖。

江流云仿佛毒蛇一样的眼睛盯着柳然，口中传出沙哑而低沉的声音："受死吧！"

声音未落——

江流云的身影突然消失，再出现时已经到了柳然身前，速度竟比柳然全力爆发时还快上了一分！

柳然震惊无比，毫不犹豫地飞退开来。

可是，不待他退出多远——

"轰！"

一道刀光，携带着一股狂暴的力量狠狠地击落在他身上，顿时他身上那件燕凌菲所赠，本身就是符器的衣衫竟然"嘭"的一声碎裂开来！

同时，柳然的背部突然裂开了几道伤口，鲜血顿时喷出。

柳然远远退开，满脸震骇地看着眼前的江流云。

难以置信，方才还与他斗得不相上下的江流云，竟然能用一招就打破了他的防御，让他身受重伤！

"他的符力竟然瞬间暴涨了五六倍，论力量几乎可以与化劲期入门相比了！"柳然心中十分震惊。

柳然的识海之中，柳灵灵也被外面的情景吓了一跳，一看此刻的状况，她忽然呼喊了起来:"哥哥,注意他的眼睛!他的力量是从那双眼睛里爆发出来的!"

柳然心中一凛。

是了,江流云拥有家族秘传瞳术——雪花灵瞳,这一点他是早就知道了的。

只是现在看来,恐怕这瞳术根本不只是能够探查感知一些珍材灵物那么简单!

"看来,我需要重新估计你的实力。"柳然盯着江流云,脑中却是快速地盘算着该如何对付对方。

"哼,希望你能在死之前,重新估计完毕!"江流云冷笑一声,又朝着柳然冲了过去。

柳然瞳孔微微一缩,脚下同时快速踏出一步。

"唰"!

"唰"!

两个人几乎同时消失,院中立刻响起了呼啸的风声。

无疑,柳然、江流云此刻的速度都极快,快到肉眼无法捕捉他们的身影。

但是,江流云的移动速度虽快,身法却算不上巧妙,他只是单纯地以强大的符力催动身形,因此引起的呼啸声极大。

而柳然却因为身法已经达到入微境界,快速移动之时,竟然是悄无声息的。

突然,江流云一脚狠狠地扫向柳然。

柳然一声低喝,右拳闪电般挥出,狠狠地打到了江流云的腿上。

然而此时,江流云身上猛地浮现出了一圈护体的符光,在被柳然的拳头击打时竟然只是一阵震荡,然后就挡住了他的攻击!

不好!防御符卡!

柳然脸色猛地一变。

下一瞬间,尖锐的破空声响起。

"咻"!

江流云的手化作利爪,猛地朝着柳然的胸口处抓了过来!

第十一章 你死我活

第十二章
江流云之死

血鹰爪！

这正是江流云之前在和柳然进行排名之战时施展过的四级攻击符技。

不过，很显然此刻他力量猛增，所以这次施展出来的威力比之前更加恐怖！

"退！"柳然毫不犹豫地全力倒退。

但是他方才的攻势突然中断，此刻再调整身形倒退，哪怕他将身法练到了控制入微的级别，速度短时间内也难以调整过来。

而对方的这一爪偏偏就是以速度见长，所以柳然才刚刚做出退避的动作，还没来得及退开，那五道厉芒就狠狠地落到了柳然的胸口上。

"扑哧"！

五道血痕一下子出现在柳然胸口处。

好在柳然使用了过人的身法闪避，这伤口避开了要害，虽然看上去十分恐怖，但并未造成致命伤害。

不过，柳然还没庆幸多久，便忽然脸色一变。

江流云竟然在他的指甲上涂抹了毒药，只一瞬间柳然就感觉全身发麻，脑袋里还有一阵阵晕眩的感觉。

"卑鄙，你竟然下毒！"柳然怒瞪着江流云，沉声喝道。

同一时间，他立刻传音通知柳灵灵，赶紧暗中帮他运转天符之力，试试能否炼化掉进入他体内的毒素。

江流云面对柳然的喝骂却十分淡然，他只是冷冷一笑，说道："血鹰爪本来就是要配合毒药才能发挥出出其不意的绝佳效果，只不过以前我不屑使用，这还是第一次，你应该感到荣幸才对！"

柳然沉默不语，立于原地怒视着江流云。

在他体内，天符之力正在飞速运转，江流云引以为傲的毒药正在快速被焚烧着。

江流云对此却浑然不觉，甚至还得意扬扬，认为柳然这一次死定了，便大步朝着柳然走去。

柳然眼睛微微眯起，心中暗道：这家伙松懈了，必须把握住这次机会！

"哈哈，就让你好好感受一下我这血鹰爪的最强威力！"江流云终于走到了柳然面前，狂笑之间，他一双眼睛中竟浮现出了一缕淡淡的雪花纹路。

同时，他双手齐出，指尖上聚集着一道道血色的符光，猛地抓向了柳然！

"哧哧哧……"

急促的破空声响起。

江流云再次强行运转秘传瞳术，体内的符力澎湃起来，化作一道道血色爪芒，向柳然攻去，攻击速度比方才竟然还要快了一分！

柳然脸色微变。

这样的攻击就算是他的分身紫阳也不敢硬接，否则有可能会受伤！

所以，在江流云逼近的瞬间，柳然毫不犹豫地选择后退。

这一次柳然早有准备，而且体内的毒素已经被天符之力清除了，他的速度瞬间激发，出乎江流云意料地避开了攻击。

"噗噗噗……"

江流云的血鹰爪落在了不远处几块假山石上，顿时传出了几道破裂的声响。

同一时间，他听到了自己身侧传来了一连串的破空之音。

原来是刚刚避开他攻击的柳然，趁着这个时候再次扭转身形，直奔他这边而来。身形飞奔之间，竟在身后留下了道道残影。

"有机会逃跑居然不逃？反而回来找死！"江流云眼中寒芒骤闪。

方才他还郁闷柳然怎么就解了身上的毒，遗憾这次柳然恐怕会逃走，没想到他居然又自己跑回来送死了。

瞬间，江流云脸上满是兴奋的笑容，他抬手，血鹰爪再次对着柳然的脑袋抓了过去。

柳然眼中光芒一闪，左手之中的一枚符卡直接被他捏碎！

"嗡"！

只见符阵的光芒一闪，一层符光立即护住了他全身，柳然抡起拳头，竟直接挥向了江流云的血鹰爪。

"找死。"江流云不屑。

四级攻击符技之中的顶尖符技，在他此刻的全力施展下，就连化劲期强者都要避让，柳然此刻的举动不是找死又是什么？

他根本不觉得柳然使用的符卡能阻挡住他的攻击，心念一动，血鹰爪的速度又加快了一些，猛地撞上了柳然的拳头。

然而，下一刻——

"啊！"

江流云一声惊呼。

因为，他骇然发现，自己引以为傲的攻击，竟然无法撕裂柳然身上的护体符光！

不对，这不是紫玉级防御符卡，而是玄金级！江流云瞬间想到了柳然今天已经领取到了选拔赛的奖励，脸色顿时发白。

而此刻，柳然的另一只拳头已经狠狠地朝他打了过来。

危急之际，江流云也只能立刻催动一张防御符卡。

"就算你能挡住我的攻击又如何？你连我的防御都破不开，一样杀不了我！"江流云嘴角勾起一丝冷笑。

说话间，他再次催动血鹰爪，掌上又冒出了血色的光芒。

如此近距离，他如果展开攻击，就不信柳然还能躲闪得了！

但是——

"咔嚓"！一声脆响毫无征兆地响起。

"啊！"江流云发出一声惨叫。

柳然的拳头之上猛地浮现出了一层紫色的火光，竟然让他的攻击力猛增，一拳打爆了江流云的防御。

天符之力！

"轰"！

强行打破江流云的防御之后，柳然的拳头直接朝着江流云打了过去。

如此近的距离，江流云根本来不及躲闪。他大喝一声，身上的符力震荡突然激烈了起来。

现在，他只能寄希望于自己的防御符技能够保住自己这条命。

同时，他也并未放弃攻击，血鹰爪再次抓向了柳然的腹部，而此刻柳然的玄金级防御符卡的力量已经衰弱，防御也被轻易撕开！

生死一线——

柳然的眼中闪过一抹厉色，竟然选择不去避让江流云的血鹰爪，任由对方的攻击落在自己身上。

他心中发狠，拳头上的紫色火焰越发炽烈，狠狠地打向江流云。

如此霸道的一拳，江流云的防御符技根本无法抵御！

"噗"！

鲜血喷出！

江流云瞪大了眼睛，眼中充满了不甘，却最终无力倒地。

同时，柳然虽然站着，可是在江流云临死一击之下也是身受重伤，捂着腹部摇摇欲坠。

一场厮杀,终于分出了胜负:江流云身死,柳然重伤!

"噗"!

一口鲜血从柳然的口中喷出。

他脸色煞白,身上的伤口都在流血,尤其是腹部的伤口,更是狰狞可怕。

好在最关键时刻,他依靠身法控制,还有柳灵灵运转天符之力进行防御,强行避开了要害,否则现在地上躺着的就不止江流云一人了。

"好险!"柳然看着地上面目全非的江流云,缓缓地舒了口气。

无疑,方才他动用天符之力的时机刚刚好。

如果他一开始就利用天符之力展开攻击,虽然可能让他不会受这么多伤,但以江流云的心机绝对不会让柳然有杀他的机会。

柳然相信,江流云身上必然还有其他底牌没有用,之所以能够杀死对方,纯粹是因为对方也急着要杀他,却没想到柳然有天符这样的底牌,这才让他措手不及,当场饮恨丧命。

不过柳然也差点儿就完蛋了。此刻在他识海之中的柳灵灵还在埋怨他刚刚太过冒险。

柳然快速从空间符戒中取出一枚符丹服下,而后忍着疼痛站直了身体。

他微微一笑:"无论如何,总算是结束了!"

一伸手,他便将江流云身上的空间符戒取走,又顺手捡走了方才江流云使用的那把紫玉级战刀,而后他立刻离开了这座宅院。

他必须马上找到一个安全的藏身之所,并且立刻疗伤,否则这伤势恶化下去,说不定会要了他的小命。

同一时间,房间内紫阳他们的战斗也到了高潮。

房中的人都感受到江流云的气息消失了。

黑衣老者一时悲愤到了极点,狂怒之下,他的攻击也变得狂暴起来。

好在秋叔早有防备,不但从容地接下了他的攻击,口中更是轻笑道:"郑明,你的主子死了,你继续拼命还有何意义?你根本杀不了我,若不罢手,你自己也将丧命于此!"

也不知道是不是听到了他的话,黑衣老者郑明还没有表示,与紫阳缠斗的青衣侍女居然在一招逼退紫阳后,自己匆匆逃走了。

紫阳没有去追她,毕竟柳然现在的伤势太重,分身的实力也大大受限。

随后紫阳立刻掉头直奔秋叔他们那边,吓得黑衣老者郑明脸色大变。

一旦秋叔和紫阳联手,郑明恐怕真要被杀!

"你们!很好!"郑明一阵冷笑,"竟然胆敢杀我们江家的少爷!接下来你们就等着我们江家的疯狂报复吧！"

听到他如此气势汹汹的狠话后，秋叔毫无反应。

郑明也知道，以燕家的实力还真不用惧怕江家。所以，他只能将目光扫向紫阳，沉声喝道："他们燕家的人或许不怕报复，可是你呢？哼，小小化劲期小成者，竟然也敢参与进来，我保证，不出三日，你必定会追悔莫及，生不如死！"

紫阳眉头一皱，刚想说些什么的时候，忽然脸色大变，匆匆说道："秋叔，立刻动手杀了他！我先走了！"

秋叔有些惊讶，根据他的了解，这个柳然找来的帮手应该不至于被几句威胁的话吓得大惊失色才对。

不过他也没问什么，当即再次攻向了郑明。

他不知道的是，柳然的分身之所以提前离开，其实并不是因为郑明的威胁，而是因为他忽然察觉到青衣侍女在逃离之后，竟然直接追向了他的本尊。

本尊的实力本就不如对方，再加上如今身受重伤，若是真和青衣侍女斗起来简直必死无疑。

所以分身紫阳才会疯狂加速，赶往本尊所在之处。

此刻，青衣侍女已经追到了柳然的本尊面前。

原本正盘坐调息疗伤的柳然睁开双眼，右手一翻便浮现出一张玄金级攻击符卡。

青衣侍女原本还想发动攻击，可是一看到这张攻击符卡，动作顿时僵住了。

她非常清楚，一旦柳然真的使用了这张攻击符卡，恐怕就算她全力防御，也要被重伤，甚至有可能当场被对方击杀！

看自己已经镇住了对方，柳然暗暗松了口气，脸上却不动声色地说道："你的主子已经死了，就算你杀了我也没用，而且如果你动手，恐怕连自己的小命都保不住。"

老实说，他其实不舍得使用这张攻击符卡。

玄金级别的符卡何其珍贵？在江流云身上用掉了一张防御符卡已经让他十分心疼，剩下的两张他还想着慢慢研究，根本不舍得轻易使用。

不过，青衣侍女却不知道这一点，冰冷的目光盯了柳然许久，她才说道："交出我们少爷的空间符戒，我可以不动手，立刻就走！"

柳然冷笑一声，道："我拼死一战才得到的东西，可没有将它送出去的理由！"

他本来以为自己的坚决可以逼退对方，没想到对方闻言竟说道："那我只能拼命将东西抢回来了！"

话毕，她立刻做出动手的姿态，让柳然心头一跳。

难不成这空间符戒之中有什么特殊的东西？柳然猜测。

目光微微一闪，他无奈地说道："好吧，我将它给你就是了。"

说着，他轻轻从手上将江流云的空间符戒取下，伸手将它抛了出去。

青衣侍女大喜过望，正要冲上去接住，却身形猛地一僵，随即整个人当着柳然的面倒了下来，眉心处竟有一缕鲜血缓缓溢出。

柳然一伸手，将抛出去的空间戒指接了回来。

看了一眼出现在青衣侍女身后的燕凌菲，他松了口气，道："你终于赶到了！"

显然，方才他是发现了燕凌菲的身影才假意要交出空间符戒，实际上是给燕凌菲打掩护，为她制造袭击的机会。

"这不是来得刚刚好嘛！"燕凌菲只是轻声一笑。

柳然无奈，问道："城主府的情况怎么样了？"

"杨程死了，杨修重伤逃走。"燕凌菲平淡地说道。

然而柳然却知道，过了今晚，这样平淡的一句话，必将引起全城震动！

翌日。

整座榕城果然如柳然所料的那样，各方势力皆被震动。

江流云的死讯、副城主杨程的死讯，以及城主杨修重伤逃走的消息，无论哪一个都是绝对劲爆！

经过这些事情，所有人更加震骇于燕凌菲的手段与实力，对燕家也更是忌惮不已。

而在这时，一则消息从城主府中传出：

传闻，前段时间封灭之谷发生突变，乃是副城主为了一己之私，试图将被封印了千年的逆种精魂放出，燕凌菲费尽千辛万苦才将逆种精魂重新封印，原本要秉公处理杨程，城主杨修却百般包庇，最终造成逆种精魂再次逃脱，而逆种精魂在城主府的协助下，借助传送符阵逃到了幽灵岛，再次引发惊天之变。

这样的消息再次让全城的人，以及外界其他关注榕城的势力都大吃一惊。

众人这才知道，封灭之谷中竟然封印着一个天劫境层次的逆种精魂，还差点儿造成全城覆灭！

众人也是才知道，原来前不久的幽灵岛剧变居然也是杨修他们引起的，更让人惊骇的是，他们居然在试图炼制一具修罗魔体！

他们一旦成功了，那么整个东川，整个炎玄王朝，乃至整个人族都将生灵涂炭！

也正是因此，众人一开始还对昨晚发生的事情有些非议，但听到了这些消息之后，所有人立刻将矛头指向了杨修等人，恨不得亲自诛杀他们。

毕竟，杨修他们可是犯了叛族大罪，很多人要受到株连的！而且，他们也差点儿就被杨修他们害死，岂能不恨。

谁也没有怀疑事情真实与否。

因为，他们随后都听到了另一则消息：基于此事，东川城已经正式下达对杨修的悬赏追捕令，将杨修列为人族叛徒，人人得而诛之！

这种正式的悬赏追捕令，必然要有确凿的事实、证据为依托，否则不可能下达。

正是因为这一则消息太过轰动，榕城内所有人的注意力一时都被吸引了过去。大家议论着这些事情，同时也都非常好奇接下来会是谁来接任榕城的城主之位，这可是关系到他们切身利益的事情。

至于江家少爷江流云的死，根本无人问津，更没有人在意他到底是怎么死的。

当然，也有极少数人例外。

比如，昨夜参与了暗杀行动，却最终连柳然的面都没见到的方宇填。

他很幸运地活着逃回了家中，并且立刻收拾细软带着女儿方小蕊连夜逃离。

方家的管家秦伯等天亮才知道了这件事情，顿时明白他们怕是有麻烦了。

这两天，他也如同方宇填一样，一直在担心柳然报复，现在方宇填抛下所有人跑了，一下子让他方寸大乱。

这时候，他的儿子秦虎忽然说道："父亲，咱们去求求然少爷吧！"

秦伯闻言不由得怒骂："你胡说八道些什么？现在想杀我们的就是他，否则老爷他们怎么会逃走？"

秦虎却摇了摇头，说道："然少爷不是那样的人，否则他早就对我们动手了，老爷他们怎么可能还有机会逃走？"

他虽然头脑简单，但是不代表他看不懂事情，相反很多事情他想得简单一点儿，反而更接近真相。至少，柳然自始至终都没将方家的事情看得有多重，方宇填也是自己心中有鬼才会那么惊慌失措。

秦伯本来不相信秦虎的这一番话，可是，左思右想后没别的办法，只能一咬牙，决定死马当活马医。于是，他带着秦虎来到了柳家宅院的门口，直接跪地求见。

片刻之后，他们便如愿见到了脸色还十分苍白的柳然。

秦伯立刻拉着秦虎，跪在地上又是自扇耳光，又是赔礼道歉，请求柳然放过他们父子二人。

本来，他以为柳然会对他们大打出手，甚至痛下杀手，谁知道柳然根本没这个意思，还连忙将他们拉了起来。

柳然说道："秦伯，我知道你和秦虎都不是恶人，只不过跟随了方宇填，不得已才会对我出手，错不在你们，所以你不必如此。"

话音微微一顿之后，他又说道："过两日，我将随着炼符师公会的其他参赛者前往东川城参加府城之战，身边还缺两个可以使唤的人，如果你们不嫌弃，就与我同行吧！"

闻言，秦伯不禁感动得老泪纵横，秦虎则是乐呵呵地挠着头傻笑。

谁都看得出，如今柳然横空出世，天资不凡，到了府城也必将成为一方豪杰，跟着他比跟着方宇填有前途得多！

不过，秦伯却并没有答应柳然，他只是说道："多谢然少爷的好意，只是老秦自知罪孽深重，又年事已高，不愿到府城丢了少爷的面子，不如让虎子与你一同前往东川，老奴就在榕城为少爷守住这些家业吧！"

柳然一想也是，自己在榕城的宅院总不能扔下不管，于是点了点头："那就拜托秦伯了！"

秦伯郑重地说道："定不让少爷失望！"

了结了这件事情之后，柳然心情大好。

不过，他心中还牵挂着皮猴父子二人，便让秦虎出门打听了一番，知道皮猴他们父子至今依旧未归，这让他不禁有些担忧。随后，他嘱咐秦伯在他走后要多关注皮猴家的动静。

不久，榕城炼符师公会传来一则消息：

由于杨修逃走之时强行封锁了榕城的传信符阵，导致传送大厅无法运转。因为在新城主继任之前无法开启传送符阵，所以为了将府城之战的参赛者准时送达，选手需利用飞行符器前往府城。

但由于路途遥远，途中必然经过不少危险之地，炼符师公会与城主府联手在城中招募一支精英护送队伍，护送参赛者飞行前往东川城。

消息一公布，只用了半天时间，一支四十人的队伍就招募齐了，其中十余人本身就是之前参加选拔赛的参赛者，另外几十人无一不是精英战士，实力基本上都在化劲期层次以上。

三日的时间内，柳然在燕凌菲的帮助下，身上的伤总算恢复了大半，一切准备也都就绪了。

当即，他带着秦虎坐上了炼符师公会的悬浮飞车，与张小川、李月茹一同出发，前往东川城。

前方等待着他们的将是一个更加辽阔的舞台！

第十三章
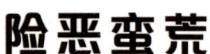
险恶蛮荒

梅云城，东川城管制下的一座小城，规模与榕城相仿。

城中，江家有一个分支势力驻扎于此。

此刻，在江家的一处偏厅之内。

"嘭"！

一声刺耳的碰撞声突然传来。

那是一个茶杯被狠狠摔在地面上，四分五裂时所发出的声响。

江家的二老爷满脸怒色，犹如要吞噬人的野兽一般，死死地盯着跪在他面前的黑衣老者。

"你这个废物，不是信誓旦旦地说一定会保护好流云？现在他竟然被杀了！你还回来干什么？想让我亲手杀了你吗？"

这位江家二老爷名为江无恨，乃是江流云的父亲，同时也是这梅云城江家的主事者。

不过，此刻他完全被眼前的黑衣老者所带来的消息气疯了。

毕竟，这一次死的是他的儿子，而且是他极为疼爱的儿子！

跪在他面前的这名黑衣老者正是江流云的管家，从榕城逃出生天的郑明。

不过，此刻他的脸色惨白，看上去伤势极重。这一路逃命，他根本没时间疗伤，现在身体几乎支撑不住了，但他却依然咬牙保持着清醒。

因为他知道，如果自己现在的这番解释无法让江无恨满意，那他的结果就只有一个——被江无恨杀掉！

郑明恭敬地趴在地上，说道："二老爷，老奴自知罪孽深重，老爷要杀要剐老奴都不会皱一下眉头，只是，老奴拼死赶回来是想告诉老爷，如今我们最重要的是将那件东西夺回来，否则非但是老奴，就是整个江家也会遭受前所未有的大祸啊！"

江无恨闻言，脸色又难看了几分。

不过，他却不得不承认郑明所说的就是事实。

实际上，他现在也非常头痛，正如郑明所说的，此事关系重大，稍有不慎，就连他都要小命不保。

更让他郁闷的是，他们现在还无法确认究竟是谁杀了江流云，也不知道江流云手上的东西到了谁的手中！

"那个蠢货怎么就给我招惹了燕家！"江无恨怒骂道。

又连砸了好几样东西之后，他才好不容易平复了一下心情，沉声对郑明说道："把事情的始末，所有的细节都给我一一说清楚！"

"是！"黑衣老者郑明连忙应了一声，然后将那天晚上所发生的事情一一详述。

当听到被派出去暗杀柳然的部分杀手，居然早就被人买通了，后面仅有一两个人逃出来，而逃出来的两个人也搞不懂情况，只知道目标突然消失了时，江无恨眉头一皱。

后来又听到那位不知名的紫衣冷酷男子，居然在听到了黑衣老者的威胁后，直接脸色大变然后逃跑了时，他立即又追问了一下当时燕凌菲的管家李秋的反应。

随后，他眼中突然精芒一闪。

"恐怕，那个紫衣男子根本不是燕家的人，而是和那个什么柳然有关系！"江无恨沉声说道，"他当时离开，怕就是已经知道小翠要趁机去将东西拿回来，所以才会去追杀小翠！"

"这么说来，当时击杀少爷，夺走少爷空间符戒的人，很有可能就是柳然！"黑衣老者郑明猛然反应过来。

"没错！"江无恨点头道，"所以，流云的那枚空间符戒，若不是在那个柳然身上，就在那名紫衣男子的身上！"

"在那名紫衣男子身上的可能性会更大一些！"郑明说道，"只是，那个家伙神出鬼没，我们没有任何线索，也不知道怎么才能找到他。"

江无恨却冷笑道："只要抓住那个柳然，他岂能不现身？"

郑明眼睛一亮，连声说道："二老爷英明！"

江无恨却一点儿都不领情，冷声道："哼！这件事情就交给你去办，办好了，你就以死谢罪，我便不为难你的妻儿。否则，我会让你的妻儿给流云陪葬！"

郑明心头一颤，一下子冷汗都冒了出来。他之所以不敢一走了之，不就是因为放不下在江家的妻儿。

所以，此刻江无恨对他说这样的话他并不感到意外，一咬牙，便郑重地说道："是！那榕城的护送队伍要前往府城，必然会从梅云城附近经过，小的拼了命也要将柳然带回来！"

闻言，江无恨的脸色才稍微缓和了一些，直接挥手让他下去办事。

在郑明离开之后，江无恨沉着脸坐在书房中，目光闪烁，似乎在思索着什么，口中还呢喃地念着："燕家……看来有些事情也必须早点儿动手才行！"

一片辽阔的丛林上空，数十名人族战士催动着各种飞行符器，护卫在几辆悬浮飞车的左右，正在快速地飞行着。

这一行人，正是从榕城出发，前往东川城的府战参赛护送队伍。

东川城位于榕城的正东方，相距数千里，彼此之间更是隔着崇山峻岭，还有部分地带甚至是如今尚未彻底灭除鬼煞之患的蛮荒，可谓危机四伏。

不过，众人如今所走的这一条路乃是平时也有较多人往来的官道，再加上都奢侈地使用着飞行符器，更是将众多危险纷纷杜绝，所以他们一路过来倒也还算平安无事。

一辆悬浮飞车之中，柳然盘腿而坐，体内的气息翻腾不息，符力不停地运转。在他腰间，那个妖器雏形灵韵葫芦之中，正散发出浓郁的灵气，逐渐灌输到他的体内。

显然，柳然正在疗伤，从榕城出来之后，他就一直保持着这种状态。

就连大家停下来休息的时候，他也一直没有离开车厢。

如今两天过去，他也总算将体内的伤势修复得七七八八，虽然没有彻底恢复，但也基本不会影响他的战斗和修炼了。

"呼"！一口浊气从他口中吐出，他慢慢地睁开了双眼。

解决伤势之后，他的心情也变得舒畅起来，看了一眼窗外的情况，确定队伍正平稳地赶往东川城之后，他就觉得更加无聊。

忽然，他心念一动，手中一翻，便出现了一枚空间符戒。

这空间符戒正是他从江流云身上所得，这几天忙着疗伤一直没去查看。

如今，他倒是要看看这其中究竟有什么东西，竟然让那名青衣侍女如此紧张。

"这上面竟然还有封印？"

柳然惊奇地发现，自己竟然无法打开江流云这枚空间符戒。

之前他拿到手之后并未仔细检查，此刻才发现封印符阵的存在。而且，这封印符阵竟然还是大师级别的炼符师所布置的！

无疑，这也证明了这空间符戒之中的确有极其珍贵的东西，否则何必出动大师级炼符师封印。

无奈的是，他就算知道如此，也无计可施。

他的炼符术造诣还远远达不到大师级，现在也无法打开这封印，更无从知晓其中究竟是什么东西。

若是其他人，得到这空间符戒或许就束手无策了。

不过，柳然虽然无法自己破解，却可以在其他方面想想办法。

"或许我得在暗符界找找，有没有可以强行破开这种封印的办法！"柳然暗自沉思道。

他识海之中的柳灵灵顿时来了精神，对他说道："哥哥，你交给我吧，我立刻去暗符界找找看！"

柳然点了点头，旋即开始分析这封印的一些构造、特点，将其告诉柳灵灵。

天下符阵何其之多，破解方法更是数不胜数，不过有了构造、特点，要找出其破解的方法，还是比较容易的。

尤其是，暗符界本身就充满了各种奇异的东西。

柳灵灵兴致勃勃地在暗符界之中浏览起各种相关信息，而柳然却忽然感觉到自己腹中饥饿难耐。

他才想起自己这两天光顾着疗伤，几乎粒米未进。

恰在此刻，他忽然感觉悬浮飞车开始向下移动，掀开窗帘一看，才发现原来已经日近黄昏，护送队伍决定停下来，在附近找个地方做饭，然后准备休息。

夜晚的时间，并不适合赶路，之前的两天他们也是如此，到了夜晚就停下来休息。

不过，这一次他们选择的这个地方比较特别，居然是一座荒废的古城。

"诸位，出来休息一下吧！"护送队的队长乃是炼符师公会的副会长徐江，他朗声对众人说道，"我们现在所在的地方，乃是一座上古城池，虽然早已在昔年战火之中荒废，不过对于我们来说倒是一个不错的休息之地。"

"上古城池的残垣？"柳然倒是来了几分兴致，当即掀开布帘，从车厢中走了出来。

放眼朝四周望去，柳然所见到的果然是一片残垣断壁。

徐江正在安排众人扎营，看到柳然出来，当即走了过来。

柳然如今深受他们会长器重，而且就天赋资质而言，这一次在府战之中估计也将大放光彩，他还真必须和柳然搞好关系。

毕竟，他之前和柳然也有一定的误会，不趁着现在修复一下彼此的关系可不行。

"柳公子，伤势可好了？"徐江问道。

这两日柳然一直在疗伤，所以没有出来，这个他是知道的。

柳然点了点头，又问道："我们还有多久抵达东川城？"

"明天就能到了！"徐江笑道，"咱们距离梅云城就几百里了，明天可以抵达，到时候借助梅云城的传送阵，你们就可以直接抵达东川城！"

"好！"柳然笑了笑，"我能四处走走吗？"

"可以倒是可以。"徐江说道，"不过最好别走太远，虽然这地方也没什么危险，但还是小心一点儿比较好。"

"嗯。"柳然应了一声，便自顾自选了一个方向，大步地走开了。

徐江则是去安排扎营、准备晚餐的事情。

至于柳然睡觉、吃饭的问题，秦虎都会帮他安排妥当，根本不需要他操心，他想帮忙秦虎都不让。

行走在断壁残垣之间，柳然心中莫名地有一丝沉重感。

古代的建筑与当今的相比，有着许多不同的特点，但是他在欣赏的时候，脑海中浮现的却是昔日人族与鬼族之间的惨烈战斗。

虽然如今人族也只能从一些文献、资料中了解一些当年的情况，但柳然知道，文献之中所记载的东西只不过是九牛一毛，人族昔年差点儿灭族的残酷情况，根本无法用言语描绘完。

想到这里，他又不禁对结束征战，又为人族创造出安定繁衍的空间，以及将人族的符修文明推动发展至今日这般辉煌的天帝风剑尘心生敬佩。

"可惜，我晚生了千年，否则或许就有机会一睹天帝的英姿！"柳然低声轻叹。

他本来只是随意一声感慨，却没想到声音一落，竟然得到了回应。

"想要一睹天帝的英姿？何须回到千年之前！"一个声音冷不丁地响起。

柳然眉头一皱，目光立即在周围扫视起来，同时口中低喝："是谁？"

他这一看才发现，自己不知不觉地竟然走到了一个距离他们营地比较远的地方。

他的目光在周围扫了一圈，猛然发现不远处一片阴暗的角落下，一道身影一闪而过。

"这里除了我们之外，竟然还有别人？"眉头微微一皱，他身形便猛地朝那边追了过去。

一路追着那道人影，柳然也离营地越来越远。

他的眉头越皱越深，速度也渐渐放慢下来。

虽然到现在他都没有察觉到危险，但是，他不得不小心，万一对方对他有恶意，要将他引入什么陷阱，这就会给他带来极大的危险。

不过，就在柳然打算放弃，直接返回营地的时候，忽然，他感觉到一股熟悉的气息。

"这气息……竟然是皮猴！"柳然脸上不由得露出了错愕之色。

之前离开榕城的时候，他想找皮猴父子二人，却一直没有找到，没想到居然在这古城遗迹之中感知到了皮猴的气息。

气息所在的方向，竟然与方才那道人影消失的方向一致。

"皮猴到底遇到了什么事情？他跑到这里来干什么？"柳然心中疑惑。

不过，这些疑问他暂时无从解开，他现在知道的是，他所感应到的皮猴的气息非常微弱，似乎随时都有可能消失。

无疑，皮猴现在很危险！

柳然思索了一下，便取出了传信符卡，将信息大致地传给了徐江和秦虎二人，而后自己便一咬牙，继续朝着前方追寻。

片刻之后，他竟然找到了一个秘道入口。

望着那幽深得根本看不见底的秘道，柳然不由得皱起了眉头。

"灵灵，你试试能否借助元灵符界，探查里面的状况！"柳然对识海之中的柳灵灵传音道。

柳灵灵无奈地回答道："没办法，到了这一片区域就无法调动元灵符界的力量了！"

闻言，柳然的眉头不由得深锁。

如果可以，他真不想进入这种安危莫测的地方，但无奈的是，他所感应到的皮猴的气息，就在这秘道之内，他不得不进去查探。

"唰"！

一把暗紫色的匕首，出现在柳然的手中。

这把匕首，正是他在榕城的精英符修选拔赛中，自行炼制的那把，被他命名为灵蛇短匕，紫玉级符器之中，也算是极好的存在。

更重要的是，这是他自己炼制出来的，用起来更加得心应手。

此外，柳然的另一只手中出现了一张紫玉级防御符卡，也做好了随时防御的准备。

做完了这些之后，他这才迈开脚步，走进了秘道。

一边走，他一边与识海之中的柳灵灵联系，道："随时准备帮我调动天符之力。另外，继续利用暗符界通行符探查，说不定会有什么新发现。"

柳灵灵连忙答应下来。

秘道中十分阴暗，好在柳然如今实力提升，视力也有所提升，在这漆黑一片的环境下也能模糊地看到周围的状况。

但他依然谨慎地踏着每一步，一步步深入，一点点靠近皮猴的位置。

忽然——

柳然感觉脚下一轻，心头顿时一跳。

有问题！

他身形猛然一闪，右手直接按住了身旁的墙壁，借力将身体横了起来，避开脚下的陷阱，同时用脚撑住左边的墙壁。

让他意想不到的是，他的手脚一动，左右的墙壁居然向彼此靠拢，朝着他快速地压迫过来。

这地方居然是连环机关。

柳然脸色微变，这秘道简直像是一个魔方，被突然转动起来，让置身其中的人在猝不及防之下，就陷入机关之内。

还好他的身法控制入微，身形立刻灵活闪避，险之又险地避开了周围各种陷阱机关。

继续深入秘道之中，柳然发现自己的视野渐渐开阔，秘道内的空间正在扩大，渐渐地竟然变成了一座地底迷城，开阔无比！

同时，他在周围的石壁上，还发现了不少攻击时残留的痕迹。

不过，想到这地方当年也是一处人族的战场，存在这些攻击痕迹并不奇怪。一直到他看到某些痕迹居然是刚刚留下来的时候，才终于察觉到不太对劲儿。

"看上去，至少是好几个人混战才能弄出来的痕迹！"柳然心中做出了判断，"不会皮猴他们父子两个卷入了这场战斗吧？"

皮猴是和他父亲一起离开榕城的，所以柳然推测他们必然在一起。

此刻他在这秘道之内，走了这么久居然都只能隐约地感知到皮猴的气息，而没有感知到他父亲的气息，这让他不得不担忧皮猴的父亲是不是已经遇到了什么不测。

好在柳然与皮猴之间的距离已经不远，他只要再朝前走一段距离，就可以看到皮猴了。

但是，就在这时——

"刺刺刺……"

一连串刺耳的破空声陡然传来，把柳然吓了一跳。

他本以为自己又触动了什么机关，引来了利箭飞射，但是扭头一看，才发现那声音传来的方向，竟然有一群细密的虫子，正朝着他这边呼啸而来。

几乎在第一时间，柳然就可以判断这些虫子非常危险！

所以，他毫不犹豫地直接捏碎了手中的防御符卡，瞬间，他全身都笼罩上了一层护体符光。

也就在他成功催动符卡防御功能的同时，一连串刺耳的碰撞声猛然响起。

"砰砰砰……"

柳然骇然发现，每只虫子足有拳头大小，闪电般飞到他的面前，狠狠地撞在护体符光上，竟然像一颗颗石头砸在地上一样。

"这样的冲击力量，丝毫不亚于灵旋期小成层次的攻击了！"柳然心中暗暗惊叹。更让他吃惊的是，在他设法震飞一些虫子时，这些虫子掉落地上，竟然把地砸出了一个个暗黑色的坑洞。显然，这虫子身上是有毒的！

他的护体符光，根本招架不住这些虫子连续密集的碰撞攻击，一瞬间就变得支离破碎。

不过,在防御符卡发出的护体符光破碎之前,柳然已经拿出另一枚紫玉级符卡,并且催动了起来。

那是一枚攻击符卡,蕴含着火焰攻击!

"轰"!

柳然一催动那枚符卡,周围的事物瞬间被火焰吞没。

炽热的火焰,瞬间让那些古怪的虫子受到了重创,纷纷逃窜,发出"嗡嗡嗡"的声音。

趁此机会,柳然猛地挥动右手中的灵蛇短匕,狠狠地斩出。

三级攻击符技,"斩灵刀"!

刀光闪过,前方被强行斩开一条通道,他立即施展身法,将速度提升到极致,快速地从这通道之中穿梭而过。

混乱的虫子还想朝他飞扑而来,它们方才陷入混乱,给柳然制造的闪避空隙实在太多,结果当柳然的身法展开时,它们所能碰撞到的不过是柳然的一抹残影。

柳然飞速地从毒虫之间穿梭而过,在这时却忽然听到了一声低呼:"残影?竟然是入微级别的身法!"

柳然眸中寒芒一闪。

听这声音,对方就在他附近,而且,很可能这毒虫就是被对方所控制着的!

"在那边!"

突然,柳然的目光扫向一个方向,手中一根细针宛如流星般飞射而出。

"不好!"

藏于暗处的那人大吃一惊,连忙催动秘术,让柳然身边的毒虫疯狂地将柳然包围起来。

可是,柳然甩出的那一根细针,却毫无阻碍地来到他的面前,并且猛然一闪。

"嗡"!

柳然的身影出现在那人的面前,一把暗紫色的匕首架在了对方的脖子上!

破空金针!

方才柳然甩出的正是燕凌菲送他的这件秘密宝物!

第十四章

他又不见了

"你……"

藏于暗处的人，显然没料到柳然还会这样突然出现，非但解除了自身的危机，还直接让他有了生命之危。

不过，他的修为在柳然之上，所以根本不怕柳然。

短暂的慌乱之后，他立刻鼓动全身的符力。

"哼！"

一声冷哼传出，瞬间，全身的气息爆发，防御符技催动，竟生生将柳然逼退了几步。

化劲期小成层次的修为！

看着迅速退开的人影，柳然心中做出了这个判断，同时嘴角勾起一抹冷笑。

就在对方以为自己可以逃脱，还想着怎么发动反击时——

"唰"！

一道紫色的身影毫无征兆地从旁边混乱的毒虫之众闪了出来，手中同样抓着一把匕首，一眨眼就来到了那人的身边，如同柳然方才一般，直接将匕首架在了他的脖子上。

这道紫色身影正是柳然的分身紫阳，方才柳然从毒虫之中脱困时，分身就从他本体之中分离了出来，正是为了此刻的突袭。突袭成功，对方的身形一下子就僵住了。

他无惧柳然的匕首，但此刻柳然的分身紫阳一匕首架在他的脖子上，却一下子让他根本不敢动弹。

"你是什么时候进来的？"他口中发出了惊疑之声。

显然，他无法理解这秘道之中为什么会凭空多出一个人来，而且是一个化劲期的高手，他居然毫无察觉！

可是，紫阳却没有心思回答他的问题。

紫阳已经认出，这个全身包裹在一件灰色衣袍之中的人，正是之前将他引到这里来的人。

"说，你是什么人？为什么要攻击我？"分身紫阳的口中传出了低沉的喝问。

说话间，他手中握着的匕首上的符力激荡起来，似乎在告诉对方，若是不说，这匕首会毫不留情地切开他的脖子！

不过，对方倒也硬气，咬着牙，说道："要杀就杀，何必……"

他以为紫阳会和他多说点儿什么，所以才故意做出这般模样想拖延时间，没想到他话还没说完，分身紫阳就毫不留情地狠狠一拳砸在他的身上。

三级攻击符技——"猛虎拳"！

"砰"！

一声闷响传遍四周，那灰衣人直接被打飞了出去，口中也猛地喷出一口鲜血！

他整个人都被打蒙了，身体狠狠地砸落在地上，剧烈的疼痛传来的时候，他才猛然惊醒过来。这就是一个疯子！

他第一时间想到的就是这一点，紧接着，他又想到自己必须立刻逃走，不然真的有可能会被干掉！

可惜的是，他刚刚从地上爬起来，还没来得及逃走的时候，柳然的分身紫阳又是一个闪身，来到了他的面前，手中的匕首再次架在了他的脖子上。

"现在可以说了吗？"从紫阳口中传出的依旧是冷漠、无情的声音。

打我一拳就想让我屈服？

灰衣人觉得自己遭受了侮辱，张口便骂："浑蛋，你……"

"砰"！

依旧是话未说完，他便被柳然的分身紫阳一拳砸飞。

而这一次，柳然的分身紫阳所施展的，是他所掌握的唯一一种四级攻击符技——"崩拳"！

无疑，四级攻击符技的威力，比起三级攻击符技可要强大得多，这一拳下去，哪怕灰衣人临时调动起符力防御，依旧会被直接砸断好几根肋骨。

被砸飞的瞬间，灰衣人只觉得自己的内脏都移位了，剧痛让他差点儿直接昏死过去！

分身紫阳在把他砸飞的瞬间，再次施展起了身法，一个闪身，又出现在了他的面前，第三次将匕首架在了他的脖子上。

"还不说吗？"冷漠的声音，再一次传入灰衣人耳中。

灰衣人挣扎着睁开双眼时，便看到紫衣男子居然不等他的回答，已经抡起了拳头，似乎正打算给他来一记更狠的！

按照刚才的规律，这一次，对方恐怕要施展出五级攻击符技了！

瞬间，灰衣人吓得魂飞魄散，惊慌地叫喊道："别打，别打！我说，我什么都说！"

现在，他对于这个突然出现的紫衣男子的看法已经彻底改观，深知这家伙不单单是一个疯子，还是一个以杀人为乐的疯子！

灰衣人光顾着应对分身紫阳，没发现紫衣男子打他的时候，他方才追杀的柳然的身影已经不见。

原来，柳然是继续朝着他所感应到的皮猴所在的方位前进。

而此刻，他已经出现在了皮猴的附近。不过这地方，竟然还有不少机关存在，他不得不花点儿心思先将这机关破除。

与此同时，营地中，在柳然离开之后，徐江就迅速指挥所有人将营寨布置好，晚餐也开始做了之后，才发现刚刚走开的柳然居然一直没有回来。

一开始他还没担心什么，但后来秦虎忽然焦急地跑过来找到徐江，请求他赶紧派人去帮忙寻找一下柳然。

徐江也忽然收到了柳然的传信，并且回复了询问信息，却一直没有收到柳然的回复，这才意识到出问题了。

不过，就在徐江决定派人去寻找柳然时，他感应到足有数十股强横的气息，猛然从四面八方逼近。

"戒备！"徐江立刻对周围的人大喝一声。

当即，所有人都摆出了战斗姿态。

但是，下一刻——

"轰"！

毫无征兆的一声巨响响起，他们骇然发现，四面八方猛地冒出一层层符光，瞬间形成一个金字塔一般的紫色符阵，将他们都封锁了起来。

"紫玉级组合封锁符阵！"徐江脸色猛然一白。

在场其他人之中，大部分也都是炼符师，自然也明白紫玉级的组合封锁符阵意味着什么，所以大家的脸色都变得难看了起来。

组合类的符阵，就是利用固定的符器精准配合，达到瞬间布置出强大符阵的效果，一般而言，这种符阵是极难对付的。

就比如眼前的紫玉级组合符阵，就算是大师级炼符师被困住，怕也难以在短时间内破开阵法！

众人完全没想到，有人会为了对付他们而动用如此强大的符阵！

不过，他们不知道的是，此刻带头将他们封锁起来的人心情也不好。

这带头之人正是江流云的贴身管家郑明，而此刻他心情不好的原因是：他发现他们的目标柳然，竟然又不见了！

紫光流转的庞大封锁符阵之外，一群劲装强者围绕在符阵周围。

一身黑衣的郑明此刻气得直跳脚，口中不断骂道："不见了？怎么可能不见了？给我再查！"

他带来的人也不和他正面交流，再次催动起他们布置的组合封锁符阵。

这符阵本身就具备探查功能，能够探查符阵之内所有生灵的气息。

只是，他们反复探查了三次，都没有发现目标柳然的气息存在！

目睹这样的结果，郑明依旧无法接受："该死！为什么会这样？为什么每次都这样？"

郑明想不通，真的想不通。

当初在鬼煞岭的那一次行动也就罢了，柳然是对他们早有防范，所以一开始就躲了起来。而在后面榕城，他们派人去暗杀柳然，结果柳然又不见了，这个他倒也能接受。

只是，他现在却再也无法接受，这一次的行动如此突然，柳然竟然又消失了！

要知道，在这护送队伍中，他也安插了人，方便他监视柳然的行动，所以他早已得知柳然这两天根本就没有离开过悬浮飞车。

偏偏在他们发起进攻的这一次，他就不见了！

这让他都不得不怀疑，自己身边是不是出奸细了。

可是，左思右想，他发现这三次行动之中，唯一参与全部行动的人，只有他自己，他自己怎么可能是奸细？

不过，想到这一点的时候他的脸色一变。

他忽然意识到，自己可以确定自己不是奸细，但是，他上面的主子可不一定会这么想！

一念至此，他更是心急了起来，深知自己必须立刻抓住柳然，否则这次他还有他的家人恐怕都难逃一死。

于是，他立即开始逼问符阵里的人。

"里面的人听着，我们的目标只有一个，那就是柳然！"

郑明的声音借助符阵，直接传至阵中阵外所有人的耳中，宛如惊雷炸响。

"只要你们供出他的下落，我们可以让你们安然无恙地离开，否则，会有什么后果，你们应该是懂的！"

声音一落，原本乱成一团的符阵之内一下子安静了下来。

不少人心中有些发慌，却并未乱，只是都将目光齐齐地转向了徐江。

徐江皱起了眉头，沉声喝道："你们究竟是什么人？可知道包围住炼符师公会的队伍将会给你们带来什么后果！"

可惜的是，郑明现在根本顾不得会不会得罪炼符师公会，他只想活下去而已。

于是，郑明只是冷笑一声，道："别和我说这些有的没的，回答我的问题！我的耐心有限，别逼我动手！"

徐江不由得脸色铁青，不禁思索了起来。

他不想出卖柳然，可是他又不能让自己身边这么多人因此而冒险。而且，听对方的声音似乎真的非常不耐烦，他也无法再拖延时间了。

此外，柳然之前传来的信息，也让他十分担忧。一开始，他还以为是包围他们的这些人所为，现在却发现不是，也不知道柳然现在情况究竟如何。

徐江忽然觉得：本就不知道柳然现在安危如何，说不定这些人还可以帮他将柳然找出来，而他只要在对方寻觅柳然的时候，将这符阵破除，自然可以解救大家顺便解救柳然！

于是，他说道："柳然刚刚说要出去走走就一直没回来，至于他现在在什么地方，我们也不知晓，或许是察觉到你们的到来，已经躲藏起来了！"

郑明自然不信，又分别逼问了几个人，所得到的答案都是如此，他又暂时不敢真的对这些人下死手引来祸端，于是只能暂时放过徐江等人。

"留下一部分人，继续守在这里，不要让里面的人出来妨碍我们！"郑明沉声说道，"其他人，立刻给我四下搜索，一个时辰之内，我一定要看到目标，生要见人，死要见尸！"

"是！"周围的劲装强者们，一个个应命行动起来。

郑明也亲自行动，开始在这古城遗迹之中到处寻觅柳然的踪迹。

紫色的巨大符阵之中，众人此刻看向徐江的目光却有些异样。

尤其是秦虎，此刻他简直想冲上去揍徐江一顿了！

徐江也只能苦笑，传音对他们说道："我这只是权宜之计，如果你们还想脱困，还想帮助柳然，顺便报仇，现在就和我一起想办法将这组合封锁符阵破除！"

闻言，众人这才知道他的计划，开始暗中配合起来。

另一边，在地底迷城之中，柳然还不知道现在有这么多人在找他。

他的分身紫阳已经顺利从灰衣人口中得知了一些关键的信息。

不过，这消息却有些震撼，以至于就连他一时间都有些难以接受。

"你说的都是真的？"紫阳紧盯着那灰衣人喝问道，"这地底真的有天帝留下来的宝物？"

"若非如此，我们岂会如此大费周章？"灰衣人冷哼一声。

只是，无论他怎么说，紫阳还是不太相信。

但对方的话语逻辑分明、有理有据，又让他不得不相信。

另一边，他的本体经过一番忙碌之后，破除了重重机关，也总算是见到了皮猴。

只是，看到皮猴的一瞬间，柳然的脸色就变得阴沉无比。

恰在此刻，灰衣人对分身紫阳说道："我已经将所知道的一切都告诉你了，你现在该放我离开了吧？"

他话音一落，便忽然听到面前的紫衣人沉声道："九点钟方向，五百米之外，那个少年是被你打成那样子的？"

灰衣人瞳孔骤然一缩，连声说道："不是，他……啊！"

话未说完，他再次挨了分身紫阳一记攻击，而且这一次紫阳动用的是匕首！

"噗——"

一个伤口出现在灰衣人的胸口，鲜血涌如注！

霎时间，灰衣人的脸色变得惨白一片。

"还敢狡辩？别以为我看不出，他身上的伤口都是毒虫留下的！"紫阳沉声喝道。

灰衣人眼睛一瞪，很想询问他离得这么远，怎么会看到那少年身上的伤势？

可是，柳然根本没有给他这个机会，心念一动，分身紫阳直接一匕首结束了他的生命，并且立刻在他身上搜寻起来。

他必须立刻找到毒虫的解药，否则他的朋友皮猴就性命堪忧了！

"皮猴，你振作一点儿！"

阴暗的石室之中，柳然一手扶着皮猴王小山，另一只手将一枚符丹送入他的口中。

在王小山的身上，布满了触目惊心的伤口，赫然正是一道道被毒虫啃咬过的痕迹，而且那些伤口此刻都呈现出紫黑色，让他整个人变成了一块黑炭。

显然，若不是柳然及时赶到，他怕是支撑不了多久了。

随着一枚符丹落入他口中，柳然又催动了一枚疗伤符卡，帮助他抑制体内毒素，消化那符丹的能量，这才终于勉强稳住了王小山的情况。

正在这时，他的分身紫阳已经带着灰衣人的空间符戒，来到了本体的面前。

柳然让分身接替自己，继续为王小山疗伤，而他则是拿起了那枚空间符戒，开始迅速检查其中的内容。

说起来，柳然方才看到王小山这般模样，一时气愤，冲动之下，直接命紫阳杀了那灰衣人，如今倒是有些后悔。

当然，他后悔的不是杀了对方，而是后悔没有先将对方抓过来，逼迫对方为王小山解毒再杀了他。

如今人也杀了，万一从对方的空间符戒之中找不到相关解毒的东西，王小山的生命说不定会因此而消失。

第十四章 他又不见了

不过，事到如今柳然后悔也没用，只能暗自警惕以后做事千万不可如此冒失，意气用事。

好在，柳然的运气还不错，在那灰衣人的空间符戒中他找到了两本书，其中一本记录的就是解毒的方法，而另一本记录的却是御虫之术。

"咦？现在居然还会有人用书来记录秘术？"柳然不由得暗自惊讶。

自从符卡普及以来，人族记录信息、资料的手段，基本上就都变成了各种晶符、卡片，如果是特别珍贵的信息，则会动用一些特殊的记录符器。

书籍这种东西几乎快被弃之不用了，毕竟书籍容易损耗，能记录的内容也十分有限。

不过，柳然忽然想到貌似那灰衣人所使用的御虫术，在符术盛行的今日，是几乎失传了的秘术，倒也就不觉得奇怪了。

他取出记录解毒方法的那本书，快速地读了起来，片刻之后他便找到了自己想要的东西，顿时松了口气。

这解毒的办法倒也不难，只需要抓住几只相对应的毒虫，配合几样材料进行一番炼制，就可以炼成解毒符丹。

材料在那灰衣人的空间符戒之中都有，所以柳然立刻离开这密室，很快就从外面找到了一群毒虫。

那些毒虫失去了灰衣人的控制，如今分散成几个小群，扎堆地待在附近，虽然看到人还是会主动进行攻击，但攻击十分散乱，对柳然无法构成威胁。

柳然快速抓住了几十只毒虫之后，重新返回王小山所在的密室之中，开始解毒符丹的炼制。半人高的一尊丹炉被他从空间符戒中取了出来。

炼制符丹，与炼制符卡、符器一样，都是炼符师的必修课。

不过随着炼符术的提升，因为个人能力、天赋有所区别，基本上所有炼符师都会侧重选择自己擅长的一个方向，作为主修。

当然，这次柳然所需要炼制的解毒符丹只是一种青曜级的符丹，炼制方法十分简单，基本上只要中级炼符师就能够炼制。

柳然作为一个高级炼符师，自然毫无压力。

检查了一下丹炉和所有制丹材料，最后仔细地看了一遍配方和炼制方法之后，柳然便开始正式炼制。

"咔嚓"！

三枚青曜级火焰符卡，被他催动起来，在丹炉下方布置成一个简单的符阵。

这里不是专业的炼符室，他只能依靠符卡供应火力。

火焰符阵正常运转起来之后，柳然迅速地将丹炉预热。片刻之后，当丹炉温度达到一种比较稳定的状态时，他迅速将自己抓来的毒虫纷纷投入其中。

他几道符印打出，丹炉之中的毒虫被熔炼成一摊青黑色的液体。

当即，相应的配合材料也被柳然投入丹炉之中，与这一摊液体相互熔炼起来。这道工序名为粗炼，需要以不同材料、灵药彼此结合，再配合大火，将初步的丹液淬炼出来。

柳然的动作很快，一刻钟过后，他就已经完成了粗炼，立刻进入精炼的状态。

这时候，他忽然控制火焰符阵降低火力的供给，而后在小火的状态下，他打出了一个又一个的符印，丹炉之中的各种符阵当即相应地运转了起来，无数符纹在丹炉内部隐约浮现。

这些符纹就仿佛无数的手掌一样，不停地环绕那摊丹液，让它不停地滚动来，其中的杂质就这么一点儿一点儿被符阵剥离，最终被符阵带走。

大约又过了两刻钟，柳然的动作一顿，额头微微有些出汗。而丹炉之中，那翠绿色的丹液已经变得无比纯粹。

"呼！"柳然轻轻地吐了口气，再次打出了几道符印。

这几道符印是凝丹之印，他一打完，丹炉之中的符阵运转再次一变，开始快速地抽出丹液中多余的液体，将其浓缩凝聚成一颗颗药丸。

若是紫玉级以上的符丹，凝丹之前还需要一个为符丹"蕴灵"的步骤，而这青曜级的丹药并不需要这个过程，可以直接凝丹。

"咔嚓"！

丹炉开启，五枚翠绿色的药丸飘然飞出，柳然立刻从空间符戒之中，取出一个水晶瓶，将这几枚符丹装起来。

他再三检查，确认自己炼制出来的符丹并无问题之后，这才拿着符丹，回到了王小山的身边，当即喂他服下了一枚。

当一枚符丹落入王小山腹中后，王小山的脸色顿时大为好转。

柳然的心也彻底放了下来。

正在这时——

"嗯？"柳然猛地抬起头，眉头也不由得皱了起来。

他感知到，此刻有好几股强横的气息，出现在他方才来的方向。

"难道是徐江他们发现我这么久没回去，来这里找我了？"柳然第一时间想到的就是这一点。不过，很快他就发现事情并非如此。

因为，这几股强横的气息，他竟然一个都不熟悉！

"不是徐江他们？"柳然心中猜测，"难不成是另一帮发现秘道的人？"

恰在此刻，王小山的眼皮动了动，醒了过来。

第十五章
局势复杂

柳然并未急着和王小山交流。

那几股突然出现的强横气息，让他感到危险正一步一步朝自己靠近，所以他必须做点儿什么，先确保他们的安全。

"唰"！

他毫不犹豫地催动分身紫阳，手中一件件的符卡、符器飞射而出，在周围布置下重重符阵。

转眼间，本就被机关包围的密室，又被各种符阵覆盖，直接在迷幻符阵之下隐没，柳然和皮猴的气息也被收敛起来。

这里本就是地底迷城的一个角落，比较偏僻，加上柳然这一番布置，就算对方带来的人之中有高级炼符师，若不仔细观察，也未必能够发现他们。

做完这些之后，分身紫阳直接站在入口处，戒备着外面随时有可能出现的危险。

"皮猴，你醒了吗？到底发生了什么事情？"柳然扶着王小山，轻声地唤着他。

王小山听到了柳然的声音，总算是睁开了眼睛。

当他第一眼看到柳然的时候，一下子瞪大了眼睛，惊呼道："老大？我不是在做梦吧？你怎么会在这里？"

"你不是在做梦，我要前往东川城参赛，路过这个地方，结果发现了你的气息就进来找你了。"柳然简单地将事情经过解释了一下。

王小山听完之后一下子激动起来，怒骂道："是那个老浑蛋把你引进来的？那个该死的家伙我一定要把他碎尸万段！"

话毕，他又紧张地看向柳然，问道："老大，你没什么事情吧？那个老浑蛋把你引进来，肯定是想用你的血肉饲养他那些毒虫，然后强行攻破前面的符阵！"

柳然闻言心中一动，这才明白那灰衣人把他引进来的目的。可惜的是，他没想到柳然恰好认识王小山，更没想到，柳然拥有一个化劲期小成的分身，这才会惨败！

他无奈地摇头，道："你也不用激动，他已经被我干掉了，你的仇我也帮你报了！"

王小山闻言不由得瞪大了眼，有些吃惊地看着柳然。

显然，对于那灰衣人的厉害，他是再了解不过了，若不是自己足够机灵，在关键时刻逃走，然后借由这里的机关躲避，估计早就死无全尸了。

而现在，柳然说他已经把那灰衣人干掉了，让王小山如何能不吃惊。

虽然他刚刚已经发现柳然的实力比他离开榕城之前增长了许多，但柳然毕竟还没有达到化劲期！

柳然也看出了他的心思，不想解释太多，只能让分身紫阳回来露个面，这才让王小山释然了。

"见过前辈！多谢前辈相助！"王小山连忙对分身紫阳施礼道。

柳然知道他误会了，也不想解释，直接让紫阳说道："都是自己人，不必多礼！"

话毕，他又让紫阳回到了密室门口守着。

而柳然则问王小山："对了，你为什么会在这里？"

"这个……"王小山忽然尴尬地挠了挠头，"其实我是和我父亲一起出来的，本来想将这里的东西取走，送给你当作答谢，报答你救了我父亲的大恩。只是，没想到来到这里之后发生了很多我们意料不及的事情。"

"你说的难道是指天帝留在这里的那件东西？"柳然询问道。

"老大，你知道了？"王小山一愣，随即又释然，"没错，是那个老浑蛋告诉你的吧？我们的目标就是那个东西！"

柳然顿时对天帝遗留的东西充满了好奇，道："那究竟是什么东西？你们是怎么发现这个地方的？另外，王叔呢？"

从灰衣人那里，柳然只是得知此地的确有天帝风剑尘留下的宝物，却不知道是什么。

另外，柳然本来以为王小山的父亲王太川多半是处于危险之中，但现在看王小山一点儿伤心或者担心的情绪都没有，他才知道自己是白担心了。

王小山张口正要为柳然解释，这时候柳然却示意他暂时别说话。

因为，柳然忽然发现自己刚刚感应到的那几股强横气息所在的地方，此刻又多了好几个人的气息！

细数之下，他发现对方竟然有十几个人。

而且，对方此刻正快速地深入地底迷城，与柳然他们的距离也越来越近。

所以，谨慎起见，他不得不让王小山与他一同收敛气息。

他莫名有种直觉：一定不能和这十几个来路不明的强者碰面，不然会陷入麻烦之中。

好在，他所布置的符阵没有让他失望。而且，他们这个位置也非常偏僻，那十几名强者匆匆而过，并未察觉到他们的存在。

柳然反倒是发现在他们这十几个人之中，有一个人的气息自己非常熟悉。

江流云的贴身管家郑明！

事实上，郑明的修为还在他的分身之上，若不是分身对于各种气息感应异常灵敏，他还察觉不到对方的存在。

也是在这时，柳然才暗自庆幸自己刚刚的小心谨慎，布置了这重重符阵将他们三个人的气息都隐匿起来。

等郑明等人离开之后，柳然才暗暗地松了口气。

静心想了想，他的分身紫阳忽然身形一动，离开了密室，在暗中开始追踪郑明和他带着的十几名强者。

同时，他的本体则将刚刚的状况告诉了王小山。

王小山听到柳然说竟然有十几个化劲期大成甚至巅峰层次的强者进入了这地底迷城，一下子也惊呆了。

他咬牙切齿地说道："一定是那群该死的御虫师，他们知道争不过我们，竟然把消息传出去，就是想将这里彻底搅乱啊！"

闻言，柳然郑重地说道："皮猴，现在情况似乎很复杂，你必须立刻将情况和我说清楚，否则出现什么意想不到的变故，我们根本来不及应对！"

柳然必须以最快的速度判断出，郑明他们这些人究竟是冲着自己来的，还是冲着这地底迷城中的东西来的。

若对方是冲着这里的东西而来倒还好，若对方是冲着他来的，那么，恐怕现在外面营地中的徐江、李月茹、秦虎等人可就危险了！

王小山知道事情关系重大，当即也快速地跟柳然解释起来。

"说这地方之前，我得先介绍一下，其实，我和我父亲乃是两个机关师！"王小山说道，"老大，你应该知道，在天帝一统人族势力，并且将符修文明发展繁荣起来之前，咱们人族之中还存在其他的文明、奇术吧？"

柳然点了点头，道："你口中的那个老浑蛋，应该就是一个御虫师吧！"

"没错！"王小山一说到这里，又有些咬牙切齿，"本来是我们共同发现了这个地方，彼此说好了要共享找到的宝物，然后我和他负责守在入口，我爹和他的同伴一起进入这迷城深处，没想到他竟然在这里突袭我，这次要不是你恰好经过附近，说不定我的小命就要交待在这里了！"

柳然忽然担忧起来，道："听你这话，他们还有不少人？王叔和他们一起，没问题吧？"

王小山咧嘴一笑，说道："这倒不用怕，我爹可比你想象中要精明、厉害得多！那些家伙要是敢暗算我爹，吃亏的一定是他们！"

柳然不知道他为什么会这么有信心，不过也没有多问，又问起了所谓的天帝遗留之物到底是怎么回事。

王小山的神色变得肃穆起来，反问柳然："老大，你有没有听说过天帝昔日逼退鬼族之后，留下的流星传说？"

"流星传说？"柳然眉头一皱。

柳然突然睁大了眼睛，像是想起了什么事情："你指的是昔日天帝逼退鬼族，平定天下之后，返回人族疆域时目睹满目疮痍的世界，忽然心有感慨而留下的那个流星传说？"

"没错！"

王小山的情绪也有些激动起来，说道："昔日那一战，人族的城池被毁坏的十有八九，天帝心生悲戚，随后便说：'这些破灭的城池，当为后人永远敬仰！'而后他凌空而起，手中忽然激射出上百道流光，宛如流星一般飞向人族疆域各地，落入各个破碎的城池之中。后人经过调查，才发现原来那些流光之内，竟然蕴藏着种种秘宝，有的是一件厉害的符器，有的是某种符技、符术，甚至还有某件宝图！"

柳然连连点头，王小山所说的这个正是他所知道的流星传说。

他还知道，正是天帝风剑尘的这一番举动，让人族大地之上卷起了一番寻宝热潮。

不过那些流星携带的秘宝并不是人人都能找到，就算有些人得知了地点，如果秘宝自己不出世，他们也只能耐心等待。

正是因为这样，不少人找到了某个秘宝落下的地点，竟然在那周围直接住下。往后百余年时间，各种秘宝才纷纷出世，秘宝存在的地点一开始倒也有些争斗，但大家冷静下来过后，反倒是因为彼此生存所需，而将城池重新建立了起来。

秘宝动人心，风剑尘此举，完全可以说就是给那一座座残破的古城，撒下了一层宝光，吸引人族前往，自行重建古城。

这么多年下来，当年风剑尘留下的秘宝大都已被找到，但谁也不知道有没有什么遗漏之处。毕竟天下古城遗址何其之多，风剑尘并不是每一座古城都留下了秘宝，但也有某些不起眼的古城，在数百年后突然又有秘宝出世的情况。

而现在，按照王小山的意思，似乎这座古城遗址之中，也隐藏着一件不为人知的天帝秘宝！

"这地方本是我们机关师一脉的祖师，和御虫师一脉的祖师共同发现，为了减少竞争对手，他们直接将信息隐藏起来，甚至联手布下迷局，让其他人也都对此地不再关注。两脉的祖师合力推测出这秘宝出世的时间，早已约好共同前来开启秘宝。"

王小山又说道："只是，从当初发现此地，到如今几百年间，我们机关师一脉没落得太快，如今说不定就只剩下我和父亲两个人了，而御虫师一脉的人也没有多少了。不同的就是，我们还信守着当年祖师留下的承诺，而御虫师那边的人，居然想杀了我们，独得这里的东西！"

闻言，柳然不由得笑了笑，道："现在看来，他们恐怕是很难称心如意了！"

听完王小山这番话，柳然已经彻底确定，郑明必然是冲着他来的，只是他误打误撞地进入了这地底迷城。

想到这里，他心中不由得暗自庆幸。

之前江流云安排的几次暗算，是他早有防备，所以避过了。而这一次，郑明的突然出现，他却纯粹是因为运气，才避开了对方。

现在，这地底迷城的情况也因为他和郑明一行人的加入而变得混乱起来。

柳然相信，若是郑明一行人知道这里的状况，怕是也会对这里的天帝秘宝而心动。

若是他能够利用得当，说不定可以进行一番反击！

想到这里，柳然忽然问王小山，道："皮猴，这地下迷城情况如何？刚刚那群人进去，会不会很快就找到你父亲他们？"

王小山摇了摇头，道："应该不会，这迷城地形复杂，而且早就被我们机关师的祖师布下重重机关，就算是我要找到我父亲他们，也得花上一两个时辰！"

"那就好！"柳然嘴角终于浮现出了笑容，而他的目光则落到了自己方才取出来的另一本书上。

那本书上所记载的，正是御虫之术。

柳然拿起了书，开始迅速地读起来。

王小山有些不解，问道："老大，你看这东西干什么？我看这只是他们御虫师一本入门的秘籍而已，学了也没多大用处。"

柳然却是笑着说道："入门秘籍？那也够用了，反正我也没想过要成为一名御虫师！"

话毕，他不再说话，全身心沉浸到这本御虫之术之中。

王小山隐约地猜到柳然想做什么了，脸上也露出了兴奋之色，他没有再打扰柳然，而是取出自己的空间符戒，慢慢地整理起自己的一些工具。

片刻之后，柳然放下了手中那本书，闭上双眼，开始思考自己刚刚读到的内容。

又过了一会儿，柳然霍然睁开双眼，站起身来。

他嘴角勾着笑容，先是通知分身紫阳继续暗中监视郑明等人。而后，他扭头对王小山道："皮猴，我们出去！我带你去报仇！"

报仇！

这两个字让王小山很是兴奋。

这倒不是因为他喜欢杀人，而是因为此地除了他和柳然，以及他父亲和那位紫衣前辈外，全是敌人，柳然要带他去杀的，自然就是敌人！

原本，他以为柳然带他离开密室之后，会直奔地底迷城深处而去，不过，柳然并没有这么做，反而带着他往相反方向前进。

"老大，你这是……"王小山有些不解地看着柳然。

柳然解释道："刚刚我所说的那帮人，都是江家的人，他们一定是冲着我来的，那么，估计他们早就在外面搜过了，没找到我才会来到这里！不过，他们必然不会让所有人都进入这地底，现在外面还有我的朋友，我们必须先把他们救出来才行！"

王小山这才明白过来。

就在这时，他们前方忽然出现一小群毒虫，一看到他们就疯狂地冲了过来。

不过，没等它们发动攻击，柳然口中忽然哼出一阵古怪的韵律，同时，手里也掐起了一连串符印，瞬间，那些毒虫就都停住了，不敢再上前。

柳然手势忽然一变，那些毒虫竟乖乖地排兵列阵，飞到了他们左右两侧。

无疑，这也证明柳然已经初步学会了御虫之术！

看到这一幕，王小山不禁瞪大了眼睛，道："老大，你竟然……竟然就看了那秘籍几眼，就学会了这御虫术？"

柳然解释道："这御虫术初步入门难度并不大，而且那些御虫师已经将秘术简化了许多，有些可以快速入门的小窍门。"

虽然柳然这么说，王小山依然十分震惊。

他很好奇，是不是自己把机关师的相关秘术拿给柳然看看，柳然也可以快速学会！

事实上，自从柳然摸索出了将符技进行破解，然后重组复原的方法之后，不管学什么东西都非常迅速。御虫术虽然和符技、符术大有不同，但也有一些相似之处，所以柳然学起来自然难度不大。

当然，这局限于比较基础类型的东西，更加高深的东西，往往需要各种感悟，他也没有把握可以比寻常人快多少。

带着王小山，柳然沿着来时的路往回走。

途中，他们又遇到了几拨毒虫，都被柳然轻易地控制住了。

行至秘道出口处，柳然二人脚步一顿。

因为，出口的位置现在守着两个人，正警惕地环视四周。显然，他们是郑明特地留在这里的。

"就拿你们先下手！"柳然眼中精芒一闪。

他口中发出一阵御虫咒，同时也变换了几个手势。

下一刻，他身边足有三十只毒虫齐齐飞出，直奔出口处冲去。

"咦？什么声音？"

"啊！这是什么鬼东西？"

"不好，这些虫子有毒！"

秘道出口处立刻传来两个人的惊呼和惨叫声。

片刻之后，柳然和王小山从秘道里走出来的时候，那两个人已经躺在地上不省人事了。

两个化劲期的强者，出其不意之下，竟然就倒在了一群毒虫的攻击之下，这也让柳然不免有些后怕。

若是自己的身法差一点儿，或者并未拥有破空金针，哪怕拥有分身紫阳，说不定也得栽在刚刚那个灰衣人手中！

"跟我来！"

毫不客气地将那两名化劲期强者的空间符戒取走之后，柳然一边招呼了王小山一声，一边快速地直奔护送队的营地而去。

一离开地底迷城，柳然立刻收到了徐江和秦虎等人传来的信息，也了解到他们现在被困的状况。所以，来到了营地附近之后，柳然并未贸然行动，而是绕着营地悄然地探查了一番，同时和营地之中的徐江进行了交流。

徐江等人一直在商议对策。

他们早已找到破解这组合封锁符阵的办法，但是忌惮于不知道敌人数量如何，贸然冲出去可能会遭到恐怖的攻击，而未破开符阵。

不过，当柳然的信息传进来，情况顿时就不一样了。

徐江当即拿定了主意，对柳然传信道："他们布置下的是组合封锁符阵，如果你能够帮我们解决掉其中一个负责布阵的人，我们就可以立刻冲出去！"

柳然自然一口应了下来："没问题！"

徐江随后又悄然将营地里的人召集起来，和他们说了一下要准备行动了。

他们本来都觉得等柳然完成任务，是需要一定时间的。

毕竟，对方的人貌似都是化劲期层次的存在，柳然就算进行偷袭，估计也得花上很大的功夫，甚至有可能还会让自己陷入危险。

但是，没想到他们刚刚集合起来，就猛然听到一声"轰隆"巨响！

符阵的东南角，一下子裂开了一道口子。

这正是组合符阵被破开的迹象！

"哇，柳然竟然这么快就干掉了一个化劲期强者。"林志荣第一时间惊呼起来。

其他人心中同样吃惊，以至于一时间都忘记了他们约好的行动。

还是徐江率先回过神来，大喊一声："所有人，行动！"

"是！"众人猛然回过神，当即身形纷纷飞闪而出。

炼符师们直接施展各种符术，而不会符术的人则是全力对着符阵发动攻击！

"轰隆隆"！

仅仅片刻之后，这庞大的紫色符阵直接破碎，营地中被困住的众人便脱困而出。

"不好！"

郑明手下负责镇守在这里的人，被这情况吓了一大跳。

看着如狼似虎般朝着他们杀来的榕城强者们，他们一个个都有些慌乱。

有人连声大喊："快，立刻传信通知大人！"

可惜的是，他们一边拼死战斗，一边传出的信息，此刻身在地底迷城中的郑明根本无法收到。

在柳然和徐江的里应外合之下，这里的十个化劲期层次的敌人片刻就都被解决，或是被杀，或是被擒拿。

非但如此，柳然还直接将郑明安插在他们之中的内奸抓了出来。

因为奸细方才看情况不妙，竟然还试着暗中传信息出去，没想到恰好被柳然抓住了。

第十七章
混乱时刻

"郑海，原来是你！"

"这个叛徒！"

"差点儿害死我们所有人，杀了他！"

榕城众人，一看到他们护卫队中竟然出现了奸细，心中是又惊又怒，但还有些庆幸。

庆幸这一次柳然及时回来，并且迅速出手，才让这叛徒来不及将消息传出去，否则，就算他们讨论的计划再好，都会直接失败。

而失败的结果，恐怕就是所有人都要在此丧命了！

对于这样的叛徒，众人自然不会客气。

徐江更是沉着脸，直接上前，一掌将其击杀。

击杀奸细郑海之后，徐江又看向了柳然，问道："你刚刚去了什么地方？遇到那些人了吗？"

其他人也纷纷紧张地看向柳然。

要知道，他们方才击杀的这十个人，也不过是郑明带来的人之中的少部分而已，也就是说现在还有大部分的敌人活着，他们根本无法彻底安心。

"遇见了，不过被我避开了。"

柳然一边说着，一边心思飞转。

他在考虑，究竟要不要将地底迷城的秘密暴露出来。

毕竟，其中可是关系到天帝秘宝，一旦说出来，这些人是否会和自己竞争倒是其次，更为重要的是，他不确定大家会不会因为秘宝的关系，反而变成自己的敌人。

不过，在思索一番之后，柳然还是决定说出来。

毕竟，要想解决郑明他们，还需要借助其他人的力量。

至于那所谓的秘宝，柳然虽然很感兴趣，但也只是感兴趣而已，能否拿到并不是特别在意。相反，他倒是非常想将郑明和他带来的这批手下彻底地留在这里！

江家既然不放弃对他的追杀，那么就怪不得他心狠手辣了！

当然，在这之前柳然先询问了一下王小山的意见。

毕竟，那地底迷城里的东西本就是他们王家父子先发现的。

王小山无所谓地说道："老大，你看着办好了，本来我们也是打算将它取出来，送给你作为谢礼，所以交给你处理就可以了！"

事实上，以他们父子的估计，这里留下来的所谓天帝秘宝，估计和他们机关师也没什么太大的关系，对符修才会有所帮助，所以王小山他们并不在意。

得到了皮猴王小山的同意之后，柳然这才将目光转向了周围的人。

他郑重地对徐江说道："徐副会长，我想请你立刻联系一下榕城炼符师公会，因为，我在这里发现了一座地底迷城，其中极有可能藏有昔日天帝留下的秘宝！"

"什么？"

瞬间，周围所有人都瞪大了眼睛，满脸的难以置信。

就连徐江也是一副震惊的模样，有些哆嗦地问道："柳然，你……你所说的都是真的？"

"千真万确！"柳然说道，"我就是因为发现了那个地方，所以一直到现在才回来，没想到恰好遇到有人来袭击我们，而且，那些人现在也已经发现那座地底迷城了！"

闻言，徐江等人都不由得心中一紧，微微有些着急起来。

不管柳然的消息准确与否，他们都不愿意看到自己的敌人得到好处！

所以，徐江不再多问，直接说道："好，那么我立刻传信回去给会长大人。另外，我们也必须立刻前往那地底迷城，绝不能让这里的东西被那群人夺走！"

其他人纷纷点头，对此说法十分赞同。

对于他们而言，如果消息是真的，他们这些人就有机会最先接触到天帝秘宝，说不定还会因此得到莫大的好处！

也正是如此，部分人还有些犹豫要不要参与此事，毕竟对方明显只是冲柳然而来的，现在却一点儿犹豫都没有了！

于是，徐江立刻开始传信，众人则纷纷做好战斗的准备。

至于柳然，他忽然俯身，从奸细郑海的身上取出了一枚传信符卡。

郑海一死，他的传信符卡自然无人认领。

李月茹看到柳然的一番动作，不由得问道："你拿这枚传信符卡做什么？"

其他人也都看向了柳然。

这时，林志荣忽然惊讶地说道："这一枚传信符卡，居然是罕见的灵空传信符卡！"

闻言，就连刚刚将情况传回榕城的徐江，也不由得吃了一惊。

一枚传信符卡本是毫无出奇的，但是，这枚传信符卡的前面如果多了"灵空"

两个字，那就截然不同了。

因为，寻常传信符卡一旦出了元灵符界的覆盖范围，就无法继续传递信息，而这灵空传信符卡，则是因为结合了玄妙的空间符阵，达到就算不在元灵符界覆盖的范围内，也可以进行传信！

灵空传信符卡，一般是子母卡为一套。

这样的套装符卡，就算是擅长空间符阵的炼符师炼制，成功的概率也是极小的，再加上本身对材料的要求极高，一套灵空传信符卡的价值，至少比寻常传信符卡要珍贵百倍！

当众人认出这灵空传信符卡时，忽然都暗自庆幸起来。

若是方才他们没有及时干掉奸细郑海，恐怕他已经借助这枚特殊的传信符卡，将信息传给敌人了。那么，他们现在又要陷入围攻之中了！

正因如此，众人也更加好奇柳然到底想做什么。

柳然却只是对众人微微一笑，道："咱们这次能不能在突袭之前，先让他们自乱阵脚，就看这枚灵空传信符卡了！"

话毕，他便利用这枚灵空传信符卡，将一道信息传了出去。

传出去的信息其实也很简单，那就是：危急！我们受到一群御虫师偷袭，其他人都死了，符阵被破，阵里被困住的人也都逃走了！

柳然没有避讳其他人，在大家看完之后，看向柳然的目光之中，都不由得露出几分"你好坏，不过我们喜欢"的笑意。

"咳咳！"

柳然轻咳了两声，然后对众人一挥手，若无其事地说道："诸位，随我一起，是时候给敌人送惊喜去了！"

借助那枚灵空传信符卡，柳然发出的那道信息直接送到了郑明的手中。

郑明原本正带着一群手下在地底迷城之中四处搜寻，却一直没有找到目标。

心中正在烦躁之际，他忽然发现这地底迷城似乎不简单。此外，他更察觉到了在这迷城之中有其他人存在的痕迹。

这一点让他不禁警惕起来。

毕竟他们已经在柳然手上吃了几次亏，让他不得不猜测：这会不会又是柳然和燕凌菲布下的陷阱？

再想想，目前的情形和之前两次非常相像，想到这里，他猛然汗毛倒竖，立刻嘱咐手下千万要小心谨慎。

就在此刻——

"嗡"！

怀中一枚传信符卡突然振动了起来，把他吓了一大跳。

他迅速定下神来，居然是那枚灵空传信符卡的母卡。

这灵空传信符卡因为本身就具有特殊空间符阵，导致无法放进寻常空间符戒之中，再加上此物一般用来传输重要信息，所以郑明一直将它收于怀中。

一感应到这灵空传信符卡的振动，郑明心中涌现出一种不祥的预感。

果然，这枚传信符卡给他传来了一条意想不到的坏消息。

"御虫师？该死！怎么会突然冒出来一群御虫师？"郑明脸上阴沉无比，眸中更是杀意闪烁。

也恰在这时，一名手下忽然上前来，对他禀报道："大人，兄弟们方才发现，这里似乎有毒虫的活动痕迹。"

"毒虫？御虫师！"郑明心头顿时一阵猛跳。

如此情形，更让他肯定，这必然又是柳然和燕凌菲联手布下的陷阱！

他早已被之前柳然的两次设计吓怕了，所以此刻毫不犹豫地说道："立刻通知所有人集合起来，千万不能分散，以免被敌人逐个击破，快！"

那名前来报信的手下被吓了一跳，想不通几个没用的御虫师而已，为什么会让郑明突然如此惊慌。不过，他还是按照郑明所说，赶紧将消息通知下去。

在这地底迷城之中，寻常传信符卡失去了作用，他只能依靠自身体力到处飞奔，才将消息传了出去。

可惜的是，哪怕他再拼命加速，消息完全传出去的时候还是有些晚了。

他们之中，某些人已经与御虫师相遇，并且和对方发生了冲突。

本来在双方相遇时，完全是因为那些御虫师发现这地方莫名其妙地冒出了另一群人，试图质问对方。郑明的人自然不可能说什么，甚至准备随时将对方拿下，询问他们是否和柳然有关系。

一直在暗中监视他们双方的分身紫阳，见此情形便毫不犹豫地施展刚刚学会的御虫术，暗中控制几只毒虫突然袭击郑明的手下。

结果，战斗就直接爆发了。

这样的状况汇报到郑明的耳中，顿时变成了：这就是柳然他们精心布置的陷阱！

同时，因为这一点，他也更加确定，柳然肯定就在这地底迷城之中。

于是，他认为这些御虫师肯定知道柳然的下落，所以直接下令："给我把这群御虫师都抓起来，如果他们反抗不从，就地格杀！"

如此一来，局势更加混乱。

那群御虫师虽然级别都不高，但他们的毒虫也不是吃素的，再加上他们比郑明更加熟悉这里的环境，一将郑明的人视为敌人后，当即发起了恐怖的攻击。

没有多久，郑明的手下就有少部分人中毒、受伤。

柳然虽然不知道这里面状况具体如何，但他猜到那两方都是一言不合就动手的人，再加上他那道传信的引导，一定会出现混乱。

所以，此时他也已经悄然地将大家带进了这地底迷城之中。

原本对于消息的真实性还有些怀疑的徐江，此时彻底打消了疑虑。

原因是，他一眼就看出这地底迷城的模样，与其他曾经有天帝秘宝出现的城池如出一辙，简单来说都是为了等待秘宝出世而修建的！

只不过别的地方，地底迷城一旦等到秘宝真正出世，无一例外地都会在各方争斗中毁灭。

而这座地底迷城却因为这件秘宝一直久未出世，又不知道发生了什么变故，让原本建设这地城的人都死了，或者认定这里并没有秘宝而离开，才造成如今空城一座的景象。

"大家都小心一点儿，此地乃是昔日人族豪强彼此争强斗胜而建，必然有诸多不为人知的机关陷阱，或者特殊布置！"徐江立即提醒众人道。

一旁的王小山却轻笑着说道："不用那么紧张，这地方所有的机关布置，我早就摸透了，你们跟着我就行！"

徐江等人自然是不相信，不过，柳然却做证道："大家不必怀疑，这地方本就是皮猴他们先发现的，而且，皮猴自己就是一个机关师！"

顿时，众人看向王小山的目光就不同了。

机关师在这年头可是一个稀罕的职业，以前可能很多人都觉得机关师不如炼符师，但如今为了开发各种古迹，机关师往往比炼符师更能发挥作用。

毕竟，符修文明也是天帝之后才繁荣昌盛至此，天帝风剑尘之前的时代，各种古迹之中可没有多少符阵，而机关则是十分普遍的存在。

偏偏这些年来机关术没落，如今想找到一个机关师都已经不是什么容易的事情了，所以机关师的地位自然是水涨船高。

大家都没想到，眼前的这个少年居然就是一个机关师，顿时对王小山都重视了起来。

徐江更是第一时间对王小山抛出了橄榄枝，说道："小王啊，我们公会一直在招募机关师，你看有没有兴趣来榕城炼符师公会挂个职务？你和你父亲在榕城炼符师公会也住过一段时间，应该很了解我们公会，气氛温馨，工作愉快，对于有能力的人我们更不会吝啬……"

他这番诚恳的拉拢之词，听得王小山都有些飘飘然。

好在王小山意志还算坚定，并没有立刻答应下来，也没有忘记他的任务，一路带着众人穿过各种机关陷阱，深入迷城深处。

见此，徐江非但没有怪他无礼，反而更加坚定：这样的人才，一定要把他留在公会！

正在这时，柳然忽然一挥手，让大家停下了脚步。

众人仔细观察了一番，才隐约听到了前方有打斗的声音传来。

敌人就在前面不远处！

众人心中了然，纷纷将目光转向了徐江。

目前而言，在这支队伍之中，发号施令的人还是这个地位最高的炼符师公会的副会长。

徐江却深深地看了柳然一眼。

他有些惊讶，刚刚在自己还没有察觉前方动静的时候，柳然居然就已经发现了。

他可是化劲期大成层次的强者，而柳然不过是灵旋期巅峰，怎么可能会拥有比他更强的感知能力？

"看样子，柳然比我原本想象的更加不凡！"徐江心中暗道。

徐江不知道的是，不过灵旋期的柳然竟然拥有身外化身，而且柳然的身外化身一直在暗中监视着郑明等人，所以才会如此迅速地掌握郑明等人的情况，却不想竟然造成了误会。

思索了一下，徐江直接对柳然问道："柳然，你看咱们该如何行动？"

其他人闻言纷纷讶异，没想到徐江这么看重柳然，连这么重要的事情都要听取柳然的意见。

柳然倒是没怎么在意，他没有立刻回答徐江的问题，而是看向了王小山，问道："皮猴，有办法可以避开他们吗？"

王小山咧嘴一笑，道："没问题，那边有一条小路，虽然有些机关，但是难不倒我，我们可以从那边绕过去！"

柳然脸上有了宽慰的笑容，这才对徐江说道："徐副会长，我觉得咱们还是避开他们，前面争斗的双方都是咱们的对手，让他们先自己斗一斗，咱们正好可以趁机看看能否先将那秘宝弄到手！"

闻言，众人皆连连点头。

如此一来，大家能够避免伤亡，坐收渔翁之利，何乐而不为呢？

徐江更是直接点头道："好，就按照你说的来！"

当即，王小山带头，柳然紧随其后，其他人跟着柳然，而徐江则负责压阵，一行人沿着一条曲折的小路，在地底迷城之中穿行。

这地城论繁荣程度根本无法和地面上相比，有的只是一条条狭长交错的通道，

第十一章 混乱时刻

偶尔有一些洞穴、密室之类的，留下了曾有人居住过的痕迹。

路上，所遇到的各种机关陷阱基本上都被王小山一一破除，偶尔出现一些难一点儿的，也都在柳然的配合下快速解决。

众人就这么绕开了那些正在混战的郑明等人，来到了地底迷城的中心位置。

一切似乎都进展得非常顺利。

可是，不知为何，柳然却总感觉有些不安，而且越是靠近迷城中心的位置，他这种感觉就越强烈。

他眉头微蹙，目光警惕地在周围扫视，却什么也没发现。

而在他身边，其他人似乎也没有察觉到什么，反而一个个都面露笑容，十分期待看到所谓的天帝秘宝。

"难道是我想太多了？"柳然心中暗道。

在他身边，均为灵旋期、化劲期的强者。如果真有什么特殊的危险，大家不可能都没有察觉。

想到这里，柳然开始渐渐放松自己的神经。

也正在这时，他们前方忽然传来一个声音，对他们沉声问道："谁？"

众人纷纷脚下一顿。

柳然也警惕起来，不过他很快发现，前方传来的声音有些耳熟，似乎正是皮猴的父亲王太川的声音。

果然，在听到这个声音的时候，王小山脸上顿时满是欣喜，回应道："父亲，是我！"

而后，前方一个拐角的阴影处，走出来一个人影。

柳然一眼认出，那正是皮猴的父亲王太川。

不过，他现在的状况看上去似乎不太好，胸前有一大片红色的血迹，似乎受了伤，脸色也十分苍白。

看到这一幕，原本还有些欢喜的王小山，一下子变了脸色，喊了一声："父亲，您没事吧？"

而后，他便快速地朝王太川冲了过去。

柳然也大步走了过去，想去看看王太川的情况。

但就在这时，柳然识海之中忽然传来了柳灵灵的声音："哥哥，小心！"

"嗯？怎么了？"柳然猛地心头一紧，脚步随即停了下来。

还没等柳灵灵回答他的问题，陡然，他全身汗毛倒竖，一种恐怖的危机感席卷而来，好像突然坠入了冰窟一般。

然而让他更加难以置信的是，这种恐怖的危机感竟然是从前方的王太川的身上传来的。

不对劲儿！

柳然脸色剧变，来不及确认为什么自己会有这种感觉，当即大喊一声："皮猴，小心！"

他这突然一喊，周围的人都被他吓了一跳，而朝王太川跑过去的王小山也停下了脚步，疑惑地看了过来。

他看到柳然正一脸焦急地朝他跑来，对他挥手示意着什么。

还没等他明白过来，突然，一股寒风从背后袭来。

王小山脸色剧变，他感觉到情况确实不对劲儿，并且，他也看到了柳然的脸色。

"噗——"

王小山感觉胸口传来一阵剧痛，几乎让他整个人都要昏死过去。

他低下头来，骇然看到一道利刃从他胸口冒了出来。

瞬间，王小山的脸上布满了难以置信之色。

因为，他发现偷袭他的人，竟然就是他的父亲王太川！

为什么会这样？

王小山脑海中浮现出了这个念头，他根本就想不通。

而就在这时，他忽然听到身后传来了他父亲王太川的声音，不过那声音却是前所未有的低沉、阴冷，说道："嘿嘿，竟然偏了，没有直接贯穿心脏？看来还得再来一下！"

刹那间，王小山吓得魂飞魄散。

虽然他还想不通自己的父亲为什么会突然对自己下毒手，但是，他从这句话就可以听出，王太川是真的想杀了他！

"噗——"

插入他身体的利刃，被狠狠地抽了出去，而后又飞速地刺了过来。

王小山很想躲开，可是，剧痛让他难以控制自己的身体，而且王太川的另一只手正紧紧地抓着他的肩膀，让他根本无法躲闪。

完了！王小山心中顿时充满绝望。

不过，正在此刻，他的耳边猛地传来一声怒喝："走开！"

第十二章 混乱时刻

第十七章 鬼化

"走开!"

怒喝之声,宛若惊雷!

声音传出的刹那,一声低沉的碰撞声也随之传来。

"砰"!

王太川的身体倒飞而出,重重地砸在不远处的石壁上。

王小山总算是捡回了一条命,只觉得自己的心跳都快停止了。

定神一看,他才发现柳然已经来到了他的面前,方才正是柳然一脚将王太川给踹飞了出去。

"皮猴,你没事吧?"柳然关切地扶着皮猴问道。

王小山回过神来,摇了摇头,很想说自己没事,可是,他胸前猛然传来的剧痛,却让他忽然连说话的力气都没有了。

一想到,这伤居然是自己的父亲造成的,他更是心如刀割。

柳然看出他情况不妙,赶紧喂他服下一枚符丹,这才让他稍微缓和了一点儿。

也是在这时,方才被柳然踹飞了的王太川,此刻又爬了起来。

他口中发出嘿嘿的怪笑,霍然抬起头来,一双充满寒光的眼睛盯住了柳然和王小山。

王小山看得心头凛然,同时又感觉痛苦无比,带着哭腔对柳然问道:"老大,我……我父亲……为什么会变成这样?"

他实在是想不通,之前一切都好好的,自己的父亲明明是取天帝秘宝去了,为何会突然变成这样?

柳然无法回答王小山的问题,更不知道王太川身上究竟发生了什么事情。

此时他的目光死死盯着王太川,只感觉到对方给他带来了恐怖的危机感。这种危险的感觉,甚至比当初在幽灵岛上,面对天劫境的逆种精魂时还要恐怖几分!

以王太川化劲期大成层次的修为,根本不可能给他这样的感觉,那么只能证明,王太川身上肯定是发生了什么事情,隐藏着什么重大的秘密!

"灵灵,你发现他是怎么回事了吗?"柳然语气凝重地对识海中的柳灵灵传音询问道。

可惜的是，没等柳然他们分析出王太川究竟是怎么回事，王太川突然怒吼一声："你们都得死！"

话音未落，他竟身形如电般朝着他们扑了过来！

"退！"

柳然脸色一变，当即护着王小山向后退去。

可是，此刻的王太川速度实在太快，而柳然又有王小山这个累赘在，移动速度根本无法和王太川相比。眨眼的工夫，王太川就来到了他面前，手中的短刀狠狠地朝着他们斩了过来。

"盾！"

柳然沉声冷喝，手里一枚紫玉级防御符卡猛然催动起来。

一道道符光猛地流转开来，快速化作一面紫色的盾牌，挡在了他的面前。

但是，这符光盾牌还没有彻底成型，便被王太川一刀直接斩碎！

"轰隆"！

符光破碎，盾牌消散。

柳然瞪大了双眼，口中惊呼一声："这不可能！"

他方才就看出王太川这一击并没有符技的痕迹，完全就是依靠肉身的蛮力砍了过来，结果竟是生生地将他这道紫玉级防御符卡的防御给斩碎了！单纯论力量计算，这至少要数千斤之力才可能实现，王太川的肉身力量怎么可能强大至此？

王小山同样被吓到了，也是因此，他更加肯定，眼前这个发疯的中年男子必然不是他的父亲！

"小心！"王小山猛地惊呼起来。

他骇然看到王太川在一击斩碎柳然的符光盾牌之后，立刻又是一挥手，一刀直斩向柳然的颈部，似要直接将柳然的脑袋斩下来一般。

电光石火间，柳然的身法再次发挥了作用。

他身形猛地侧开，同时上半身一缩，那刀锋几乎紧贴着他的脖子划过，只差一点儿就会割破他的喉咙。

一抹淡淡的血迹当即溢出，不过只是几滴血珠而已。好在王太川用的并不是符技，否则这一刀就不可能只是蹭破了他的一层表皮那么简单了。

"唰"！

柳然避开了一次杀招，立即带着王小山一退再退。

"杀！杀！"王太川却似乎是受到了什么刺激，竟然变得更加狂躁，对柳然他们穷追不舍，一刀接着一刀疯狂地斩向柳然。

好在关键时刻，柳然身后的人也终于反应过来。

"玄甲防御阵，结！"

最先出手的是李月茹和林志荣，只见他们二人联手，猛地布置出了一个组合符阵，直接化作一个倒扣的紫色巨碗，将柳然和王小山笼罩起来，王太川被挡在了外面。

不过，这符阵也仅仅维持了片刻，便被王太川一刀斩裂！

"好恐怖的蛮力！"李月茹和林志荣都是心头一沉，总算明白为什么方才柳然那么震惊了。

而他们的符阵破碎，也让刚退开没多远的柳然和王小山，又一次陷入了生死危机之中。

好在榕城这边的人动作也终于及时跟上。

"符技，'烈空枪法'！"

"符技，'乱水横冲'！"

"防御符卡，'云漩盾'！"

一时间，柳然和王小山的周围都被各种符光覆盖。

他们身后的人，有人在施展符技攻击，有人在使用符卡防御，各种手段齐出，终于挡住了疯狂进攻的王太川。

柳然终于带着王小山退回到人群之中。

不过，他才刚刚松了口气，就猛地听到周围传来一阵阵的吸气声，更有人惊呼道："怎么会这样？"

柳然连忙朝着前方看去，发现王太川在陷入众人的各种攻击之后，竟然只是速度降低了一些，并未完全停下，还在不断地朝他们逼近。

更让人惊骇的是，大家这一道道攻击落在他的身上，竟然并未出现什么损伤！

这简直太不可思议了！

要知道，柳然身边这些人，很多都是化劲期的强者！

哪怕在他们之中，大多数人最强的攻击符技，只是三级层次，但化劲期强者实打实的力量摆在哪里，落在王太川的身上也不可能是这种效果！

如此情形，众人一下子被震住了。

也是在同一时间，刚从队伍最后面冲上来的徐江忽然惊呼了一声："这是鬼化！嘶，竟然还是鬼将级别的鬼化！"

鬼化！

听到这个词语时，柳然等人纷纷脸色剧变，不少人脸上更是露出了惊恐之色。

所谓的鬼化，顾名思义就是被鬼物同化！

更具体一些来说，就是因为受到了强大鬼物的夺舍，肉身产生了古怪的变异，渐渐倾向于鬼族！

鬼族最可怕的地方，就是喜欢到处夺舍血肉生灵的肉身。这个生灵被彻底鬼化之后，力量将会转化为鬼族的力量，帮助这名鬼族迅速地蜕变提升力量！

这也是为何鬼族当初刚刚出现在天符浩土上，除了鬼蜮大帝之外，只有一群鬼怪、鬼兵层次的鬼兽，却立刻造成人族乃至各大种族纷纷遭到恐怖的打击，而鬼族依然能迅速壮大的原因所在！

听到徐江的话，王太川身形微微一顿，抬头望着徐江，怪笑道："嘿嘿，没想到你还挺有见识！"

此言一出，无疑是肯定了徐江的说法，顿时让柳然他们心头一颤。

众人顿时明白，为什么王太川在攻击的时候不施展符技，而是单纯使用肉身力量。原因就是，鬼族根本没有符力可以施展符技！

鬼族强者由弱到强可分为三大境界：鬼煞境、鬼王境、鬼神境！

其中，鬼煞境大致相当于人族的灵劫境，又分为鬼怪、鬼灵、鬼兵三个层次。而鬼王境相当于人族天劫境，分为鬼将、鬼侯、鬼王三个层次。

之前，柳然他们在鬼煞岭所遇到的鬼兽，最高不过是鬼兵期巅峰，相当于化劲期巅峰，而且因为被炼符师公会进行了特殊的封印，它们都失去了继续鬼化的能力。

而现在，柳然他们遇到的竟然是一个鬼将级强者，相当于遇到一个榕城城主杨修那样的人族天劫境灵台期强者，让他们如何能不吃惊？

正在众人暗自心惊之时，王太川继续迈开大步，朝着众人逼近。

若是众人不了解王太川身上鬼物是什么境界，还会动手攻击。可是现如今，知道对方竟然是一个鬼将之后，众人瞬间连动手的勇气都没有了，甚至有几个人吓得不由得向后退去。

如果只是人族天劫境灵台期的强者，他们根本不至于如此，但此刻的王太川因为有一个鬼将的鬼气护体，让大家的符技、符卡攻击都无法对他造成伤害，比起天劫境灵台期的人族强者更加难缠。

见此情形，王太川脸上的邪笑顿时更加浓了几分，眼中也露出了嗜血的光芒。

这个鬼将最喜欢看到人族这种放弃抵抗、身处绝望的感觉，这样屠杀起来才更加痛快！

王太川又往前走了几步，而榕城的众人却是连连后退，甚至有好几个人都产生要逃走的想法了。

唯一比较镇定的也只有徐江，但他此刻脸色凝重，眼中也充满了焦虑。显然，他对于对付这个鬼将也没有太多的办法。

就在这时，忽然有一个人大步走上前去，正面面对王太川。

王太川脚步一顿，定神一看，顿时脸上也露出了怒容。

因为，此刻挡在他面前，并且还胆敢靠近他的人，就是方才一脚踹飞他的柳然！

李月茹等人看到柳然上前都不由得吃惊，在暗自佩服柳然的勇气之余，也不禁为柳然感到担忧。

徐江更是连忙喊了一声："柳然，快回来，你不是他的对手！"

柳然却并未回头，只是一边继续朝前走，一边摇了摇头，道："你们都别被这家伙唬住了，难道你们没有发现这家伙弱得不像话？"

弱？众人闻言不由得错愕。

他们的第一念头就是：这可是一个鬼将期的鬼族，怎么可能弱？

不过，他们之中也有聪明的人，比如小胖子林志荣。

他听到柳然的话，一下子反应了过来，说道："没错，这家伙的确弱得不像话！"

其他人不由得将疑惑的目光转向他这边，就听他说道："如果他真的拥有那么强大的实力，刚才怎么可能被柳然一脚踹飞？"

听他这么说，众人顿时也都反应了过来。

旋即，他们再次看向了那被鬼将夺舍的王太川，立刻又发现了其他的疑点。

李月始忽然惊呼道："你们快看，他胸前那血迹，方才根本没有这么大的范围，所以我们刚刚的攻击也不是完全没奏效！"

"血？"徐江也反应了过来，"对啊，他还会流血，证明他还没有被彻底鬼化，否则根本不会有血迹！"

其他人也都想到了鬼煞岭中那些鬼兽，它们身上可没有半点儿血迹！

一时间，众人脸上的惊慌之色一扫而空。想到他们方才差点儿被对方唬住，众人看向王太川的目光之中反而多了几分杀机。

"没有完全鬼化？那么，他现在的实力反而受到了肉身的限制，顶多就是化劲期巅峰！"

"没错！他充其量也就是因为鬼气护身，而防御力强大了一些！"

"我们所有人一起出手，想要斩杀他应该不难才对！"

众人讨论着，底气也就越发充足，都如同柳然一般，大步朝着王太川走去。

王太川的脸色终于变了，苍白的脸上一片阴沉，目光之中也不由得多了几分愤恨。尤其是看向柳然时，他的目光中更是怨毒。

若不是因为柳然，他方才已经杀了王小山。而现在，他又因为柳然而陷入了危机之中，他对柳然已经恨之入骨。

突然，他身形爆闪，竟是直接冲向了柳然。

"就算我的实力受限，但是，至少我可以杀了你！"

一声冷喝从他口中传出，瞬间，他人已经来到了柳然的面前。

显然，他打算在陷入众人的围攻之前，先干掉柳然这个可恨的眼中钉。

不过，就在他冲向柳然的瞬间，柳然身后的人群之中，陡然冲出了一道紫色的人影，速度极快，刹那间也来到了柳然的身边。

电光石火间，柳然身形一闪，在避开了王太川攻击的瞬间，他身后冲出来的人影也正面对上了王太川。

"什么？"王太川脸色一变。

下一刻——

"嘭"！

一声闷响传出，他整个人被踹飞了出去，竟和方才他被柳然一脚踹飞时的情形一模一样！

还想着出手的徐江等人猛然愣住了，错愕地看着出现在柳然身旁的紫衣男子。

他是什么人？许多人脑海中都浮现出了这个疑问。

而且，他们发现，这紫衣男子的实力不过是化劲期小成，可是，对方如果没有从他们身后突然冲出来，他们竟然丝毫没有察觉到对方是什么时候出现的！

这不科学！

毕竟他们之中，实力达到化劲期大成，乃至化劲期巅峰的都大有人在，竟然感知不到一个化劲期小成的修士？

除非对方掌握某种至少四级层次的强大敛息秘术，并且极其精通隐匿气息！

若刚才对方是偷袭他们，他们岂不是要死伤惨重？

不过，好在看到对方出手帮助柳然，而现在又站在柳然的身边，显然是认识柳然的，很可能是柳然的朋友。

事实上，大家的猜测基本都差不多，不过他们没猜到的是这个紫衣男子并不是柳然的朋友，而是柳然自己！

至于敛息秘术，其实柳然所学的只是一种三级敛息术，但是他这个分身本身就有极强的隐匿天赋，三级敛息术竟然能够发挥出四级的效果，这也是柳然不久之前才发现的意外之喜。

不过，虽然柳然的分身紫阳一脚将那被鬼化了的王太川踹飞，但他却一点儿都没有放松，甚至神色变得更加严肃。

因为，他知道自己刚刚那一脚并未伤及对方，而且，如果他还想从这个鬼将的手中救出王太川，接下来的行动绝对不能有丝毫的马虎。

果然，王太川被踹飞之后，很快又爬了起来。

他目光之中的凶戾之色越发浓郁起来，视线完全锁定在柳然和他的分身紫阳身上。

无疑，接连被人用同样的方法踹飞两次，对于他而言就是莫大的耻辱！

"受死吧！"他猛然暴吼一声，身形又一次直奔柳然这边冲了过来。

柳然见此非但没有害怕，反而有一丝兴奋一掠而过。

他现在不怕对方动手，就怕对方逃走，如果那样的话，一旦对方逃脱，他恐怕就没有机会救出王太川了。

于是，在对方冲过来的瞬间，柳然果断后退，而他的分身紫阳则是挥动匕首，主动迎了上去，同时大喝一声："来得好！"

只一瞬间，劲风肆虐、符光爆闪，分身紫阳就和王太川战作一团。

王太川速度极快，力量也极强，但无奈的是，他无法施展任何符技，鬼族的鬼术也受到了极大的限制。

柳然这边，分身紫阳愣是依靠过人的身法，以及变化玄妙的符技，与实力明显在他之上的王太川斗得不分高下。

见状，其他人都忍不住想要上前帮忙，不过柳然却连忙拦住他们，说道："各位，这家伙就交给我的朋友吧，肯定不会让他逃掉的！"

说着，他背对王太川那边，对众人连连使了眼色。

众人顿时心领神会，知道柳然这分明是想让大家帮忙将这王太川彻底围起来，不让他离开。随即，他们都开始暗中准备，并且悄然移动，从左右两边朝王太川他们那边包抄过去。

柳然在大家各自行动时，则是拉住了王小山，低声对他说道："皮猴，你还想救你父亲的话，一会儿就听我指挥！"

"什么？"王小山瞪大了眼睛，差点儿惊呼出声，"老大，你是说，你还有办法救我父亲？"

柳然重重地点头，道："对！王叔他现在肉身还并未被彻底鬼化，他的灵魂很可能也还没有被彻底消灭，虽然机会比较渺茫，但是，我们必须试一试！"

王小山当即又是惊喜，又是感激，连忙说道："好，只要能把我父亲救回来，你让我做什么我都答应！"

"好！"柳然当即低声将自己的计划和王小山说了一遍。

说完之后，柳然也悄然退开，和其他人一样加入了包围王太川的队伍。

王太川还在和柳然的分身紫阳战斗得难解难分，忽然他察觉到有些不对劲儿，目光往四周一看，他的脸色一下子变得难看无比。

"你们以为用这种卑鄙的手段，就能留下我？哈哈，实在是太天真了！"王太川冷笑一声，忽然身形一闪，与分身紫阳拉开了距离。

所有人都看得出，他这是打算强行冲出重围逃走。

第一时间，徐江便大声下令道："古榕符阵，结！"

他的声音一出，李月茹、张小川、林志荣等所有炼符师齐齐打出符印，方才暗中刻画好了的符卡直接祭出。

"轰"！

一道道符光冲出，彼此快速地纠缠在一起，转眼竟化作一株数十米高的大榕树，巨大的树冠还有那一根根垂落而下的树根，直接将王太川包围在其中！

这个名叫"古榕"的符阵，拥有封锁、围困、攻击等多种能力，乃是榕城炼符师公会独有，也是榕城的特殊符阵。

所有加入榕城炼符师公会的炼符师，基本都要学会，就是为了一旦遇到这种特殊情况，大家联手的时候可以有一个大家都熟悉的符阵可用。

不过，柳然比较特殊，加入榕城炼符师公会至今，也没时间去学这个符阵，所以在众人结阵的瞬间，他反而身形飞退。

大榕树范围内，王太川冷冷一笑，似乎非常不屑。

下一刻，他似乎在调动全身的力量，青筋暴起，整个人也变得十分狰狞。

"你们都给我去死吧，鬼术，'鬼哭狼嚎'！"王太川口中传出了一声尖锐的叫喊。

猛然间，他的七窍之中有滔天鬼气冲出，狠狠地撞向众人联手布置的古榕大阵。

"皮猴！"

站在大阵之外的柳然猛地对王小山一挥手。

下一刻——

"啊！"

王小山竟是直接惨叫一声，然后满脸痛苦地仰面倒了下去。

在柳然的帮助之下，这惨叫声传入大阵之中，正在发狂的王太川猛然全身一颤。

他像是忽然想起了什么重要的事情，扭过头看了过来，顿时咆哮起来。

"不！"一声悲恸的哭喊声从他口中传出。

同一时刻，他全身翻腾的鬼气也一下子都乱了，剧烈地震荡起来！

"就是现在！"

符阵之内的另一个人，也就是柳然的分身紫阳却在这一瞬间猛然身形一闪，来到了王太川的面前。

他的手中，无数符纹流转之间，一抹刀光骤然浮现，狠狠地朝着王太川斩了过去！

第十八章 坍塌

三级攻击符技，"斩灵刀"！

分身紫阳一道刀光斩出，体内的天符之力也猛然调动起来。

王太川此时正处于灵魂混乱的状态，他原有的灵魂被王小山那突如其来的惊叫声刺激到，竟是疯狂地与占据他肉身的鬼将斗了起来。

以至于鬼将为了镇压王太川的灵魂，一时间竟无暇躲避柳然分身紫阳的攻击。

不过，他对于这道攻击毫不在意，认为这不可能伤及自己，却没想到在刀光即将落在自己身上时，那上面竟然冒出了一种可怕的紫色火焰！

"这是什么东西？不！"王太川口中忽然传出了一声惊恐的叫声，似乎是发现了什么恐怖的东西。

周围正在维持古榕大阵的人都被吓了一跳。

下一刻，他们就都看到紫衣男子手中的刀没入王太川的体内，明明刺中的并非要害，却让王太川发出了凄厉的惨叫。

没等他们反应过来，一股黑色鬼气陡然从王太川体内冲出，狠狠地撞向了古榕大阵。

"挡住它！"

徐江一眼认出，这冲出来的，是王太川体内鬼将的本体，所以第一时间就对众人下令。

当即，李月茹等人催动古榕大阵快速地运转起来，那一道道垂落而下的榕树须根疯狂地对着那团黑色鬼气连连抽打。

此外，徐江更是猛地催动一枚紫玉级封印符卡，射向那股黑色鬼气。

符卡一闪，那黑色鬼气一下子被定住，气势也被削弱了大半。

其他人也都反应了过来，那些化劲期的高手纷纷出手，一道道攻击符技直奔那黑色鬼气而去！

鬼族如果寄于血肉生命之中，防御力会变得极其可怕。但是，一旦脱离血肉生命，它们的防御力就会大幅下降。

所以此刻众人的攻击一改方才那种几乎无效的状态，直接对鬼将造成了巨大的伤害。

"啊，可恶，可恶！"困于符阵之中的鬼将疯狂地嘶吼起来。

那股黑色的鬼气不断扭曲变化，隐约也露出了一个人脸的模样来。可以看出，它现在非常愤怒。

原本一切都已经胜券在握，它将这些人都炼化掉之后，实力便可以再上一层，甚至有希望冲击鬼侯期，却没想到最后竟然变成这般模样。

它居然被一群化劲期，甚至只是灵旋期的人族打成重伤，就算此次能逃出去，实力必会大减！

一想到这个，它就怒欲发狂，忽然扭头看向方才造成这一切的两个人，一个是那紫衣男子，另一个自然是柳然。

它忽然发现柳然正身处于大阵之外，而那紫衣男子居然已经趁着它方才逃出，将它之前占据肉身的那个人救走了，退到了大阵的一个角落，似乎正准备逃出大阵之外。

"哪里逃！"鬼将竟不顾众人的攻击，强行朝着柳然的分身紫阳冲了过去。

"小心！"徐江等人都不由得惊呼起来。

不过，作为被攻击目标的紫阳却神色淡然，平静地看着对方来到自己的面前时，猛地对众人大喊了一声："攻击！"

众人心中纷纷一震，定神一看，却发现这时候的确是非常好的攻击时机。

此刻那鬼将为了攻击这紫衣男子，之前四散的鬼气已经聚于一处，现在攻击它可以造成最大的伤害。

可是，一旦他们进行攻击，那紫衣男子势必也在攻击范围内，一样会有生命之危，众人一时间又有些下不去手。

转眼间，柳然的分身紫阳和他手中抱着的王太川都陷入了鬼气的团团包围之中。

不过在鬼气之中，却再次传出了紫阳的怒喝声："别担心我，快攻击！"

徐江等人心头震动。

最终，徐江沉声下令道："大家攻击吧！至少我们可以趁此机会重伤乃至击杀这鬼将！"

众人也都明白如果他们不动手，那紫衣男子和王太川也逃不过鬼将的攻击，与其让他们白白牺牲，不如珍惜这次机会。

于是，符阵再次疯狂地运转起来，大家齐齐出手，攻势比方才更加凌厉。

躺在地上装死的王小山，看到这样的情况焦急地跳了起来，叫喊了一声："父亲！"

在他身旁，柳然却一把抓住了他，说道："不必激动，放心，没事！"

他声音一落，身旁就是灵光一闪，一根细小的金针忽然出现，紧接着，分身紫阳竟带着王太川直接出现在了他们的身旁。

破空金针！

原来，柳然是故意吸引那鬼将来攻击他的分身的，因为，关键时刻他可以依靠这件宝贝脱身，而那鬼将根本无法伤害到分身紫阳和王太川，反而会因此而陷入空前的危机之中！

果然，在柳然的分身紫阳出现在大阵之外时，那鬼将所化的鬼气已经被无数符光淹没了，凄厉的鬼叫声也立刻响起！

"计划成功了！"柳然轻轻吐出了一口气。

不过，下一刻，他脸色骤然一变。

因为，他发现分身紫阳体内竟然多了一股阴寒的能量，正在到处流窜。

这股力量无疑就是鬼气。

不过，紫阳想不通，那鬼将是什么时候将一股鬼气打入自己体内的？

当即，柳然的本体和王小山一起扶住了重伤的王太川，连忙将他放下来，并且迅速喂他服下符丹，开始进行疗伤。

而柳然的分身立刻盘腿坐下，开始全力运转起了天符之力，快速地扑杀体内的鬼气。

只一瞬间——

"啊！"

他体内猛然传出一声凄厉的惨叫，下一瞬间，重重的鬼影竟猛地从他体内冲出，直奔远处飞逃而去。

"什么？"柳然看到这一幕不由得脸色剧变。

他没想到，这股鬼气竟然不是什么攻击，而是鬼将的本体！

他猛然掉头看向身后古榕大阵的方向，果然看到那阵中的鬼气快速消散，转眼间就消失了。

此情此景，让正在围攻的众人纷纷错愕。

"一个鬼将，竟然这么容易就死了？"林志荣有些难以置信地说道。

其他人也不太相信他们这么轻易就消灭了一个鬼将，那可是堪比人族天劫境的强者啊！

柳然轻叹一声，对众人说道："它没死，逃了！"

顿时，众人脸上刚刚浮现的喜色一下子消失，取而代之的却是凝重之色。

对方逃走之后，肯定不会善罢甘休！

接下来，他们的处境反而更加危险了！

在他们刚刚想到这一点时，脚下猛地传来巨震，四周竟开始出现龟裂、坍塌！

"咔嚓"！

"噼里啪啦"！

一声声碎裂的声响传来，地面震动的幅度也越来越大。

古榕大阵之中，众人也变得越发慌乱。

无疑，这突然出现的变故，定然是那逃走的鬼将触动了什么东西！

本来，震动对于他们这些修行之人而言，并不是多么可怕的事情，但此刻他们身处于地底，事情就可怕了。

因为，震动，一旦引发大范围坍塌，恐怕他们所有人都要被活埋，生命垂危！

"大家镇定，继续维持符阵，千万不能自乱阵脚！"徐江连忙对众人大喊，"柳然，你们也快进入符阵里来，快点儿！"

说着，他还操控着符阵，给柳然他们打开了一道门。

闻言，众人顿时反应过来。

显然，这个时候如果大家慌乱起来，一旦发生剧烈坍塌，他们谁也逃不掉。

但是，古榕大阵本身就具有强大防御能力，如果大家合力维持符阵，并及时出手展开攻击，破除一些掉落的巨石，反而更加安全。

所以这古榕大阵现在乃是众人唯一的容身之地，绝对不能散。

柳然和王小山也反应过来，当即扶着王太川一同快速地冲入了符阵的范围之内。

他们才刚刚进入符阵的范围之内，众人头顶上就猛然坠落下几块巨石，其中两块直接砸在了古榕大阵上。

"轰隆"！

一声低沉的碰撞声传来，震得众人都有些眼前发黑。

古榕大阵在这撞击之下，也是一阵剧烈震动，好在最终坚持了下来，并未破碎。

不过，这时的情况并未让众人心安，反而更加担忧。

按照现在的状况，若是再被这样的巨石连续砸中几次，众人根本无法支撑这符阵继续运转。

正在众人心中想到这一点时，头顶上再次传来了巨响，又有几块巨石掉落了下来。

"所有人一起动手，击碎巨石！"柳然立刻对众人大喊道。

他喊声落下时，自己的分身紫阳已经出手，猛然一跃而起，奋力一拳砸了出去。

四级攻击符技——"崩拳"！

"轰"！

这一拳，将第一块掉落下来的巨石砸得粉碎。

不过，他的身形也在这剧烈轰砸之下猛然倒退，落在了地上。

好在其他人的动作也不慢，紫阳砸碎的那块巨石的碎块在其他人的联手攻击下，也快速地被击碎、砸飞。

上空落下的另外几块巨石，也纷纷被如此清除，基本上不会威胁到大阵。

但是，众人依然无法放松。

因为他们发现地面震动得越来越厉害，炼符师们要维持符阵变得更加艰难，同时，空中落下来的巨石却越来越多，他们的处境也会越来越危险！

"我们必须转移！"护卫队一名化劲期巅峰的战士沉声说道。

这一点众人也都想到了，可是，众人却不知道该往什么方向移动。

这里其实只有两个方向可以选择，一个是方才王太川出现的方向，而另一个是鬼将逃离，也是众人来的方向。

王太川方才出现的方向充满未知，众人自然不敢轻易靠近。

而另一个方向，那鬼将刚刚冲过去，众人也不知道它会不会有什么特殊行动，或者直接对众人展开偷袭，同样让众人不敢轻易过去。

一时间，众人左右为难。

正在这时，王小山怀中的王太川忽然一动，口中发出了一声闷哼，醒了过来。

"父亲，您醒了？"王小山大喜过望，激动地看着王太川。

不过，周围众人却纷纷心头一紧，看向王太川的目光变得有些戒备。

现在，众人可分辨不清这王太川究竟是鬼将，还是一个活人。

柳然连忙说道："大家放心，鬼将刚刚已经脱离了他的身体，他还是人族。"

随即，他心中一动，催动分身紫阳也开口说道："不错，方才我趁着他的意识与鬼将的意识产生冲突，趁机使用了一种针对灵体威力显著的攻击符技，才将那鬼将彻底从他体内剔除了出来。"

众人想到方才符阵之中战斗的情景，顿时也都相信分身紫阳所说的话了。

王太川在此刻也恢复了意识，扫了周围一眼，顿时明白了众人现在的处境，当即虚弱地指了指他来时的方向，对众人说道："快，往那边走！"

不过，大家听了他的话之后，并没有立刻行动，而是将目光投向了徐江。

柳然连忙对徐江说道："徐副会长，王叔对于这地底迷城的情况比我们更了解，我们就相信他一次吧！"

徐江依旧有些犹豫不决。

就在此时，空中再次坠落下一块块巨石，众人慌忙出手，却也只能仓促地抵挡一下，依然有两块巨石砸在了符阵之上，震得运转符阵的人脸色发白。

同时，也有不少人因为强行施展符技阻挡巨石，而受到了反噬，口喷鲜血。

"徐副会长，不能再犹豫了！"柳然再次催促道。

徐江一咬牙，总算下令道："所有人，按照王先生所说的，往那边移动！"

众人也没有再犹豫，当即纷纷行动起来。

李月茹、林志荣、张小川等炼符师维持符阵，而护卫队的众多人则是为他们防护，队伍维持着阵形一步步地移动了起来。

途中，他们又击碎了几个坠落的巨石，几乎人人身上都有伤，符阵也多次差点儿崩溃。

不过，最终他们还是脱离了那片危险的区域，在王太川的指点之下，来到了一个巨大的洞窟之中。

来到这里，众人也彻底脱险了。

但是，在他们看清楚周围的状况时，却都脸色大变。

在这洞窟之内，竟然是无数的碎骨、骷髅，宛如一片人间炼狱！

"这……"

"怎么会这样？"

众人纷纷心头巨震，又是惊悚又是愤怒。

因为他们都认得出，这些碎骨、骷髅分明大多都是人族的骸骨！

震惊过后，众人又立刻将目光转向了王小山怀中虚弱的王太川，就听到他声音沙哑地说道："这些人……都是那个鬼将所杀！"

巨大洞窟之中，冰冷，森寒。洞窟内的情景，让人触目惊心！

柳然看着四周大片的枯骨，恍然间感觉自己又回到了幽灵岛。

他因为有了幽灵岛的经历，如今倒也还能保持一些平静，继续给王太川疗伤。

其他人一听到王太川的话，只感觉脑子里"轰"的一声炸开了。

"这到底是怎么回事？"徐江率先镇定下来，沉声追问道。

王太川脸色惨白，苦笑道："以前我祖父告诉我，这地方是我们祖师和御虫师一脉的祖师共同发现的，但我真正来到这里的时候，却发现在我们祖师来到这里之前，肯定有别人已经发现这个地方的天帝秘宝，否则此地怎么会有如此一座地下迷城？"

闻言，众人都不禁点头。

这地下迷城的规模可不小，至少这不可能只是几名机关师和几名御虫师就能够建起来的。而且从这城中各种痕迹来看，这城池至少也存在数百年了！

"但是我一直很迷惑，"王太川继续说道，"既然当初已经有人发现这里，他们后来为什么又不见了？他们既然建立了这么大一座城池，后来为何又要放弃？"

众人面面相觑：对啊，现在看来当初发现这个地方的人应该不少，才能建起这样一座地底迷城，后面他们却都全部消失，甚至让这里的天帝秘宝被埋没，一直到王太川的祖师和御虫师那边的祖师无意间发现了这里。

那么，当初最先发现这里的人，都去哪里了？

想到这里，众人忽然心中一动，目光再次看向了地上那些骸骨，瞬间脸上都不禁浮现出了骇然之色。

"难不成……当初那些人，全都被那名鬼将给杀了？"胖少年林志荣咽了咽唾沫，猜疑道。

王太川点了点头，给出了肯定的答案。

他说道："刚才我被夺舍的时候，灵魂有一段时间与那鬼将彼此相通，也窥探到了一丝它的记忆。事情的真相，就是你所猜测的那样！"

众人顿时纷纷倒吸凉气。

放眼看向四周，这里可是足足有数百具骸骨，证明当初聚集在这地下迷城之中的，至少也有数百人！

众人很难想象，那鬼将究竟是如何将这些人杀死的。

毕竟，就算那鬼将再厉害，数百名人族聚集在一起，其中必然不会缺少一些强者。一旦发现了鬼将的存在，联手之下，就算杀不死它，把它击退也还是很可能的。

可是，事实上却是所有人族都死了，而那鬼将居然活了下来，还在数百年后再次袭击他们这些无意间进来的人。

众人还没回过神来，王太川又道出了更让人心惊的事实："事实上，正是吞噬了这么多人族的血肉之后，它才变成了如今这么强大的鬼将。"

"你的意思是，它在杀死这些人的时候，其实还并不是鬼将？"柳然连声追问道。

"对！"王太川声音低沉道，"在人族发现这个地方的时候，它只是一个鬼灵级别的鬼族，刚刚开启灵智，相当于我们人族的灵旋期。它也是当年在人族与鬼族大战之中，侥幸存活下来并躲藏在这附近的鬼族。"

他开始讲述那鬼将的故事，在他的描述之中，众人了解到，一个原本在人族疆域内东躲西藏的弱小鬼族，无意间发现这里的人族，本来想退避，却发现这里的人族竟然并不团结。

这让它认为自己有机可乘。

随后，它开始悄然混入人族之中，趁着那些真正的人族强者没有注意到它之前，悄然制造各种矛盾，让这地方的数百人族互相残杀，而它则是趁机暗中将某些人族夺舍、吞噬，一步步地强化自身。

它做得非常小心，甚至为此花上了数十年也在所不惜。

等后来它被发现的时候，竟然已经达到了鬼兵期巅峰！而人族已经剩下最后几十个人了，那些人哪怕是全部联手，也不是它的对手，最终也全都在这洞窟之中变成了它的食物！

随后，这个鬼族就封闭了这个地方，开始吞噬能量，冲击鬼王境鬼将期。

这一过就是上百年的时间，后面它彻底稳固了这个境界之后，才再次打开了这个地底迷城，引诱了几名到处探险的机关师、御虫师来到这里。

它没有对这几个人下手，是希望他们出去之后将更多的人引来这里，让它可以再一次尽情享用"美食"。

只是，它没想到的是，那几名机关师、御虫师在离开这里之后，并未立刻带人来到这里。

但是它并未失去耐心，继续在此闭关等待。

足足过了几百年，双方的后人才重聚，终于联手打开了这个地方，而柳然他们也巧合地经过这里，无意间被卷了进来。

王太川是在和那些御虫师联手破除这里的机关、陷阱时，察觉到御虫师一方的人不太对劲儿，似乎只是想利用他找到天帝秘宝，然后独吞。

所以找了个机会，利用这里的机关脱身，然后独自找到了这个很可能就是天帝秘宝出世地点的洞窟，本想独自将秘宝取出，没想到一进来居然就遇到了那个鬼将。

他被夺舍之后，被鬼将控制着离开这洞窟，开始寻找其他人，然后遇到了柳然等人，这才有了方才的种种。

听完了王太川的叙述，在场的众人纷纷陷入沉默。

他们的第一感受就是：那个鬼将的城府实在是深得可怕，看看它这一系列的阴谋计划，前后竟然足足隐忍了这么多年！

而第二个感受则是无奈：如果当初发现这地方的人族不闹内讧，那么小小的鬼灵早就被消灭了，怎么可能让它发展到如今这般强大的状态？

至于第三个感受，众人却都不约而同地想到了：接下来那鬼将恐怕会对众人展开恐怖的报复！

想到这里，柳然猛地脸色剧变，惊呼道："不好，麻烦大了！"

众人吃了一惊。

张小川立即问道："怎么了？你想到什么了？"

柳然沉声道："那鬼将一直没有出现，怕是转移目标，冲着外面那些御虫师，还有那些杀手去了！如果他夺舍了某个人，恢复了实力，我们可就危险了！"

第十九章 困境

洞窟之中，所有人都安静了下来。

气氛在这一刻变得异常凝重，仿佛空气都要凝固了一样。

"这……这可如何是好？"

"我们该怎么办？"

护卫队中，两名实力稍微差一些的人最先惊慌起来，不知所措地左右张望。

柳然的话，仿佛一块巨石重重地压在了众人的心头上，压得大家喘不过气来。

"不然，我们现在出去阻止它？"李月茹这个女生，反而最先发起狠来，对众人提议道。

闻言，众人心头也是一震。

事实上，这不失为一个办法，趁着对方没有夺舍炼化成功，他们如果能够找到那鬼将，如同这一次柳然的分身紫阳一样将其再次重创的话，那么鬼将对于他们的威胁就会大大减小。

不过——

"不妥！"

李月茹这个提议刚说出来，一名老成一些的炼符师公会会员反对道："按照方才王先生所说，那鬼将非常善于隐忍，这一次被我们打伤之后，它肯定会更加小心，我们就算出去也未必能够找到它，说不定还会被它暗算！"

众人闻言纷纷点头表示赞同。

比起他们这些人，那鬼将明显对这地底迷城熟悉无比，占据地利，这一点从刚才的坍塌就可以看出，只要对方有心暗算他们，他们说不定连自己怎么死的都不知道。

比较之下，这个洞窟乃是那鬼将的老巢，如今这里反而变成了整个地底迷城最安全的地方。

"可是，我们总不能在这里等死吧？"一名护卫队成员忍不住说道。

一时间，众人又沉默了下来。

待在这地方，的确短时间内是安全的。但是，等那鬼将将外面的人都吞噬之后，恢复了实力甚至实力大增，再回来找他们，他们将会更加危险！

此时，众人又陷入了左右为难的境地。

不少人看向了徐江，可是徐江也不知道究竟该怎么做才好。如今他任何一个决定，都可能会危及众人的性命，稍有不慎，他们就会步这地底迷城中前人的后尘！

他的压力很大，也只能安慰大家，说道："大家也不必这么杞人忧天，那鬼将之前已经被重创，如今要恢复实力也需要时间，而我们在进来之前已经通知了公会，相信会长大人很快会带人过来，到时候我们只需要里应外合，一定可以将这个鬼将消灭！"

闻言众人心头稍安，却并没有完全放下心来。

榕城到这里，他们可是花了两天多的时间。现在要是等榕城那边的炼符师公会会长卢远山带人过来，他们活没活着都很难说。

护卫队中甚至有人已经暗暗后悔，为什么之前要接下炼符师公会这项任务，也有人暗中后悔之前为什么要听柳然所说的话，进入这个地底迷城里来。

他们看向柳然的目光自然也有了一些变化。

柳然见此心中不由得暗自恼怒，貌似自己也没有一定要他们来，而是他们都听到了这地方可能会有天帝秘宝的存在，一个个都抢着跟了过来。

有好处的时候一个个争先恐后，现在遇到危险了，又将责任推到他的身上，天下哪有这么便宜的事情。

不过，他也知道这些话自己现在不能说，否则只会让大家的情绪更加不稳定。

冷静地思索了一番，柳然说道："徐副会长，我看这样吧，我们先合力布置符阵，将入口封锁起来，同时加强这个洞窟的防御，如此一来就算那鬼将攻击我们，也可以拖住它一段时间。"

这个提议当即得到了众人的认同。

大家毫不犹豫地开始行动起来，尤其是几名炼符师，纷纷将自己的家当都取出来，用于符阵的布置。

不多时，洞窟的入口被重重符阵封锁，迷幻符阵、防御符阵、攻击符阵都被众人用上了，想要试图强行冲进来，就算是天劫境强者也得花上半天的时间。

此外，洞窟之内众人又布下了一个巨大的防御符阵，万一真被那鬼将冲入洞窟之中，众人进入这符阵之中，也是可以再躲避一阵子了。

正在众人忙碌之时，柳然和分身紫阳一起找到了徐江，柳然说道："徐副会长，这件事情因我而起，我也有义务帮大家想办法脱困，所以，我决定现在和我的朋友紫阳一起离开洞窟，出去查探情况！"

"什么？"徐江大吃一惊。

其他人闻言也纷纷表示震惊，没想到柳然会做出如此冒险的决定。

徐江连忙阻拦道："不行，你们千万不能出去！方才争斗的过程中，那鬼将明显对你和你的这个朋友已经恨之入骨，如今你们一旦出去，恐怕立刻就会陷入危险！"

李月茹、林志荣等人也连忙走过来，劝阻道："对啊，柳然，你们千万不能出去！"

正守着王太川的王小山连忙走过来，拉住了柳然，道："老大，你别冲动，你出去可就死定了！"

柳然却苦笑道："正是因为如此，我才必须要出去。如果我在外面，说不定对方就不会盯上你们了。"

众人顿时愣住了，没想到柳然竟然是想以身犯险，用自己去引开那鬼将，为大家制造生机！

仔细想想，之前若不是柳然发现那鬼将，又几次机智地与那鬼将相斗，将那鬼将击退，如今众人说不定早就命丧那鬼将之手了。

一时间，方才还暗中埋怨柳然的人脸上都不禁发烫，同时暗自庆幸自己没有将埋怨之词说出口来。

正当柳然决心要走出这洞窟，独自去面对那鬼将时，一直在一名炼符师的帮助下疗伤，伤势总算缓和了一些的王太川终于又开口了。

他对众人说道："其实，眼前这样的情况，也并非是死局，柳然，你也不必冒此大险，我们还有一线生机。"

"哦？什么生机？"柳然连忙看向王太川。

如果有其他更好的办法，能不去冒险，他自然也不想拿自己的生命开玩笑。

其他人也纷纷将目光转向了王太川，就听王太川沉声说道："找出此地的天帝秘宝！"

天帝秘宝？

之前听到这个词的时候，众人皆眼睛发亮。

而现在，听到这个词时，不少人却都无奈苦笑。因为，若不是这虚无缥缈的天帝秘宝，众人也不至于陷入如今的困境之中。

不过，众人也都认同王太川所说，若真能找到此处的天帝秘宝，的确可以为他们带来一线生机。

"这里真有天帝秘宝存在吗？"林志荣问出了众人此时心头共同浮现的问题。

此地所谓的天帝秘宝，在数百年前就已经有人在寻找了。在那鬼将出现之前，就有人族守于此地，但一直没有人找到。

如今，众人进入这地下迷城这么久，也没有发现什么可疑的迹象。

甚至于，众人现在都有些怀疑，这里所谓的天帝秘宝会不会只是子虚乌有。

而且，就算不是子虚乌有，如今他们被困于此地，也根本没办法去寻找。

王太川却非常坚决地告诉大家："这里的天帝秘宝的确存在！而它所在的地方，绝对不会是外面那些后来人所建造的建筑、秘道。"

"那天帝秘宝会在什么地方？"李月茹连忙追问道。

柳然心中猛然一动，没等王太川开口，便直接问道："你刚刚说，天帝秘宝不会在外面那些后来人所建造的地方，是不是说，它可能存在的地方，是一些天然的洞窟？"

闻言，众人心中纷纷一动：天然洞窟？

此地不正是一处庞大的天然洞窟？

而且，这里作为鬼将的藏身之地，还是一个不曾被古人发现的天然洞窟！

"没错！"王太川点了点头，目光开始在周围扫视了起来。

看到他这般模样，众人哪里还能反应不过来。

不过，大家却没有急着行动，因为他们又都想到了一个疑点。

其中一人问道："如果这地方真有天帝秘宝的存在,那鬼将恐怕早就发现了吧？"

这一次，不用王太川回答，柳然就笑着说道："天帝秘宝岂是那么容易就能出世？又怎么可能为鬼族所得？"

顿时，大家脸上终于都有了笑容。

正如柳然所说，天帝风剑尘留下流星传说，本就是天帝留给人族的机缘，自然需要一定的考验才可获得。而以天帝的才智，定然可以避免自己留下的东西被异族所得。

这是每一个人族对于这位天帝大人无条件的信任！

所以，众人非常肯定，此地如果真有天帝秘宝，那绝对还是安然无恙的！

"大家快一起找！"徐江直接对众人喊了一声。

当即，所有人就立刻在这巨大的洞窟之中四处寻觅了起来。

他们必须趁着现在那鬼将还没有回过头来对付他们，就将此地的天帝秘宝找出来。

就在他们仔细翻找这洞窟之中的每一个角落时，地底迷城之中另一个地方，一场厮杀正在悄然上演。

"刚刚究竟是怎么回事？"

"不知道，可能是柳然他们触动了什么机关吧！"

两名身着劲装的男子，小心翼翼地在城中巡视探查着，一边彼此低声议论。

他们乃是郑明带来的江家强者,刚才在和郑明一同围杀那些御虫师。原本他们都快将那几个御虫师一网打尽了,不料突然一阵巨震,让他们陷入了混乱,反而让那些御虫师趁乱逃走了。

郑明感觉到情况有些不对劲儿。

如果柳然他们真的都走了,在那些御虫师被他们包围的时候,这城中怎么还会有其他人弄出动静。

他们方才也抓住了一名御虫师,一番逼问之下,才知道这些御虫师竟然并不认识什么柳然,顿时他就明白自己又被柳然他们给耍了。

至于这些御虫师为什么来这里,那名俘虏居然死也不说。

他心中自然是气愤万分,但在这种情况下,他也只能派人四下探查,一来是探清这地底迷城到底是怎么回事,二来则是搜索其他的御虫师还有柳然他们的下落。

不过,为了安全起见,所有手下必须两两成组,并且各自手中都发了一枚霹雳符卡。

一旦有什么特殊情况,虽然彼此无法传信通知,但霹雳符卡发动起来,却可以作为一个示警信号,给其他人发出提醒,并且让其他人尽快赶到。

本来,郑明以为自己这番布置就可以万无一失了。可惜,他没想到的是,这地底迷城,除了柳然他们,以及那些御虫师之外,还会有一个更加可怕的敌人。

就在这两名江家的强者经过一个阴暗的角落时,忽然他们眼前黑光一闪,让他们精神都不由得恍惚。

不过,他们定睛一看却并未发现有什么东西。

"奇怪,我怎么感觉刚刚有个影子从我身边闪过?你感觉到了什么吗?"其中一个个子比较高的人有些迷惑地嘀咕了两句。

他身旁的人对他摇头,低声道:"没有。"

那人也没有再多想,只当是自己的错觉,毕竟在这地下迷城之中,到处都充斥着阴森诡异的气氛,他会产生错觉也很正常。

不过,他却没有注意到,自己身边的伙伴一直低着头,脸上露出了诡异、狰狞的笑容。

两个人继续往前走,走着走着来到了一条死胡同。

"往回走吧,这边估计没什么特别的地方。"高个子说着便转身往回走。

但是,他刚刚转身就猛然感到身后传来阵阵阴风,紧接着便觉得胸口传来一阵剧痛,低头,骇然看到一只赤红色的手爪,穿透了他的胸口。

"你……你……"

高个子发现竟然是他的同伴对他下毒手,一时间又惊又怒,想说点儿什么,可是，他的肺部被穿透，现在连呼吸都没有办法进行，更别提说话了。

他想不通，为什么自己的同伴会突然下手杀他。

没等他想明白，他突然发现了更加诡异的事情，那就是他身上的血液竟然开始飞速地消失，像是有一股巨力从那穿透自己胸口的手臂上传来，直接将他的血液快速抽走！

片刻之后，他整个人轰然倒地，全身迅速干枯！

而他的那名同伴，此刻全身的气息却是猛然暴增，全身都笼罩在一股黑色的鬼气之中！

时间一点一滴过去。

巨大的洞窟之中，一个发光符阵固定在山洞顶部，宛如一轮明月悬浮在那里，照亮了整个洞窟。

在这发光符阵的照耀下，众人还在仔细翻找每一个角落。

地面上那些枯骨已经被众人封印了起来，一来是准备带到外面安葬，二来是不想让它们干扰到众人寻觅天帝秘宝。

只是，过了老半天，众人里里外外地将这洞窟翻了一遍，却根本没有发现什么，就连一点点线索或者可疑之物，都没有找到。

"会不会天帝秘宝并不是在这个洞窟之中？"有人猜测道。

伤势已经缓和大半，同样也在四处寻觅的王太川闻言摇了摇头，非常坚定地说道："一定是在这里！不过，很可能是需要什么触动，才有可能让它出现。"

当然，这也只是他的猜测。

毕竟，就算是他也不清楚这里所谓的天帝秘宝，到底会是什么东西。

奇珍异宝？符技秘术？

或者是其他特殊的秘密，都是有可能的。

也正是因此，众人才不知道究竟往什么方向寻找。

大家继续四处寻觅、探查了一会儿，依旧没有找到任何线索。

正当一些人开始心灰意冷时，忽然——

"咦？"王小山发出了一声惊疑。

不远处的柳然连忙问道："怎么了？你发现什么了吗？"

其他人也纷纷将目光转了过来。

王小山挠了挠头，有些迷惑地说道："没什么，我只是忽然发觉，这洞中似乎有好多地方有些反光。"

反光？

众人闻言顺着王小山手指的方向看去，就发现这洞中的确有不少地方在头顶上的发光符阵照耀下光华闪闪。

不过，仔细看完之后，大家却不由得大失所望。

因为，这洞穴本就是石质的，那些反光的地方就是比较光亮一些，并没有什么特别的地方。

众人索然离去，继续探查这洞窟之中的其他地方。

柳然的目光却仔细地集中在每一个反光之处，忽然，他像是发现了什么，坐下来之后手中快速地在地上画了起来，一副陷入沉思的模样。

李月茹好奇地看了他一眼，却发现柳然所画的东西杂乱无章，她看了半天也没看懂。无奈之下她也只能掉头离开。

就在这时，柳然一只手中忽然浮现出一支符笔，另一只手中则是冒出了一枚空白的黑色符卡。

见状，李月茹不由得一愣："炼制符卡？"

其他人的注意力也很快被柳然吸引了过来，却都有些面面相觑，不明白柳然怎么会在这个时候突然开始摆出一副要炼制符卡的模样。

柳然却没有注意其他人，他专注地盯着手中的黑色符卡，忽然手里的符笔一动，快速在这符卡上绘了三个小点。

然后，他居然将这枚符卡放了下来，又取出了另外一枚空白的符卡，再次在上面绘了五个点。接着，他又将第二枚符卡放下，取出了第三枚空白符卡。

这一幕看得众人面面相觑。

在场哪怕不会炼符术的人，都看出了柳然这根本不像是在炼制符卡，否则怎么可能连一个符纹也没用上。

不过，大家都没有打扰柳然，只是静静地看着他取出一枚又一枚符卡，都是画上几个点之后就放在一边。

一直到柳然足足画好了九枚符卡，将它们逐一在地上排列起来时，众人终于有些明白过来了。

将这九枚符卡上相同的点重叠，然后柳然再以符笔将那些不重叠的地方勾画起来，竟然形成了一个符纹的形状！

"这……这就是那些反光点中藏着的秘密？"胖少年林志荣不由得瞪大了眼睛。

柳然嘴角一勾，笑着说道："没错，这是古代行军之时，常用的一种传信密码，我刚刚也只是试着画出来看看，没想到最后竟然形成了一个符纹。"

大家看着这个符纹，顿时都有些激动起来。

"柳然，你快试试，这个符纹究竟有什么作用？"徐江催促了柳然一句。

柳然当即再次取出一枚符卡，将方才得到的那个符纹刻画上去，而后直接灌输符力，催动这枚符卡。

瞬间，这枚符卡竟然开始快速吸收周围的光线，就连众人布置的发光符阵上的光华都吸引了过来，整个洞窟又陷入了一片昏暗之中。

下一刻，这枚符卡中猛然绽放出一道道流光，直奔洞窟之中各个角落而去，正好落在了那些反光点上。

看到这一幕，众人才知道那些反光点竟然还不只是隐藏符纹的作用。

符卡中射出的光芒，在那些反光点上不停反射，最终汇聚在洞顶，居然渐渐形成了光影缭绕的景象。

"看，是幻影！"林志荣惊呼一声。

洞顶此刻形成的光影之中，竟然清晰地浮现出一些景致。

所有人屏住呼吸，紧盯着那光影中浮现的景象，只看到那居然是一片混乱的战场，铺天盖地的都是鬼族强者的身影，鬼气冲天。

光是看到这景象，就让人感觉窒息。

不过，仅仅是在下一刻，一道金色的刀芒，陡然出现。

虽然这画面并没有声音，所有人却在此刻仿佛听到了天地崩塌一般的巨响！

"轰隆"！

刀芒气势惊天，当空划过，横扫四方鬼族！

一刀之下，无数鬼族灰飞烟灭！

不过在鬼族灰飞烟灭之时，这幻影同时也消散了。

洞窟顶部的发光符阵也重新恢复正常，洞窟里再次被照亮。同时，众人满脸的错愕也被照得一清二楚。

"这是什么意思？"大家看得一头雾水。

千辛万苦才找到这洞窟中隐藏的秘密，结果居然只是这么一幕短暂的幻影。

更让他们不知所措的是，他们根本看不出这幻影究竟是什么意思。

唯有徐江一个人猛地瘫坐在地，满脸的灰败之色，低声长叹："完了，没想到这里藏着的东西，竟然会是这个！"

柳然心中一动，连忙问道："徐副会长，你是不是知道什么？"

其他人也纷纷紧张地看向徐江，却见徐江满脸苦涩，说道："完了，我们连最后一线生机都没了！"

就在此刻，一声惊雷般的巨响，猛然从洞口处传了过来。

第十九章 困境

第二十章 蜃楼之术

"噼里啪啦"！

一连串的碰撞声，猛然从洞口的符阵中传了出来。

这是有人在攻击符阵！

在巨大的洞窟之内，众人的神经瞬间紧绷。

他们才刚刚找到了所谓的天帝秘宝，还没看懂这究竟是什么意思，居然就有人来攻击他们了！

这难道是老天要彻底断了他们的后路吗？

不少人的心中都涌现出了悲愤、绝望的情绪。

不过，柳然一直守在门口的分身紫阳却在此刻开口了，说道："不必担心，在外面的只是那些御虫师！"

闻言，众人这才松了口气。

但又有人立刻问道："会不会是那个鬼将夺舍了他们之中的什么人，现在跑来袭击我们？"

这话顿时让众人又紧张起来。

紫阳对他们摇了摇头，道："不会，不过为了安全起见，我还是出去看看吧！"

话毕，他也没有等众人说什么，身形一闪，就穿过了门口的符阵，来到了洞窟之外。

李月茹见此不禁眉头一皱，道："他怎么可以一人出去犯险？"

其他人也纷纷皱起了眉头。

实际上，他们中的大多数人对于紫阳刚刚的判断并不信任，因为现在从没听说过谁能够精准地判断出一个人究竟有没有被鬼族夺舍！

有些人和李月茹一样，不忍心看到紫阳独自犯险，也有一些人是不希望紫阳出去之后变成了鬼将的食物，反过来增强鬼将的实力。

不过，不管出于什么心思，他们都快速地来到了洞口，紧盯着洞外的情况。

这一看，不少人吓了一跳。

原来在洞口，柳然的分身紫阳已经和外面几名御虫师打起来了。

让人震惊的是，柳然这个朋友紫阳方才分明是受了伤的，现在居然像已经完全好了一样，战斗之时根本看不出有丝毫伤势在身的迹象。

那些御虫师的毒虫本来是非常可怕的，在场化劲期巅峰层次的强者都感觉到头皮发麻。但让大家难以置信的是，这些毒虫在遇上了紫阳之后，竟丝毫没有用武之地，根本触碰不到他的身体。

"身法入微！"林志荣低声惊呼道。

他对于身法方面显然颇为了解，一眼就看破了玄机。

同时，他也隐约感觉到，这个紫衣男子的身影非常眼熟，似乎在什么地方见过。

突然，他扭头看向了身旁的李月茹，恰好李月茹也朝他看来，两个人都不由得点了点头，认同了彼此所想：这个紫衣男子就是在鬼煞岭中，曾经救了他们一命的那个人。

只是当初紫衣男子掩盖了容貌，再加上方才大家神经紧绷，他们二人没有立刻发现，现在看这紫衣男子的身法，再想到对方和柳然之间的关系，他们终于认出来了！

不过，他们都非常默契地没有声张，反正说出来对于他们，或者对于柳然还有这位紫衣男子而言都没有什么好处，反而有可能会带来麻烦。

其他人也是在这时候仔细观看，才发现这名紫衣男子的身法竟然达到了控制入微的层次。

此外，一些看过柳然施展身法的人，也立刻发现这紫阳的身法与柳然如出一辙，分明就是同一种身法。

柳然感受到了众人扭头看来的目光，只是淡然地说了一句："紫阳是我的一位叔父，我的身法就是他传授的！"

众人这才了然。只是，有些对柳然身世比较了解的人却十分疑惑：没听说柳冲霄有什么兄弟这么厉害的啊！

柳然却没时间和大家解释什么，他一心二用，分身在外面战斗，而本体却来到了徐江的身边。

他低声向依旧颓然坐在那里，沉默不语的徐江问道："徐副会长，你到底发现了什么，为何如此失态？"

他从徐江的神色变化，已经猜出对方定然是发现了什么重要的事情。只是，看样子似乎徐江的发现对现在的情况不太有利。所以，他才趁着大家的注意力都被门口的战斗吸引住，先找徐江询问究竟是怎么回事。

徐江听到了柳然的询问，回过神来，却是轻叹一声，道："本来，我以为这洞中的天帝秘宝是我们的最后一线生机，没想到，此地的秘宝竟然只是一段毫无用处的幻影浮光，这是天要灭我们啊！"

"幻影浮光？"柳然却有些不太明白。

徐江无奈解释道："昔日天帝留下流星传说，诸多宝物已经被发现，大多是符器、秘术之类的，价值极高，但在这其中也有少数是毫无价值的。"

柳然脸色骤然一变，呼吸也不由得停住了："你的意思，难不成……"

"没错！"徐江低头说道，"方才我们所看到的影像，根本毫无价值，就是单纯的一段昔日战场上的影像而已！"

"怎么会这样？"柳然根本无法接受。

其他人听到他的惊呼声，顿时也纷纷扭头看过来。

而后，他们就听徐江涩声说道："人族疆域之中，还有其他地方的几处古迹之中，出现了和我们刚刚所看到一样的影像，一开始，大家还以为这影像之中另有玄机，可是，经过了数百年的研究，大家最终无奈放弃了，影像之中根本没有什么玄机，就是单纯昔日大战的战斗片段。"

大家听完这话的时候，情绪一下子比柳然更加激动。

"这……不可能吧？"

"我不相信！"

"天帝怎么会留下这样的东西？"

徐江也知道大家无法接受这样的事实，他自己刚刚也大受刺激，显然还没缓过来。

他深深地吸了一口气，说道："我也不想接受这件事，但是，事实就是如此！有人说，天帝当初留下这样的影像，估计也只是为了警示人族，不要忘记曾经那场惨烈的战争吧！也有人说，这是天帝在提醒后人，千万不要太依赖前人余荫，要强大还是得靠自己！"

众人哑口无言，最终只能报以苦笑。

这些大道理他们都懂，可是，他们现在不是不想靠自己，而是已经无计可施了啊！

恰在这时，洞口的战斗忽然变得激烈起来，发出了几声轰然巨响。

原来，又有几名御虫师赶到这里，战斗被进一步激化了！

听到这动静，徐江脸色一沉。

他霍然站起身来，怒道："这些御虫师真是不知好歹，我们被一个鬼将欺负也就算了，他们竟然也敢来欺负我们！"

满怀期望，最后居然一无所获，让徐江心中正憋着的一口怨气无处可出。

现在，他总算是找到宣泄口了。

当即，他怒气冲冲地冲到洞窟外。

其他人同样也是双眼发红，盯上了洞窟外面的御虫师。

事实上，大多数炼符师在御虫师、机关师这样没落的职业面前都是骄傲的，甚至有些不屑与他们计较。

但是，徐江他们现在都准备将火气撒到这些人身上去，谁让洞窟外面的这几个御虫师正好撞到枪口上来。

洞窟外的御虫师，根本不知道自己已经捅了一个马蜂窝。

他们一个个还都满脸兴奋，心中只有一个声音："找到了，终于找到天帝秘宝所在的地方了！"

这是最开始来到这里的两个人，遇到了柳然的分身紫阳之后就产生的推断。然后立刻通过特殊的虫术传递信息，将其他人也叫了过来。

结果其他人来了，一下子也认同了这个猜测，然后加入了围攻柳然分身的行列。

他们已经认定这个紫衣冷峻男子，就是之前他们所遇到的那个人，自然都是怒气冲冲，一动手就将各种恐怖的毒虫全都放出来，齐齐扑向紫阳。

在这种阵仗下，柳然的分身紫阳也不得不暂时退避，一个闪身又进入了符阵之内，这才有了那些毒虫纷纷撞上符阵，发出那一串恐怖的动静。

"符阵？不过如此！"御虫师之中，一名阴冷老者不屑地冷笑一声。

他一挥手，便要下令让所有御虫师全力攻击，强行将这符阵冲破。

不料，就在这时——

"嗖嗖嗖……"

他们面前的符阵之中，猛然冒出一道又一道的身影，转眼间竟然将他们给包围起来！

瞬间，那名阴冷老者傻眼了，他身边刚刚准备动手的御虫师们也都蒙了。

"这……"

阴冷老者最先回过神来，发现这些包围他们的人一个个脸上都挂着怒色，顿时打了个激灵。

他连声说道："误会，这都是误会啊，各位……"

"误会？没有误会！打！"

林志荣怒喝一声，瞬间，所有人一起出手了，无数符光闪烁，刹那就吞没了这群御虫师。

一些御虫师还想控制毒虫抵挡一下，可是，他们忽然发现，自己的毒虫居然开始失去控制了，纷纷朝他们最开始攻击的那个紫衣男子那边拥去！

无疑，这是柳然的分身紫阳正在抢夺他们的毒虫！

以柳然的能力，能控制的毒虫虽然有限，但他让分身紫阳将毒虫控制住之后，就送进他们布置的符阵之内，隔绝御虫师们的控制之后，继续控制另外一批。

如此一来，那些御虫师还没想明白为什么这个紫衣男子会御虫术的时候，他们手中的毒虫数量已经变得越来越少！

厉害一些的御虫师还好，毒虫没有被紫阳直接抢走，但是紫阳的干扰无疑让他们对毒虫的控制也受到阻碍，所以顿时就雪上加霜了。

洞窟之外陷入一片混战，洞窟之内，此刻却只剩下柳然和受伤无法战斗的王太川父子二人。

寻觅这么长时间，差点儿付出自己的生命，结果居然只是找到了一个毫无用处的幻影浮光，这样的事情对王太川的打击也是极大。

他回想起自己的先辈们为此而做出的牺牲，心中更是难受。

王小山则是在旁边安慰道："父亲，您也别太难过，至少咱们了却了先辈们的愿望，将这地方的秘密解开了，不是吗？"

王太川点了点头，却依旧一脸的颓然，沉默不语。

在他们不远处，柳然此刻同样低着头，不过他却是在沉思。

到现在，他依然不相信此地的影像只有观赏、纪念的价值。

只是，反复又将这影像调出来了几次，他都没能从这影像中发现什么秘密，最终只能无奈地叹了口气。

现在他的分身正在外面战斗，他自然不可能多有耐心继续研究。

"要是可以将这影像保存下来就好了！"柳然暗自嘀咕。

不管这影像之中究竟有没有秘密，至少那一刀斩碎无数鬼族的威势，就让他很是欣赏，而且他猜测，这一刀很有可能就是天帝本人所施展的，所以他才想将这影像记录下来带走。

可是，以他现在所掌握的符术，还无法达到将这种影像完整复刻下来的效果。至少，他无法复制那画面中刀法的气势、神韵。

正在这时，他识海中忽然传出了柳灵灵的声音："哥哥，这有什么难的，看我的！"

柳然心中一动，意识沉入了识海之中，询问柳灵灵究竟是怎么回事。

身披火焰霓裳，宛如火中精灵一样的柳灵灵眨了眨水灵的大眼睛，轻笑道："我之前在研究识海、灵魂相关秘术的时候，学会了一种小秘术，也是一种建设识海的办法，名叫蜃楼之术，就是将外界已有的东西复制进入识海之中！"

柳然心头一喜，问道："竟然还有这种方法？"

建设识海等于建设自己的灵魂世界，如何建设却是一个很大的难题，毕竟所建设出来的一切不但会影响到自身灵魂的成长，对于灵魂防御等也有影响。

不过，柳然对识海的建设还没开始，他只知道自己的识海空间极大，他也非常乐意看到自己的灵魂世界中，多留下一些不一定有用，但非常有意义的痕迹。

所以，他直接对柳灵灵说道："那你就帮我将这幻影中的画面复制保留到我的识海之中吧！"

"好的，哥哥！"柳灵灵轻笑着应了一声。

下一刻，柳然便看到柳灵灵翩然起舞，开始在他的识海中飞来飞去，手中正飞射出一道道流光，仿佛织布一样将它们交织在一起。

看着那些流光在变幻之间，竟然真的将外面洞窟之中的画面一点点重现出来，柳然脸上的惊讶之色更加浓了几分。

随后他心中又充满了期待，期待这幻影完全被复制完成的时刻到来。

只是，他自己没想到的是，看着看着，他忽然感觉心灵中有什么东西被触动了一样，整个人都呆住了。

忙活了一会儿之后，柳灵灵总算将外面洞窟之中的幻影完全重现。

画面开始一次又一次地在柳然的识海之中回放。

"呼！终于好了！"柳灵灵心满意足地吐了口气，可爱的小脸上满是成就感。

她扭头看向柳然，正准备邀功的时候，却忽然发现柳然的意识此刻竟然在发呆，双眼直直地看着她复制进他识海来的幻影画面！

"哥哥这是怎么了？"柳灵灵迷惑地嘀咕了一句。

她试着喊了柳然几声，却发现柳然根本没有回应，像是没有听见她的声音一样。

"对了！"

柳灵灵忽然想到一件事情，失声惊呼起来："当时学习这蜃楼之术时，似乎有人说曾经有一个人用这种秘术将某个绝世强者所写的书法复制到了识海之中，反复观摩，竟然无意间从中感悟出了那名强者的剑意！难道哥哥现在也是……"

顿时，她便用小手捂住了自己的嘴巴，并且连忙退开，与柳然拉开一段距离，然后站在远处满怀期待地看着柳然。

无疑，她已经确认，柳然现在就是处于某种顿悟的状态。

就和柳灵灵所知道的那个用蜃楼之术，将别人的书法复制进入自己的识海，竟然从中感悟出剑意的人一样，柳然现在肯定是从这幻影之中感悟到了什么东西，才会陷入呆滞的状态！

这蜃楼之术属于各大势力上层流传的秘术，如果没有暗符界的通行符，柳灵灵也不可能学到。

原本，它也并不是用于建设识海的方法，但自从那位利用蜃楼之术复制他人的书法，而感悟出剑意的人出现之后，这种秘术就变得十分抢手。

可是，效仿的人不少，但真正能用这种秘术领悟出什么东西的人却不多，后来大家也渐渐判断出那人只是特例，原本就对剑意有所感悟，而那书法被复刻到他识海中时，恰好触动了他最后一线感悟，自然就水到渠成了。

当然，也不能排除将景象重现于识海，对于人的感悟是有所帮助的。

至少，在这之前柳然看这幻影根本没有任何发现，没想到用这蜃楼之术将其搬进他的识海之中后，竟然就有了感悟，这一点让柳灵灵十分开心。

她也非常期待，柳然能从这幻影之中感悟出厉害的东西来！

柳然的意识彻底沉浸到了感悟之中，他的分身紫阳此刻也停止了战斗，竟然站在旁边发愣。

稍不注意，他就会被那些御虫师打伤。

好在不远处的林志荣察觉到了这一点，连忙反应过来，快速地将攻击他的御虫师逼退，这才保住了柳然分身紫阳的安全。

可是，柳然的分身紫阳却对刚才的事情毫无知觉，依然呆呆地站在那里，这让林志荣一头雾水。

不过，忙于战斗的他，也暂时没时间询问。

倒是徐江似乎看出柳然的这个"朋友"似乎是进入了某种奇特的顿悟状态，立刻让两名护卫队成员守在紫阳的身边，保护他的安全。

反正这些御虫师现在也是垂死挣扎，很快他们就可以将其生擒活捉。

同一时间，在地底迷城之中，某一处破碎的宽敞石室之内。

郑明有些焦躁，正在来回踱着步。

他在等待手下传来消息，可是，他却发现老半天也没有人来汇报消息。

这让他非常不安。

左思右想，最终，他对留在自己身边的两个人说道："用霹雳符卡发出信号，让大家先回来汇报一次情况再说！"

"是！"那两名劲装男人立刻奉命行事。

不过，当他们将信号都发出去，又过了老半天，回来汇报的竟然仅有几个人，其他人都仿佛蒸发了一样。

"果然出事了！"郑明的脸色阴沉。

有了前几次失败的经验，他已经一再小心，可是结果却还是这样！

这让他不得不怀疑：难不成那个讨厌的柳然是自己的克星？否则怎么会每次都这样？

正在他陷入狂躁之际，忽然——

"大人小心！"一声叫喊声猛然传来，将郑明吓了一大跳。

他看到前方几名手下脸色骤变，紧接着眼角的余光就瞥见身后一道黑影正飞速地朝着自己扑来。

郑明心头剧跳，毫不犹豫地便将全身的符力都调动起来，全力防御。

"砰"！

一声巨响传来。

身后扑来的人狠狠地撞上了郑明，竟然将他整个人都撞飞出去。

"好恐怖的力量！"

这是郑明飞出去的瞬间，脑海中浮现出的念头。

他一个化劲期巅峰层次的强者，全力运转四级防御符技之下，竟然都差点儿被对方直接撞碎，体内的符力现在还在翻腾，这让他如何能不震惊。

在他飞出去的瞬间，从空中猛然扭头，发现那突袭他的人已经再次朝他扑过来，速度更是快得惊人。

更为震惊的是，这人他还认识，正是他的一名下属，对方刚才就站在他身后，如此近距离突袭，才会取得这么强的效果。

只是，他这名下属的实力分明只有化劲期大成，比他低了一个层次，此外在符技方面肯定也是不如他，怎么可能突然爆发出这么惊人的力量。

没等他想明白，那名突袭他的下属已经来到了他的跟前，一抬手竟一爪就朝着他胸口心脏的部位抓了过来！

郑明立即回过神来，当即施展开攻击符技"血鹰爪"。

这是江家秘传的符技，他作为江家亲信才获得学习的资格，也是他最强的攻击符技。

而他哪怕是仓促地施展起来，也比起江流云当初施展起来对付柳然的时候，威力强大了不知多少倍。

"轰"！

就是这样凌厉的一击，与那名突袭他的下属的手掌碰撞在一起时，居然只是一个不分上下的结果。

郑明一时间更是难以置信，而那名突袭他的下属脸上却露出了诡异而且狂热的笑容，道："好强大的力量，很好，很好！哈哈哈……"

声音未落，他猛然又朝郑明飞扑而来。

郑明再次准备动手，却在此刻从对方身上感受到了一缕特殊的气息。

他脸色猛然大变，惊骇道："鬼气？你身上怎么会有鬼气？"

第二十一章
符阵破碎

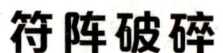

柳然所在的巨大洞窟外，战斗很快就结束了。

御虫师一方毫无悬念地被击溃，半数受了重伤，另外几个人也都受了伤，全部被俘虏。他们的毒虫更是死伤无数，让他们又愤怒又心疼。

御虫师之中那名阴冷老者沉声怒喝道："你们这群强盗，这里的秘宝明明是我们的祖师先发现的，你们强行据为己有就算了，竟然还重伤我们，我要去炼符师公会告发你们！"

听到他这话，众人却都只是冷笑。

小胖子林志荣笑嘻嘻地说道："你想去告发我们，那就去告发好了，别以为我们不知道，这里原本是你们和别人共同发现的，结果你们却为了独占天帝秘宝，向对方大下杀手！"

那些御虫师顿时脸色大变。阴冷老者更是立即问道："你怎么会知道这些事情？不对，难不成，你们是机关师那边找来的人？！"

就在这时，王太川父子走了出来。

看到他们父子二人，这些御虫师顿时都是满脸灰败之色，就连那阴冷老者脸上都猛地浮现出一阵悔意。

原本，他们对王家父子下手，是因为看他们父子二人势单力薄，根本没有能力和他们共同分享这里的天帝秘宝。

可是现在这王家父子竟然招来了几十名强者，还有好几位厉害的炼符师，如果他们早知道对方有这样的实力，怎么可能会自寻死路。

若是乖乖合作，说不定王太川他们还会信守祖辈的承诺，将天帝秘宝的好处分给他们一些，现在说什么都晚了。

阴冷老者不禁哀求王太川，道："贤侄啊，之前都是误会，是老头儿我一时糊涂，你看咱们两家世代交好，看在先辈的面子上，你就饶了我们一次吧！"

王太川还没说什么，王小山就已经怒了："居然还好意思提先辈？先辈让你们忘恩负义，让你们对我们下杀手了吗？"

那阴冷老者老脸一红，也不吭声，也不回答王小山的问题，只是一直看着王太川。

不过，王太川没有理会他，只是询问徐江道："徐副会长，这些人你打算怎么处置？"

徐副会长？

一听到这样的头衔，那些御虫师顿时变得紧张起来。

老天，难不成他们竟然得罪了一位炼符师公会的副会长？

徐江思索了一下，无奈地说道："算了，先把他们押进洞里吧！"

御虫师们忐忐不安地被抓进洞窟之中，他们没想到的是，王太川现在根本没心思和他们计较。反正对于王太川而言，最终结果是他们那边死了几个人，而自己父子二人还好好的。

这洞窟外面并不安全，所以大家并不敢在外面多待。

不过当众人进入洞窟中的时候，却发现了一件难事。

那就是柳然的分身紫阳还在门口"发呆"，他们也不敢擅自打扰。

最终，还是徐江取出了一件特殊的符器，借助符阵之力，在不惊动紫阳的状态下，将紫阳小心翼翼地转移到洞窟之内。

这符器原本的作用是用来保护一些特殊的珍宝，以免在采集收取的过程中受到损害，徐江也没想到竟然有一天会用到人的身上。

一行人返回洞窟内之后，立即又各自分散开来。

不用徐江说什么，他们就自发地继续想办法完善这洞窟的防御。

经过了刚才这件事，他们忽然发觉，眼下这样的防御能力，或许可以挡住这群御虫师，但想要挡住那鬼将根本就是笑话！

而那些御虫师发现他们似乎暂时不会有危险，居然又忍不住在这洞窟之中东张西望起来。见此，刚刚安置好紫阳的徐江不由得冷笑，说道："还在惦记这里的天帝秘宝？也罢，我就让你们看看，所谓的天帝秘宝究竟是什么东西！"

话毕，他走到洞穴中央，这时才发现柳然正盘坐在地，似乎正在修炼。

柳然方才制作出的符卡却被静静地放在一边，徐江直接捡了起来，再次将之前的幻影浮光放了出来。

"这就是这里隐藏的天帝秘宝？"

"不可能吧！这不就是一幅幻影浮光吗？"

"老天，怎么会这样？我们竟然为了这个东西付出了那么大的代价！"

所有御虫师，当得知真相的时候都不再淡定，震惊、愤怒、悔恨，各种情绪接连涌来，一个个情绪激动地叫嚷起来。

那名阴冷老者虽然一语不发，但是，他却长叹了一口气，整个人看上去有种说不出的落寞、颓然。

第二十一章 符阵破碎

不过，他最终振作了起来，对自己身边的人说道："大家也不必难过了，至少，我们也算是了却了一桩心愿，至少我们还有这么多人活着……"

他原本还想再说几句话鼓舞一下大家，不料话刚说到一半，就听旁边的王太川说道："可惜，很快说不定连活都活不下去了！"

这话宛如惊雷一般，吓得那些御虫师脸色煞白。

他们骇然地看着王太川，惊慌道："你……你不会是想杀了我们吧？"

王太川并没有回答他们，而是自顾自地走到一旁坐下，疗伤、修炼。

山洞之中，其他人也都是如此，而李月茹、林志荣等炼符师在将洞口的符阵、洞窟之中的符阵尽力强化之后，也都是盘坐下来恢复体力。

他们都有种强烈的预感：大战在即，多一分力量就多一分活下去的希望。

就连徐江也坐下来修炼了，不过在修炼之前，他对那些御虫师道："你们最好也尽量恢复一些力量，否则等下我们根本没工夫保护你们！"

整个洞窟之中，忽然间陷入了寂静。

看到所有人居然都当着他们的面开始修炼，御虫师们就蒙了，面面相觑。

在这种情况下，他们如果要点儿小动作，或许可以立刻逃走。

虽然徐江他们布置符阵困住了他们，但想出去还是有办法的。

只是，不知为何，看到这些人的动作，那阴冷老者总是感觉不安。

他有种感觉：如果逃出去，说不定更加不安全！

所以，他直接对族人下令道："所有人，立刻调息恢复力量！"

同一时间，郑明他们所在的地方。

此刻，其他人已经纷纷倒地，只剩下一个人站在那里，双目紧闭，身上的气息鼓荡，变得越来越恐怖。

突然，他睁开了双眼，邪异的瞳孔中杀机肆虐，寒光爆闪！

森冷的目光扫过四周，鬼将的脸上也露出了诡异的笑容。

"虽然让血肉能量最多的那个家伙跑了，不过，现在的力量也够用了！"他口中发出了低沉的笑声，"反正他也跑不了，等我解决了那些该死的炼符师，再和他慢慢玩！"

声音一落，他身形一闪，便要朝远处冲去，脚下却忽然一个踉跄。

方才它如此快速地吞噬这么多人的血肉能量，对于它而言负担不小，但是一想到自己可以立刻报仇雪恨，它又马上激动万分。

微微调整了一下体内的气息之后，身形立刻爆射而出，快若闪电般朝着远处冲去。原地，只留下一道残影正缓缓消失。

无疑，当世对这地底迷城最熟悉的就是鬼将，所以，它身形快速穿梭，不用多久便来到了那巨大洞窟的入口外。

洞窟之外,一道黑光闪现,随即化作了一个黑色的人影,正是鬼将。

"符阵?哼,可笑!"

盯着洞口看了一眼,不由得发出一声冷笑。

声音未落,它猛然探出一只手掌,那手掌之上鬼气层层,翻腾之间散发出恐怖的寒意,就连周围的空气都仿佛被冻住了一样。

手掌狠狠地向前,瞬间触碰到那层无形的墙壁,一抹紫光也猛然流转开来,化作一个个符文,宛如蝌蚪般在无形的墙壁中四处游走。

符阵被触动了!

"轰"!

一声巨响传出,鬼将竟徒手生生将这层符阵壁障直接抓碎,发出了爆裂的声响。

不过,它的手掌立刻又遇到了第二层壁障,又生生将第二层也捏碎了,最终被第三层符阵给挡了下来。

巨大的动静,瞬间惊醒了洞窟之中的众人。

所有原本正在修炼的人都猛地睁开了双眼,更有几个人立刻冲到了洞窟入口处,仔细地查看外界的情况,顿时脸色剧变。

"鬼气!就是那个鬼将!"

"该死,它怎么会来得这么快,而且实力竟然比之前还要恐怖!"

"它的伤竟然这么快就好了?"

众人不禁惊慌起来,洞窟之中更是一阵骚动。

而就在他们慌乱之际,他们猛然看到洞窟外的鬼将冷笑连连,然后猛地又发动了攻击。

依然是一只手掌,但这次上面缭绕的鬼气散发出来的气势,却明显比之前的更加凌厉可怕!

"不好!"徐江不由得惊呼起来,"快,所有人立刻全力运转符阵!"

林志荣、李月茹、张小川,还有其他几名炼符师公会的人立刻反应过来,连忙与徐江一同运转符阵。

符阵在有人进行运转操控下,威力顿时大增。

"咔嚓咔嚓……"

鬼将那狠狠穿透进来的鬼爪猛然一顿,最终被第四层符阵挡在了外面。

不过,大家根本来不及开心,因为他们看到那鬼将猛地将手收回去,全身鬼气却更加剧烈地翻腾起来,在黑暗、阴森的鬼气之中,还透出了红色的光芒,看上去极其恐怖。

第二十一章 符阵破碎

下一刹那，鬼将又一次出手。

这一次，它双手并用！

"轰隆隆"！

只听得一阵恐怖的震动声响传来，众人全力维持的符阵根本难以抵挡鬼将的攻击，层层破碎，九层符阵眼看破除了七层！

符阵之中的徐江脸色剧变，立刻大喝一声："所有人，全力攻击！"

在炼符师们运转符阵抵挡攻击的时候，其他人也都没闲着，早已各自站好了位置，并且迅速酝酿自己的攻击。

随着徐江的一声令下，他们的符技攻击几乎同一时间一起爆发。

"咻咻咻……"

各不相同的符技，化作无数颜色各异的流光，穿透符阵，直奔鬼将而去。

如此大范围的攻击，就算是鬼将也不得不暂避锋芒，身形连忙倒退开来。

徐江等人连忙趁着它退避之际，连连打出一个个符印，极力修复被它撕碎的符阵。

但是，在这鬼将方才的攻击之下，他们用来布置符阵的各种符卡、符器大部分都已经破碎，失去了原本的作用。

所以，哪怕他们全力修复，也只是修复了两层符阵，另外五层符阵彻底失去了作用。

见此情形，众人心中越发沉重。

就在这时，他们都听到洞窟之外传来一声冷笑。

随即，他们便看到那鬼将的身形再次飞闪而至，抬手之间，空中竟是猛地浮现出数十道血红色的爪芒，轰然落在了众人刚刚修复好的符阵上。

"挡不住了！"徐江脸色煞白，"退！快退！"

不用他说，其他人早已放弃了对这洞口符阵的支撑与防御，飞速向后退开，直接退进了洞窟之中所布置的符阵之内。

果然，如同徐江所预料的，洞窟口的符阵根本挡不住鬼将的攻击。

就在他们退进洞内的符阵时，那洞口的符阵直接在一阵剧烈的爆炸中变得支离破碎，整个洞口的防御彻底消失，洞口甚至被炸得扩大了两倍！

洞窟内的符阵中，在徐江他们回来之前，只剩下柳然和他的分身紫阳正在修炼，另外就是那群被俘虏的御虫师。

"那是什么怪物？"

原本就躲在洞中符阵之内的御虫师们，一看到徐江等人竟然狼狈地逃了回来，心中骤然剧跳，当看到那追赶而至的可怕身影时，一个个更是脸色惨白。

到了这一刻，他们总算知道为什么之前气氛那么凝重了！

王小山立即对他们喊道："你们还问什么，不想死的话，立刻一起动手抵挡这个家伙啊！"

闻言，徐江也立刻反应过来，当即解除了对御虫师们的禁锢。

危急时刻，多一个人就多一分力量，至少这些御虫师都是人族，大家联手活下去的机会才会更大一些。

御虫师们也都明白现在情况危急，重获自由之后立即运转秘术，催动起各种毒虫。

王小山等人这才知道，原来在这群御虫师身上，竟然还藏着比方才更加庞大的毒虫，而且都是他们作为底牌的强大毒虫。

"嗡嗡嗡……"

大量的毒虫轰然冲出符阵，铺天盖地地淹没了符阵外面的鬼将。

鬼将的脚步瞬间停顿。

见此，徐江等人心头都不由得浮现出几分希冀。

然而，下一刻，他们脸上却忽然露出了绝望之色。

因为，他们看到所有扑到鬼将身上的毒虫，竟是快速坠落，一只只生机消散，甚至化为灰烬了！

柳然的识海中，此刻已经失去了之前的平静。

识海中心，一道道刀光纵横肆虐，引起了阵阵的混乱。

这刀光的中心，正是柳然的灵魂意识，显然这些刀光也正是柳然释放出来的。

而在柳然的不远处，就是柳灵灵复刻到他识海中来的那段不断播放的影像。

"哥哥，加油！"

柳灵灵远远地躲在一个角落里，满脸期待之色，小声地为柳然打气。

她现在非常紧张，小拳头握得紧紧的，不过她又不得不控制住自己的情绪，生怕自己会打扰到柳然。

之所以如此，是因为她知道现在的感悟对于柳然而言非常重要。

一旦柳然感悟完成，不仅仅实力会有所增长，而且这些感悟对于柳然未来的成长也极有帮助。

此刻柳然正在演练的刀法，分明就是之前在封灭之谷中，柳灵灵从暗符界的黑市中购买，针对灵体具有特殊伤害效果的三级攻击符技——"斩灵刀"。

不过，仔细观看之下，又不难发现这刀法在柳然的施展下变得有些不太一样，隐约间，每一道刀光浮现的刹那，都透出了一种原来没有的威势。

无疑，这正是柳然从那幻影画面之中得到的一丝感悟。

突然——

"轰"!

柳然又是一刀斩出,威势震动四方。

此外,他这一道刀光之中,还浮现出了一种惊人的爆发力,瞬间让他这一击的威力猛增了不止两倍!

"成功了!"柳灵灵明眸一下子放光,激动地叫喊了起来。

不过,仅仅在那一瞬间,她又猛地用小手捂住了自己的嘴巴,瞪大了眼睛继续盯着柳然。因为,柳然随后竟又发出了一道威势更加惊人的刀芒。

"轰隆"!

识海中宛如平地惊雷一般,巨大的动静过后,竟然掀起了一阵炙热的风暴。

因为,在柳然的这一刀之上,非但有了方才那爆发力,还有一股强横的火焰能量。

柳灵灵认出,那分明就是他的天符之力!

而天符之力融入柳然的"斩灵刀"后,让它爆发出的威力再次增长,比之原来足足已经强大了四倍!

"这已经超过四级攻击符技的威力范畴了!"柳灵灵瞪大了眼睛说道。

她这些日子以来,广泛阅读元灵符界之中各种相关知识,早已不是当初认识柳然时候的那个什么也不懂的小丫头了。

所以,她也一眼就判断出了,柳然这一个攻击符技经过这一番演变之后,威力甚至已经达到五级攻击符技的范畴!

"哈哈,这当然不是四级攻击符技!"柳然的笑声忽然在这识海之中响起。

原来,在完成方才那一击之后,他终于结束了这一次的顿悟,整个人神采飞扬,精神百倍。

"哥哥!"柳灵灵连忙飞身而去,直接抱住了柳然。

柳然也抱住了她,笑着说道:"怎么样,灵灵,哥哥刚刚那一招的威力还不错吧?"

柳灵灵连连点头,道:"很厉害,而且感觉很玄妙,似乎还有种施展者实力越强,攻击威力就越大的感觉!"

柳然眼前一亮,惊讶道:"这都被你看出来了?"

"嘻嘻,那是,灵灵现在也算是见多识广的人了!"柳灵灵骄傲地说道。

不过,随后她又非常好奇地询问道:"对了,哥哥,你到底从那幻影画面之中感悟到了什么东西?为什么可以让'斩灵刀'的攻击威力突然增长这么多?"

她可是知道,以前柳然不是没有在施展"斩灵刀"的时候运转过天符之力,比如之前分身紫阳将鬼将从王太川体内赶出来的时候,就是那么施展的,但威力顶多达到四级攻击符技顶峰，绝对没有现在这么强。

现在"斩灵刀"威力突然大增，显然和柳然方才的感悟有莫大的关联。

柳然看了一眼还在继续播放着的幻影画面，微微一笑，随即自豪地说道："从今天起，这种符技就不是'斩灵刀'，而是我独创的符技'烈焰惊魂斩'！"

"'烈焰惊魂斩'？好霸气的名字！"柳灵灵口中夸赞着，目光却依旧盯着柳然，等待着柳然的解释。

柳然嘿嘿一笑，道："没错，我从那幻影画面中是感悟到了一些东西，准确地说，是一种特殊的威势，这种威势我将之称为爆劲！"

"爆劲？"柳灵灵不解地问道。

"是的，顾名思义，这就是一种将力量释放出去之前，先对其进行压缩，让力量爆发更强更猛的诀窍！就是因为这种诀窍，才让那画面之中的刀芒斩出的瞬间，威力强大到能够横扫无数鬼族强者！"

柳然一边解释着，脸上也一边浮现出兴奋之色，"虽然以我现在的能力，顶多只能将力量的爆发力增强两倍，但有了这种运用力量的窍门，非但是这'斩灵刀'能被我升级为'烈焰惊魂斩'，而且，我其他的攻击手段也可以因此而提升威力，还有出其不意的攻击效果！这一次简直是赚大发了！哈哈哈……"

柳灵灵看着激动大笑的柳然，心中自然也是十分高兴，笑得双眼都眯成了月牙。

现在的她和柳然灵魂相接，不分彼此，柳然既是她最亲近的人，也是保护她的人，柳然的实力越强，那么她自然就越安全，她如何能不高兴？

随后，她又问道："对了，哥哥，你刚刚说这'烈焰惊魂斩'当然不是四级攻击符技，难道它已经达到五级攻击符技的级别了？"

"没错！"柳然笑着点头道。

"可是，不是说天劫境以下的强者，最多只能掌握四级层次的攻击符技吗？"柳灵灵歪了歪小脑袋，满脸的不解。

柳然张口刚想解释，可是忽然他像是感受到了什么，脸色猛地一变。

"不好，外面的情况不妙！"

柳然连忙抛下一句话："灵灵，我回头再和你解释，我先帮大家渡过这次难关！"话音未落，他的意识已经回归到肉身之中。

瞬间，他的本体和分身紫阳都齐齐睁开了双眼，眼中均是精芒闪动。

而在他睁开双眼的瞬间，竟然看到小胖子林志荣飞速地朝符阵之外冲去，口中还大喊着："我和你拼了！"

顿时，柳然的脸色变得阴沉下来。

第二十二章
烈焰惊魂斩

柳然没想到，自己稍微修炼一下，外面的情况竟然变得如此糟糕。

放眼看向周围，众人都是满脸疲惫之色，眼眸之中更是透出了浓浓的绝望。

无疑，大家应该是刚刚经过极其激烈的斗争，而且使尽浑身解数，却依然无法与外面那鬼气腾腾的身影抗衡，这才会有这样的神色。

再看符阵之外，那满地毒虫的尸体，说明就连御虫师一方刚刚也加入了战斗，而且使用了比之前与他们战斗时候更加强大的手段，但依然毫无用处。

现在，林志荣发疯一样地冲出符阵，冲向那鬼将，显然是已经到了拼命的时刻。

"差点儿误了大事！"柳然心中暗暗自责，同时，猛然站起。

大家都注意到了他的动作，可是，现在众人却无暇关注他，所有人都紧盯着林志荣，期待着他带来一点儿奇迹。

就在众人的注视下，林志荣原本就肥胖的身躯，此刻忽然变得更加庞大。

他像是正在充气的气球一般，整个人变得越发滚圆，转眼之间体积竟增长了一倍有余。

随着他的体积变大，他全身散发出来的气势也变得更加惊人。

而在他的全身皮肤表面，竟然浮现出了层层古怪的红色纹路，似乎是一个个繁复的符纹，上面正散发着惊人的能量。

柳然认出，这应该是某种强大的秘术，但是，这还是他第一次看到有人将符纹刻画到自己的身体上去！

转瞬，林志荣已经来到了鬼将的面前，口中发出了一声暴喝："去死吧！"

这个声音发出的瞬间，他一拳便对着鬼将的胸口砸了过去，他全身上下的符纹猛然一闪，所有的符光疯狂地涌入他的拳头。

一瞬间，众人便骇然发现林志荣原本肥胖异常的身躯，猛然间竟缩小到不足原来的三分之一，而他的拳头在这一瞬间却爆发出了极其耀眼的符光。

符阵之中，无数人都瞪大了眼睛。

因为，他们感觉到林志荣的这一击的威力，甚至已经超越了化劲期巅峰所能达到的威力！

可是，这不科学！

因为，林志荣不过是一名灵旋期巅峰层次的存在啊！

"恐怖的秘术，竟然可以利用肉身储存力量，然后达到瞬间爆发出数十倍威力的效果！"柳然有些失神地呢喃自语。

这一招，与他刚刚领悟到的"爆发威势"有些相似，不同的是，林志荣这种秘术简单粗暴，而且似乎对施展者的身体消耗极大。

此外，柳然还看出，林志荣这一招存在另一个不小的弊端，所以，他的分身在这一刹那猛然朝符阵之外冲了出去。

"轰"！

林志荣一拳砸落，拳头上的符光一圈圈激荡开来，周围的空气瞬间激烈震荡，掀起层层风暴。

然而，他这一击落下的瞬间，面前的鬼将却忽然身形一闪，速度快得惊人。

"什么？"林志荣猛地发现，他面前的身影消失了，脸色猛地剧变。

可是，他这道攻击能够发动已经十分不易，现在根本无法收回，只能继续朝着前方砸去。

"砰"！

只听一声巨响，整个山洞在他这一击之下剧烈震动。

林志荣手中发出的火红色拳芒，猛然将他面前的地面，以及数米开外的石壁都轰得粉碎，然后又被拳芒继续碾碎，化作粉末被风暴卷走。

眨眼间，一个足有三十米直径的半球形巨坑，出现在了众人的面前，并且在继续扩大！

不过，林志荣却没时间看自己的攻击效果，因为他感受到身后有一阵劲风袭来。

"唰"！

鬼将那鬼气缭绕的身体，出现在了他的身后，同时，一个阴冷的声音也传入了他的耳中。

"力量很强，可惜速度太慢！所以，你现在可以去死了！"

声音落下的瞬间，它的右手猛然探出，直接抓向了林志荣的心脏。

"不好！"林志荣心中大惊。

他试图闪避，却发现自己的身体根本难以动弹。他方才展开的那一招秘术，对身体的消耗极大，而此时这鬼将还用鬼气镇压住他的全身，更让他动弹不得。

"完了，这回真要死在这里了！"林志荣不由得绝望地闭上了眼睛。

在他脑海中，此刻浮现出无数的画面，这时他才发现自己这辈子还有很多东西没有体会过，就这么死了实在是太冤枉了。

可是，他却一点儿都不后悔自己刚刚选择冲出来奋力一搏。

因为，如果不尝试，他根本无法确定自己能不能击败这鬼将。相反，大家还可能会死得更快。

反正最后都要死，至少他这次尝试，也给大家多争取到了一点儿时间。哪怕最后大家也没能逃走，那也是值得的。

正在林志荣胡思乱想的时候，他忽然感觉到自己的屁股被人狠狠地踹了一脚，然后整个人就飞了出去。

刹那间他就怒了，大骂道："你什么意思？要杀就干脆点儿，杀人之前居然还要踹我一脚？"

然后，他整个人就重重地撞进了他刚刚砸出来的巨坑之中，摔了个七荤八素。

好不容易从坑里爬出来的时候，他忽然感觉有些不太对劲儿。

那鬼将踹了他一脚之后，竟然没有再追杀他，这实在是太奇怪了。

林志荣立即扭头看向身后的方向，就发现不是那鬼将不想追杀他，而是此刻那鬼将也没办法脱身来追杀他。

鬼将的面前，多了一名身着紫衣的男子，此刻双方正僵持着，一时难分上下。

这紫衣男子正是柳然的分身紫阳！

"哇，你终于出手了！"林志荣顿时激动起来。

虽然他也意识到刚刚踹自己一脚的，估计不是鬼将而是这名紫衣男子，但是他心里却一点儿都不介意。被踹一脚，保住了一条命，这笔账实在是太划算了！

而这紫衣男子出手，也让他心中终于浮现出了几分希望：或许他们不用死在这里了！

与他有相同感受的，还有李月茹。

他们都曾经在鬼煞岭中被柳然的分身救过，在他们眼中，这名紫衣男子甚至比他们队伍中其他化劲期强者加起来都还要可靠！

李月茹和林志荣对柳然的分身紫阳信心十足，其他人却不这么想。

在他们看来，这紫衣男子的身法虽然强了一些，似乎还掌握了某种对鬼族杀伤力颇大的攻击符技，而且曾打伤过那鬼将。

可是，他的实力也就是化劲期小成，与如今实力大增的鬼将差距极大，根本改变不了现在的局势。不过，谁也不想死，大家现在也只能期望这紫衣男子能够创造奇迹。

在众人的注视下，一袭紫衣的紫阳正与那鬼将彼此对峙，二者的气息正在不停地互相碰撞。

"你总算不再逃了！"鬼将的口中，传出一道阴冷低沉的声音。

柳然的分身紫阳神色淡然，仔细地扫了对方一眼，便说道："看样子，你的确是对我恨之入骨，为了找我报仇，竟然冒着自爆的风险，强行吞噬大量的血肉能量！"

闻言，鬼将脸色不由得一变，显然没想到柳然的分身紫阳竟然可以看出这一点。

不过，它随后又冷笑了起来，道："那么，你做好准备受死了吗？"

声音未落，它身形猛然一闪，出现在紫阳的身侧，右手对着紫阳的腹部就是狠狠一抓。

"小心！"

不远处的林志荣不由得叫喊了起来，这鬼将的恐怖速度，刚才可是让他吃尽了苦头。

但他声音刚刚传出，就发现紫阳的身影也不见了。

"嗤"！

鬼将一爪抓碎了一道残影。

但在同一时刻，它的身后却出现了一道紫色的身影，正是避开它攻击的紫阳。

"和我比身法速度？你还差了一点儿！"冷漠的声音，从紫阳的口中传出。

下一瞬间——

紫阳手中猛地浮现出一道道符光，化作一把虚幻的战刀，直接斩向鬼将的背部。

鬼将的脸色一变。

这一刀它太熟悉了，分明是之前强行将它从王太川体内逼出来的古怪符技！

所以，它根本不敢硬接。

现在它的实力远远超过之前第一次和紫阳交手的时候，尤其速度更是它的巨大倚仗。

"嗖"！

劲风声传出，鬼将身形一闪，避开了紫阳的斩击。

不过，饶是它避开了要害，紫阳的斩击依然在它背后撕开了一道裂口，衣服破碎，皮肤上也多了一道细长的伤痕，可是，没有丝毫血液溢出，之后一股夹杂着血色的鬼气猛然泄漏出来。

鬼将没有去管它，而是任由体内的鬼气释放开来，在它周围激荡不息。

突然，它扭头看向紫阳，一张苍白的脸狰狞扭曲，一双红色的眼睛直直地盯着紫阳。

紫阳的眼睛微微一眯，他感受到了鬼将身上传来了恐怖的杀机！毫不犹豫地，他便取出了一把暗紫色的匕首，正是他所炼制的灵蛇短匕。

"斩灵刀"也好，或是他自己改良之后的"烈焰惊魂斩"，这两种攻击符技在没有符器的状态下也可以施展。但是，符器可以更节省符力，同时可以提升威力！

"这两个家伙看来都要放大招了，我还是赶紧找个安全的地方躲起来才好！"

另一边的林志荣看到这一幕，顿时感觉不妙，慌忙地在四周张望起来。

不用想他也知道，这两个家伙一旦真的硬碰起来，波及范围一定很大，很容易殃及池鱼。其他人躲在符阵之中还安全一些，但是他在这符阵外面可就麻烦大了。

他在想能不能找到机会重新进入其他人所在的符阵之内，但是眼下看来根本没有办法。因为紫阳和鬼将正好挡在了他和那符阵之间。

左思右想，最终林志荣又往洞窟外退了一段距离，在洞口处找到了之前用来布置符阵的东西，其中有几件还没有被损坏。

当即，他大喜过望，立刻从空间符戒之中取出几样符器，与其彼此搭配起来，倒也迅速布置出了一个防御符阵，这才终于松了口气。

也就在他匆匆完成这些动作的时候，柳然的分身紫阳和那鬼将终于再次碰撞了起来。

"轰"！

鬼将猛然一爪朝着紫阳抓过来，身形快若闪电！

"唰"！

紫阳立即闪避，身影如同一缕云烟飘开，避开鬼将的利爪，顺手又将手中的灵蛇短匕急速地斩向鬼将的身体！

鬼将身子一翻，避开他的攻击，随后双手并用，两只手掌化作鬼爪，疯狂地抓向紫阳！

紫阳身子向后一退，一跃而起，直接就是一匕首斩出。

"去死吧！"

一声暴喝传出，紫阳这一匕首斩落，瞬间寒光爆闪，一抹紫色的光焰也随着刀光横扫向鬼将！

"烈焰惊魂斩"！

柳然终于借助分身的手，第一次将这一招展现出来。

鬼将只觉得眼前一片耀眼，光芒一下子遮蔽了它的视线。

它心头大震，瞬间发觉紫阳的这一击和之前截然不同。

恐怖的气息逼近，鬼将毫不犹豫地选择了暴退！

但是紫阳的身影却如附骨之疽，紧追着它又是一刀斩出，逼得它不得不正面面对这恐怖的刀芒！

"吼"！鬼将愤怒地咆哮一声，终于不再后退，直接迎上。

它猛然间想起，自己是来报仇的，结果竟然又被眼前的人族给耍得团团转，简直是丢脸丢到家了！

当即，利爪飞扫而出，鬼气咆哮如惊雷！

"轰隆"！

刀光和鬼爪终于狠狠地碰撞，发出了刺耳无比的碰撞声，掀起了剧烈的风暴，震动整个洞窟。

就连徐江等人所在的符阵，此刻都被震得连连晃动。

风暴之中，一人一鬼同时向后退开，但立刻就又朝对方扑了过来！

"你这刀法的确厉害，可惜，你的实力不够！"鬼将冷笑道，"所以，今天你只能死在这里了！"

方才的一击之下，他就发现这个紫衣人根本没有他想象中那么厉害，那符技虽然强大，可是，他明显还没有足够的实力发挥出最大的威力！

而它自己，如今体内的鬼气却运转得越发如意，实力反而继续提升，想要击杀敌人更加轻而易举！

听到它的话，紫阳冷峻的脸上忽然浮现出了一抹戏谑的笑容："那可未必！"

鬼将微微眯了眯眼睛，旋即，瞳孔又猛然放大，脸上也露出了难以置信之色："你……你竟然！"

同一时间，徐江等人却都一下子激动了起来，甚至忍不住欢呼出声。

因为，他们都感受到了，柳然的分身紫阳身上的气息，此刻正在急速攀升。

这是修为突破的迹象！

谁也没想到，柳然的这个朋友竟然这么大胆，就在战斗之中，当着鬼将的面就突破了！

他们更没想到的是，紫阳的突破，和本体柳然有极大的关系。

因为就在刚才，柳然终于将那片焚烧掉的识海转化出来的灵魂能量彻底吸收，灵魂之力也一下子提升了不少。

于是，他这才解开了分身紫阳体内的一层封印，让他的实力进一步地释放出来。

众人自然不知道，如今紫阳的实力大部分都是被封印的状态，他们只是亲眼看到了紫阳的气息波动快速从原来的化劲期小成，蜕变到了化劲期大成的层次！

虽然仅仅是一个层次的突破，却让徐江等人对于紫阳的信心一下子暴增数倍！

原因是，他们刚刚也看出来了，紫阳所施展的符技绝对是一种威力极其惊人的攻击符技，甚至有人隐约怀疑，这威力似乎已经超过四级攻击符技的界限了。

方才光是依靠这一攻击符技和身法，紫阳就能和鬼将硬碰而不落下风，现在，紫阳突破，力量突然增长至少一倍，那还了得？

徐江等人能想到这一点，鬼将自然也能想到这一点。

瞬息间，它也是心思飞转。

第二十二章 烈焰惊魂斩

第一个念头，它自然是想趁着这紫衣男子还没有完成突破，直接全力出手灭了对方。可是，就在它刚刚试图攻击时，却发现面前的紫衣男子动作竟然比它想象中快了几倍。

"嗡……"

只见紫阳手上的灵蛇短匕突然一颤，一圈圈的符光顿时流转开来，一抹比方才更加璀璨的刀光陡然浮现，直刺向鬼将的脑袋！

鬼将眼中闪过几分震惊，并清楚地感觉到灵蛇短匕上传来的毁灭气息，甚至自己的灵魂都感觉到一股压迫感。

它毫不犹豫地改变了方才的攻击，转而变成了抵挡。

鬼气狠狠地撞上了紫阳匕首上释放出的刀光，顿时传出了惊雷般的巨响！

鬼将两眼猛地一瞪，骇然发现，自己发出的鬼气竟然挡不住紫阳的这一刀，反而一接触到那刀光仿佛积雪遇上了春阳，直接消散了！

"这怎么可能？"鬼将心中骇然。

它无法接受这人族竟然可以这么快就完成突破，更无法接受，紫阳才不过是刚刚突破，实力竟然瞬间暴涨了三四倍不止！

不过，它也知道现在不是自己震惊的时候，紫阳的攻击就要落到他身上了！

双脚猛然用力在地上一蹬，它身体向后方跃起，而后一只脚猛地飞踹而出，正面踹向了紫阳刺来的那道紫焰缭绕的刀光！

看到这一幕，林志荣、徐江等人都有些目瞪口呆。

这鬼将是想找死不成？

但下一刻他们就发现事实并非如此。

"嘭"！

一声闷响，鬼将的脚和紫阳的灵蛇匕首轰然相碰！

紫阳的刀光终于止住了去势，鬼将的脚直接被他这一刀斩落下来，它整个身体也被这一刀震飞了出去。

看到这里，林志荣一下子叫喊了起来："不对，它是想逃走！"

可惜，鬼将的速度太快，逃跑时候的速度更快，林志荣的声音刚刚响起，它的身影就已经从他面前匆匆飞掠而过！

其他人也反应了过来，这才想起这鬼将的身体本就不是它的，而它原本也并不需要身体，只是大家之前误以为它和人族一样，所以都没想到这一点。

更让大家想不到的是，这鬼将居然会如此干脆地掉头逃走！

就连柳然看到这一幕的时候都不由得愣了一下。

旋即，他脸色一沉，怒喝一声："哪里逃！"

若真的又让这鬼将逃走，还不知道它会做出什么事情来！

所以，柳然也冲出了符阵，与分身一同朝那鬼将追赶而去。

林志荣见状也冲出了自己布置的符阵，想跟着柳然一起追，不过柳然却扭头对他说道："你们帮不上忙，先想办法逃出去，千万小心！"

林志荣很想说，柳然似乎也不一定能帮上忙，但是想想之后，他也只能按照柳然所说，掉头回到洞窟符阵之中，将柳然的意思转达给其他人。

那些御虫师自然都毫不犹豫地选择离开，榕城的一行人却有些犹豫。

"柳然说得没错，我们基本都已经力竭，帮不上忙，留在这里反而会变成累赘！"王太川当机立断道，"若是被对方趁机夺舍了一两个，反而有可能帮了倒忙！"

"对！"徐江也支持道，"我们先出去，按照我的估计，会长他们应该已经赶到了，将情况告诉他们，让他们一起出手才是最稳妥的办法！"

听他这么说，其他人也不再犹豫了。

当即，他们就在王太川的带领下，小心翼翼地离开洞窟，朝着地底迷城之外赶去。

同一时间，柳然和分身紫阳一直追赶着那鬼将，在这地底迷城之中四处乱窜。

由于实力的差距，柳然渐渐跟不上分身的脚步，无奈之下，他只能选择渐渐放慢脚步，让分身紫阳全力追向鬼将。

正缓步走着，忽然，柳然感觉到身后传来一道空气撕裂的声响，神色不由得一变。

"危险！"

在他身后，出现了一道人影，竟是一爪对着他的脑袋狠狠地抓了过来。

柳然连忙往下一蹲，将四级身法"云踪步"施展到了极致，几个高难度的躲闪，然后猛然加速朝前蹿出，这才终于逃过了一劫。

他身后出现的人此时却是脸色剧变，没想到自己以为万无一失的突然扑杀，被柳然勉强地闪躲了过去！

"轰隆"！

那人的手爪轰然落在了旁边的石壁上，直接将那石壁抓出无数的裂缝！

这股力量，若是抓在柳然的脑袋上，必然会将柳然的头骨直接捏碎！

"是你？"

柳然暗自庆幸之余，也猛地一转身，终于看清楚自己身后突袭的人的模样，顿时心中就是一沉。

此刻突然出现，袭击他的是一名身着黑袍的老者，不是江流云的管家郑明又是何人？更让柳然觉得要命的是，他刚刚一直没追上的鬼将，居然也在此时突然停下不逃了，直面他的分身紫阳。

第二十二章 烈焰惊魂斩

第二十二章 横扫八方

柳然不得不心弦紧绷,手心都暗自冒汗。

面对两个劲敌,如此情景,稍有不慎说不定就得死在这个地方!

鬼将那边他现在反而不是很担心,因为分身如今可以克制它。

但是,对于江家的管家郑明,柳然却丝毫不敢小觑。

这家伙,可是一个化劲期巅峰强者!

原本,柳然以为他也死在鬼将的手中了,没想到他竟然没死,而且在这么关键的时刻出手偷袭他!

不过,仔细观察一下,他心中不由得暗暗松了口气。

因为,他发现郑明的气息不稳定,显然是有伤在身。再想到鬼将的一身气血能量不是从御虫师一方得到的,那么,恐怕就是从郑明手下的人身上得到的了!

这郑明估计和鬼将交过手,而且受了伤。再看他现在孤身一人,柳然基本可以断定郑明带来的手下,应该都被鬼将给吞噬了!

郑明倒是没想到柳然才看了他一眼,居然已经推测出了这么多东西。

他此刻正兴奋无比,咬牙切齿地对柳然说道:"你终于出现了!"

因为,他总算是见到柳然了!

带着一群江家暗中培养的精英杀手,几经波折,手下死了个干净,他自己也受伤不轻,到了此刻他才终于见到了此行的目标——让他恨之入骨的柳然!

此刻,郑明竟然有种想要大哭一场,好好发泄的冲动。

柳然却故作惊讶地看着他,说道:"你不是江家的那位管家吗?你怎么会在这里?是来找我的吗?"

"少给我装模作样!"郑明怒吼道。他重重地喘息着,胸口不断地起伏着。鼻孔中甚至喷射出了两道白气,一双眼睛更是怒火冲天,死死地盯着柳然。

他一字一顿地说道:"今日,我一定要将你碎尸万段!"

柳然当即露出了一副被他吓了一大跳的表情,说道:"别冲动,有话好好说!我似乎没有什么地方得罪过你吧,老爷子?"

"还敢说没有得罪我,若不是你……嗯?不对!"郑明刚想气愤地对柳然喝骂几句，脸色却忽然一变，"你是在拖延时间？"

柳然心中一沉，随即无奈地摇了摇头，道："没想到，这都被你发现了！"

他的确是想拖延时间，因为，另外一边他的分身和鬼将已经再次激战起来。

本体和分身会彼此影响，如果他的意识专注地和一个对手交战，实力自然可以完全发挥，但如果两边一起展开战斗，以柳然如今的灵魂能力，顶多只能让本体和分身各自发挥出八成的实力。

所以，他才想到了在这边和郑明瞎扯，同时另一边分身赶紧解决鬼将。

没想到郑明竟然并没有上当，一下子揭穿了他的阴谋。非但如此，郑明现在还恼羞成怒，一副受到了莫大侮辱的模样，猛然暴吼一声："你给我受死！"

而后，他便疯狂地朝着柳然飞扑而来。

只见他双手齐出，施展四级攻击符技"血鹰爪"，整个人都仿佛化作一只捕食的巨大血鹰一般，撕裂空气，朝着柳然的脑袋抓了过来！

柳然神色微变。

对方乃是化劲期巅峰层次的强者，而他不过是灵旋期巅峰，双方相差足足一个层次，实力差距太大，他如果和郑明硬碰硬，就是找死！

不过，在郑明的面前，他却又不是没有其他办法还击。

眼看郑明的身影眨眼来到他的面前，柳然藏于袖中的双手忽然一动。

下一刻——

"咻咻咻"！

无数刺耳的破空声响毫无征兆地响起。

一只只狰狞可怕的毒虫忽然冒了出来，猛地飞扑向了郑明，吓得他脸色剧变。

之前，他可是在那些御虫师手上也吃了不小的亏！

只是，他没想到柳然竟然也会控制毒虫进行攻击！

面对这些诡异的毒虫，他也不敢轻视，电光石火之间，他连忙将攻击对象转变为周围的毒虫，同时加强自己的防御，身形更是立刻退开。

"唰唰唰"！

空中一只只毒虫被他的利爪撕碎，纷纷坠落。

然而，就在郑明即将落地之际，他发现地上也冒出了不少的毒虫，不得不再次施展一种腿法符技。

柳然一眼就看出，他所施展的乃是一种三级攻击符技，名叫"烈焰腿法"，威力也颇为不凡。

"轰隆"！

只见他一脚踏下，一圈火红色的焰光扩散开来，顿时地上爬着的一只只毒虫就纷纷翻飞，靠近一些的更是仿佛被烈火焚烧过一样，直接焦黑了！

见此，正远远飞退开来的柳然不由得眼睛一亮，暗道："这腿法倒是可以找机会学一学，融入我的天符之力，再加上刚刚领悟的爆发威势，至少可以创造出一种顶尖的四级攻击符技！"

在领悟了"爆发"威势之后，柳然就找到了自己接下来的修炼方向。

火焰与"爆发"，无疑是一种绝佳的结合，更重要的是他所掌握的天符之力，也是某种火焰的形式，所以他才会一眼看到郑明的攻击符技，脑海中就浮现出这些想法。

据他所知，化劲期强者所谓的"劲"，也正是选准了一个修行方向，结合自身情况，衍变出各种更加适合自己的手段。

柳然此刻决定的就是，接下来选择修炼火焰系符技，化出"火劲"！

他有预感，到那个时候才能真正发挥出天符的力量！

同一时间，郑明在避开了那些毒虫的攻击之后，发现柳然居然又跑了，顿时怒不可遏。

"哪里逃？"他疯狂地一掌拍出，掌风掀飞了前方各种毒虫，还有不少碎石，他的身形便再次急速追向柳然。

同一时间，柳然的分身紫阳也陷入了险境。

鬼将和他几番厮杀，忽然发现了他的弱点："原来如此，哈哈，你的力量用来施展这种符技根本还不足够，现在你的力量快要耗尽了吧？"

分身紫阳脸色微变，沉默不语。

鬼将见此，攻势猛然变得更加凌厉。

它怒声暴喝道："那么，你就给我受死，乖乖将这具修罗魔体献给我吧！"

声音未落，空中已经飞扫出无数的鬼爪，直接将紫阳的身影吞没！

"什么？"柳然的分身紫阳瞳孔剧烈收缩，柳然的脸色也是剧变。

但这却不是因为鬼将的凌厉攻击，而是因为他没想到对方竟然看出了这个天大的秘密！

事实上，这也是近期柳然才发现的。

原来他一直以为，自己的分身只是继承了修罗魔体的某些特性，但随着灵魂之力提升，分身的实力会进一步解封，他忽然发现，自己这分身几乎就和修罗魔体毫无二致！

只是，这件事情他不得不隐藏起来，因为若是被人族其他人发现，哪怕他对人族毫无反叛之心，估计都会有人因此攻击他。

他可不希望自己被当作一个大魔头，然后被天下人族追杀！

可是，让他放弃这炎将分身紫阳，他又实在是舍不得。

原本，他觉得经过自己按照"炎将分身"的秘术一番特殊炼制，修罗魔体的气息彻底收敛，就连燕凌菲之前带来的大胡子和胖中年两名天劫境强者都没有看出什么端倪，应该没有什么人能看出来才对，没想到如今这鬼将居然一眼就看了出来。

恐怕，对方也是因为这一点，才会一直死盯着他不放。

不过，就冲着对方识破了他的秘密这一点，柳然拼了命也不能让它继续活下去！

在鬼将的攻击即将落在紫阳身上的一瞬间，柳然彻底下定了决心，分身紫阳的手中猛然冒出一样东西。

那是他在榕城精英符修大战选拔赛上所得到的奖励之一，一枚玄金级的攻击符卡！

之前柳然一直舍不得使用，而现在他却毫不犹豫地命紫阳催动这枚符卡。

"轰"！

一圈暗金色的光芒，猛地从他指尖扩散开来，瞬间笼罩他全身，随后又朝着周围迅速放大。

只一刹那，周围那些凌厉的鬼爪纷纷溃散！

"什么？"鬼将呆住了。

它原本也预料到自己刚才的攻击对紫衣男子不会有太大的伤害，所以已经在暗中准备第二拨杀伤力更强的攻击，却没想到它的攻击竟然如此轻易地就被对方破除。

没等它反应过来，数以千计的暗金色利箭陡然凭空出现，全都锁定在了它的身上，猛地破空激射而来！

"咻咻咻……"

急促的破空声中，宛如狂风暴雨一般的利箭顷刻淹没了这鬼将。

鬼将甚至根本来不及躲闪，全身就已经被打成了筛子。

那破空的数千道金色利箭，威力完全不亚于一位灵台期大成，乃至巅峰层次的天劫境强者全力一击，重创了鬼将之后继续破空，所过之处，一切均被破坏成粉末。

由于紫阳方才发动这攻击，是斜向上方释放，结果直接将这地底迷城打出一个通往地表的巨大洞口！

刚刚逃到外面的徐江、王太川等人，一下子都被这突如其来的巨大动静吓了一跳。

"那是玄金级攻击符卡发出来的动静！"徐江一下子说道。

其实，不用他说，其他人也可以看出来。因为方才众人在和鬼将对决的时候，李月茹和张小川都已经先后用了玄金级符卡了。此情此景分明如出一辙。

就在大家正想过去看看是怎么回事时，空中忽然传来了一声呼喊声："在这边，快下去！"

众人立即仰头一看，顿时都是喜出望外。

空中，一艘艘飞行符器出现，速度极快，直奔他们这边而来。

为首，赫然是榕城炼符师公会的会长卢远山，而在他身边，竟然是两名不用依靠任何飞行符器就可以凌空而立的强者，一男一女，正是两名天劫境强者！

原来，卢远山带人恰好来到了附近，也被刚刚地下传出的大动静惊动，这才立即朝这边飞了过来。

看到这一幕，徐江等人这才纷纷松了口气，会长大人来了，而且带来了天劫境的强者，他们的危险终于可解除了！

卢远山带着两名天劫境强者率先飞到了徐江等人的面前，其他人也纷纷收起飞行符器，快速朝这边过来。

"徐副会长，这是怎么回事？你们不是说找到了天帝秘宝正在探索吗？怎么弄成这般模样？"卢远山十分不解地问道。

徐江则长叹一口气，说道："会长，此事一言难尽，关于天帝秘宝的事情，我一会儿再和你慢慢解释，当务之急，能否麻烦这两位天劫境强者到下面去救人？"

"救人？救谁？"卢远山的目光在周围扫了一圈，忽然瞪大了眼睛，"难道是柳然？"

"没错，请两位大人赶紧出手吧！"徐江疾声说道，"柳然和他的朋友，正在下面和一个强大的鬼将激战！"

"鬼将?!"卢远山等人再次被吓了一跳。

他们终于彻底意识到现在情况有多复杂了，不过他们也知道现在无暇询问那么多，救人要紧。当即，卢远山便亲自拜托身边的两位天劫境强者出手。

那两个人一点头，旋即身形一闪，便都从柳然的分身紫阳借助玄金级攻击符卡，开辟出来的巨大洞口冲入地底迷城之内。

而在地底迷城之中，此刻紫阳和鬼将却早已在战斗之中，转移了战场。

一枚玄金级攻击符卡，可以让一名天劫境强者重伤，可是对于那鬼将的伤害却非常有限。因为这种攻击偏向于物理攻击，而鬼族强者最不怕的就是这类攻击。

所以，方才那一击仅仅是伤了鬼将，同时给柳然的分身紫阳制造了脱困的机会。

真正能对鬼将造成伤害的，还是柳然自创的"烈焰惊魂斩"，只是他的分身紫阳现在却也没有多少符力可以施展这一招了。

于是，一脱困，柳然就立刻让分身逃走。

而那鬼将却被方才紫阳的攻击彻底激怒，疯狂地怒吼着追赶他。

"很好！就怕你不追来！"分身紫阳扭头看了身后一眼，嘴角浮现出一抹冷笑。

他身形在地底的通道之中穿梭，手中却不时冒出几枚符丹，快速吞服而下。

另一边，柳然也在逃，而且朝着与分身相反的方向前进，同时，他也在迅速吞服一些符丹，脸上却渐渐浮现出了难受之色。

在他识海之中，柳灵灵看到这种情况，不由得连声喊道："哥哥，你别再吃了，这些恢复灵魂之力的符丹吃多了是会对灵魂造成伤害的！"

柳然却沉声说道："我知道，可是我现在也管不了那么多了，只有靠这个办法才能强行解封分身的下一个层次，否则我根本杀不了后面那个老家伙，紫阳更杀不了那个鬼将！"

话音未落，蓦然，他脸色一变，竟是直接停下脚步，然后当场盘坐而下。

身后，紧追不舍的郑明再次出现在了他的面前。

郑明出现在柳然面前时，披头散发，状若癫狂。

"受死！"他非常干脆地一声怒吼，一双赤红色的利爪破空而来，速度、力量都发挥到了他所能达到的巅峰，眨眼就到了柳然的身前！

可是，就在他的手掌即将抓住柳然的瞬间——

"嗡"！

一圈暗金色的符光，猛然从柳然的身上扩散开来，化作无数玄奥的符纹，刹那形成金光流转的防御符阵，将柳然严严实实地包围起来！

"玄金级防御符卡？不！"郑明一下子凄厉地叫喊了起来。

他没想到，自己穷追猛打，方才明明看到柳然都要倒下了，到头来竟然是这样的结果！他终究还是小看了柳然的身家，也小看了柳然的魄力！

可惜的是，现在他就是想收手都来不及了，只能眼睁睁看着自己的双手狠狠地撞上了那暗金色的符阵。

"轰隆"！

只听一声巨响，他整个人直接倒飞了出去，口喷鲜血！他狠狠地撞在了不远处一个石壁上，直接将那石壁撞得粉碎，整个人都陷了进去。

玄金级防御符卡，防御力不亚于灵台期的天劫境强者全力防御，他的手递过去根本就是自找不痛快，非但无法破开防御，而且连自己都被震飞，受到反噬重伤！

不过，就算如此，让他就此放弃也是不可能的。

他的唯一的一线生机还在柳然的身上，如果无法击杀柳然，就算他从这里逃走也还是要死的，所以，他挣扎着，艰难地又从碎石里爬了起来。一双充满怨毒的眼睛，盯着那暗金色的防御符阵中盘坐的柳然，他几乎咬碎铁牙。

"我倒要看看你能在里面坚持多久！"郑明沉声喝道。

符卡，比起符器而言有优势，那就是瞬间可以催动，而且符卡等级越高，威力越强，这一点对于使用者的实力要求并不高。

但符卡也有劣势，那就是威力无法持久，不管是多么厉害的符卡，终有力量耗尽崩溃的时候。

所以，郑明现在就是要等柳然这符卡的力量自行散去之后，再对柳然下手。

不过，很快他又发现有些不对劲儿。那就是符阵之中的柳然竟然根本没有理会他，反而双手结印盘坐着，似乎正在修炼一样。

"他是想恢复符力，然后继续逃走？"郑明暗自冷笑。

但他随后又感觉不太对劲儿，在柳然的身上，此时竟然传出了一股暴躁的灵魂能量，甚至让他都受到了影响，心情渐渐暴躁起来。

这小子究竟在干什么？郑明双目中满是血丝，死盯着柳然。

没等他弄明白柳然的意思，忽然——

符阵之中的柳然睁开了双眼，竟是一下子站了起来，一边大步朝着符阵之外走来，一边对着他就是一拳。

"崩拳"！

四级攻击符技的威势，一下子让郑明把心提了起来。

他现在受伤不轻，哪怕柳然只是一个灵旋期巅峰层次，与他实力相差极大，但他也不得不提防。

但这同样也是一次机会，只要他能够挡住柳然的攻击，他便能顺手反杀乃至活捉柳然！

只是，他没想到的是，就在他的注意力被柳然吸引住的时候，突然，身后一声巨响传来！

"轰隆"！

只见他身后一个石壁猛然爆炸开来，一道紫色的人影飞速冲了过来。

郑明立即回头，眼睛顿时一瞪："是你？"

出现在这里的人，赫然是他曾经见过，那名和燕凌菲的管家秋叔一同去袭杀江流云的紫衣冷峻男子。

更让他吃惊的是，这紫衣男子在不久之前交手的时候，才不过化劲期小成，而此刻他竟然爆发出了更高层次的气息！

没等郑明反应过来，那飞速冲过来的紫衣男子对着他就是一道刀光斩了过来！

"烈焰惊魂斩"！

这一刀下来，吓得郑明魂飞魄散。

五级攻击符技！

他竟然在一个化劲期强者的身上，感受到了天劫境强者才有的威势！

紫阳的速度快得恐怖！

重伤的他反应能力本就大打折扣，加上猝不及防之下又被偷袭，直接被分身紫阳这一刀拦腰斩过！

"噗——"

刀光上附带着的紫焰直接引燃了他的身体，瞬间让他化作一个火人！

"啊！"

一声凄厉的惨叫从他口中传出，将后方追赶着紫阳而来的鬼将吓了一大跳。

鬼将没想到，自己追杀的人如此艰难地跑到这里来，竟然是为了杀一个人！

更让它意想不到的是，斩杀了郑明之后，紫阳直接一跃，与从符阵之中冲出来的柳然撞在了一起。

下一刻，他们两个人竟是融为一体，柳然仿佛化作一团紫色的火焰一样，进入了分身的体内，消失了。

这一幕，让鬼将完全蒙了。

若是一个鬼族冲入紫阳的体内，它还可以想到是夺舍，但是那个少年分明是一个人族，他怎么可能突然用这种诡异的方式和另一个人族融合？

"这难不成是人族的一种特殊秘术？"鬼将心中惊异。

就在这时，他终于发觉这紫阳的身上不一样了。

此时柳然的分身紫阳的身上，散发出来的正是化劲期巅峰层次的气息！

柳然借助各种增强灵魂之力的丹药，勉强地将自己的灵魂暂时提升了一个层次，然后也成功地强行破开了分身的第二层封印，释放出了化劲期巅峰层次的实力。

可是，这一幕落在鬼将的眼中，就变成这个紫衣男子又突破了，或者是因为方才和那个少年融为一体之后，实力突然大增！

"不可能！"鬼将惊骇道，"没听过修罗魔体还可以这样吞噬别人啊！你……你到底是什么东西？"

"我是你老子！"从一袭紫衣翻飞的紫阳口中，传出了一声充满怒意的喝骂。

本体与分身重新合为一体之后，不但保护住了本体，同时庞大到难以掌控的灵魂之力终于不再那么失控。

不过，柳然知道自己必须立刻将身上暴涨的符力，还有灵魂之力释放出去，否则说不定会被生生撑爆！

于是，在他的喝骂声传出的瞬间，一道宛如滔天巨浪一般的紫色刀芒，眨眼就斩落在了鬼将的身上！

刀芒一出，横扫八方！

第二十四章
那一刀，天地失色

"轰隆隆"！

铺天盖地的紫色火光眨眼间淹没整个地底迷城，大地都在剧烈震动！

卢远山带来的两名天劫境强者刚刚赶到战斗的位置附近，顿时被这突然的动静吓了一大跳。

他们只觉得一股恐怖的气息，宛如海啸一般铺天盖地而来，一下子都止住了脚步。两个人的脸色都有些凝重，同时也十分疑惑。

不是说，这地底下就一个鬼将和一个化劲期层次的人族强者在战斗。

为什么他们竟然能够发出让两个天劫境强者都感到危险的气势来？

而根据这气势的特点，基本上他们也能判定，此刻爆发出这股威势的是一名人族的强者！

紧接着，两个人听到一声凄厉的惨叫声传来，而在那惨叫声传出的瞬间，一股风暴一般的鬼煞之气也疯狂充斥整个地下迷城！

"他们两个都在拼命了！"两个人相视一眼，彼此都想到了这一点。

然后，他们忽然改变了注意，不再朝着那边靠近，反而忽然分开，朝着两个不同的方向飞掠而去。

也正如同他们所预料的一样，此刻两人的确是在拼命。

柳然的灵魂现在承受着极大的压力，放弃了对本体的控制，这才勉强能够控制如今强行提升力量的分身紫阳。

这种状态，和他在幽灵岛上，控制那巨大人形骷髅时候倒是有些相似，只不过当初他掌控的是别人的躯体，而现在这分身紫阳的躯体在某种意义上也是他自己的身体。

不过，他也知道自己无法长时间保持这种状态，方才一出手就是全力攻击。

而他这一刀攻击的结果，赫然是将那鬼将直接劈成了两半！

可是，就这样鬼将竟然还是没死，鬼身裂成两半之后，竟然"轰"的一声，爆发出惊涛骇浪一般的鬼煞之气，横冲向四周。

紫阳被逼退了一步，神色一冷。

本来紫阳以为这是那鬼将疯狂的反扑，但仔细一看发现那鬼将全身破碎为滔天的鬼煞之气之后，竟然化作无数鬼影，朝着四面八方飞速冲去。

他看情况不对劲儿，那鬼将竟然又想逃走！

"该死！"柳然脸色一变，暗道不好。

他现在的力量虽然十分强大，却无法同这鬼将一般分裂攻击，哪怕他再次出手能将鬼将的大部分鬼影诛灭，只要其中一个鬼影逃走，都会对他造成大患！

就在这时——

"轰隆隆"！

整个地底迷城又一次震动起来，紫阳抬头看向远方，就发现左右两边竟浮现出两股惊人的气息，飞速朝着他这边汇聚而来！

顿时，紫阳的眼睛大亮，开怀笑道："好！"

这两股气息就仿佛两堵高墙一般，一个从左，一个从右，将原本试图逃走的那一个个鬼影纷纷赶了回来！

无疑，这是人族的强援到了，正在帮他阻拦鬼将逃走！

他终于不用孤军奋战了！

相比起紫阳的兴奋，鬼将此刻却是又惊又怒，它根本没想到竟然会突然出现两个人族的天劫境强者！

以它现在的实力，万万不可能和这两个人相抗衡。眼看自己逃也逃不了了，它顿时恶从胆边生，控制所有鬼影分身，一同朝着紫阳这边反扑而来！

它现在只想着，立刻夺下那具修罗魔体，它还有一线生机，否则的话，就算死也要将紫阳拉着垫背！

"咻咻咻"！

一道道鬼影如箭一般，用比刚刚更加迅疾的速度，卷着滔天的暗红色鬼气，直奔紫阳这边冲过来。眨眼的工夫，它们就已经全都来到了紫阳的面前。

然而，紫阳却在这一瞬间，忽然闭上了双眼，仿佛根本没看到那些狰狞可怕的鬼影一样。识海内那从洞窟中复刻下来的幻影，此时又一次播放起来。

幻影播放完毕的瞬间，紫阳猛地睁开双眼。

下一刹那——

"咻"！

刀出，刀芒如月！

紫火浮现，斩裂空气！

从左右两边逼近而来的两位天劫境强者赶到附近时，正好看到他一刀横扫而出，威势惊天！

刀光骤然倾泻，所到之处，无数鬼影纷纷被斩碎，连惨叫声都来不及发出来！

瞬间，这两名天劫境强者都呆住了。

这是何其惊艳的一刀！

就是他们都无法做到，却在一个不过化劲期的青年手中出现了！

柳灵灵也惊呆了，因为，她发现紫阳的这一刀，竟然几乎与他识海内那幻影之中的刀芒一模一样！

而在他们惊愕之时，鬼将终究是在紫阳这一刀之下鬼气彻底消散！

"轰隆隆"！

刀芒斩碎无数鬼影之后，继续横扫四方，整个地下城池直接开始崩溃坍塌！

剧烈的动静，将那两名天劫境强者惊醒。

随即，他们就看到方才大显神威的紫衣冷峻男子全身无力地坠落下去，可能被无数的碎石掩埋！

"不好！"

"快救人！"

两个人脸色一变，随后立刻动手，各自施展符技将周围砸落下来的石块纷纷轰碎，同时开始挖开压在男子身上的那些碎石。

碎石之中，紫阳此刻却是一脸苦笑。

方才的攻击看似威风，事实上却是他剧烈透支才勉强做到的。

五级攻击符技，果然不是灵劫境能玩得转的！

就那两刀，比当时在幽灵岛上控制巨大骷髅战斗的时候都累，甚至现在他还感觉自己的灵魂也非常虚弱，随时有可能昏死过去。

不过，饶是眼皮已经沉重得无法睁开，他还是勉强调动体内最后一丝符力，将本体和分身分离开来。

其他人很快就会进来，他可不想其他人因找不到柳然引出什么麻烦，或者暴露他乃是柳然分身的事情！

而柳然与分身紫阳刚刚完成了分离之后，柳然就彻底坚持不住，眼前一黑就什么都不知道了。

不一会儿，那两名天劫境强者果然将周围的碎石都挖开，看到的就是紫衣男子怀中有一个十几岁的少年，两个人都已经陷入了昏迷。

看着下方那紫衣男子，两名天劫境的青年眼中都有些震撼。

"这家伙自己都快昏迷了，竟然还拼死冲过来护住这个少年？"

本来，方才紫衣男子所展现出来的实力就让他们震撼，而此刻他们又看到这样的一幕，更是让他们不禁肃然起敬，对这紫衣男子更多了几分敬佩。

"快将他们送出去吧,我看这地下城还会继续破碎,万一他们又受伤就不好了!"那名中年女子柔声说道。

她身旁的男子点了点头。

旋即,二人立即飞过去,女子抱住了柳然,而男子则是抱起了柳然的分身紫阳,一同向上飞起。

方才紫阳接连两刀,早已经破开了厚厚的岩层,撕开了几处通往外界的裂口,倒是方便了他们离开。

而在他们离开的时候,也正如这一男一女所预料的一样,这地底很快又发生了剧烈的坍塌,整个地下城池都塌陷了,也将这城中的一切纷纷埋葬。

地面上,众人被方才战斗发出的巨大动静吓到,早已退出了极远的距离,倒也没有因为这坍塌而造成什么伤亡。

不过,看着这剧烈坍塌,卢远山却不禁皱起了眉头。

他刚刚得知,此地的天帝秘宝还在这地下,如今地下城变成了一片废墟,想要挖掘出来难度也增大了不少。

见状,徐江连忙过来,说道:"会长,其实你也不必惋惜,因为,我们刚刚确认了,此地的天帝秘宝只是一段幻影流光,并没有其他东西存在。"

卢远山眼睛一瞪,急声问道:"你说的是真的?"

周围,还有一些本来打算跟着过来挖宝,看看能不能分到一些好处的人,一听到徐江的话也有点儿着急了。

开玩笑,这里的天帝秘宝真要是毫无用处的幻影流光,他们岂不是白白跑了一趟?

徐江知道大家很难接受,无奈苦笑道:"我们一开始也不相信,不过,反复进行确认之后,我们也只能选择接受了。现在这地下城毁灭了,也没什么必要继续挖掘了。"

话音微微一顿之后,他扫了周围的人一眼,又说道:"当然,如果大家觉得对我的判断有所怀疑,或者觉得还有挖开这些碎石,继续深入研究调查的必要的话,我不反对,但我也不会参与。"

在他说话的时候,许多人都一直在盯着他。

甚至有些人暗中使用了某种秘术,观察他是否有说谎的迹象。

毕竟,天帝秘宝关系甚大,徐江见财起意,用这种谎言糊弄他们,然后将秘宝贪墨起来,可能性也不小!

可惜,结果让他们失望了。

他们反复盯着徐江,最终也没有发现什么可疑的迹象。

也就是说，他所说的都是事实，这里的天帝秘宝真的就是一段无用的幻影流光，而且现在还被埋掉了！

一时间，不少人都各自散开，甚至都想直接离开了。

卢远山对于这样的结果也有些无奈，不过，事实上他也并不是很在意。

现在，他更加在意的还是柳然的安危，毕竟，如今他对柳然可是寄予了厚望！

也恰在这时，那两位天劫境强者终于出现，将柳然和他的分身紫阳也带了回来。

卢远山和徐江连忙走了过去，而李月茹、林志荣等人也纷纷停止疗伤，围了过来。

而后，他们便纷纷发现柳然他们的状况不太妙。

"他们两个似乎都伤势不轻啊！"

"这感觉，不仅是肉身，而且灵魂也受创不浅！"

"那鬼将本就是一个灵体，怕是非常擅长灵魂攻击！"

众人议论纷纷，同时也不禁担忧起来。

再怎么说，如今柳然和这名紫衣男子紫阳可都算是他们的救命恩人，他们可无法坐视不管。

"立刻前往府城！"卢远山当机立断说道，"这样的伤势，需到府城才能进行治疗！"

其他人也纷纷点头。

只是，他们又有些担心，哪怕他们立刻赶路，要到达府城也还需要一段时间，柳然他们显然不能拖太久，否则伤势很容易恶化。

好在，卢远山早有准备。

"有劳两位出手了！"卢远山对着那一男一女两位天劫境强者行了一礼。

两个人都微微一笑。

那男子说道："没问题！"

女子却笑着道："我一开始还以为你请来我们两个有些小题大做，但是，现在我懂了，这个人的确值得我们使用一次传送阵盘！"

传送阵盘？

一听到这几个字的时候，在场不少人顿时呆住了。

尤其是林志荣他们这些炼符师，更是觉得如雷贯耳。

所谓的传送阵盘，顾名思义自然是用来进行传送的一种符器，但它比起寻常传送符阵却珍贵得多。

原因是，这传送阵盘实在是太过珍贵，本身就是一种玄金级符器，必须要由两位宗师级的炼符师一起出手才能炼制。而且，由于需要彼此配合，稍有不慎就有可能会将阵盘炼制失败！

这种阵盘发动起来条件也极高，至少要由两名天劫境灵台期巅峰层次，而且要彼此心有灵犀的强者联手才能发动，每次传送的人一般也只能有几个人。

所以，这种阵盘基本上都在战争时期，作为紧急转移某些重要人员、物资所用，日常情况下根本难得一见。

就是徐江都没想到，卢远山这一次居然会请来这样的宝贝。

现在，卢远山想做的，自然就是利用传送阵盘，将昏迷不醒的柳然他们送往东川城救治。

这可是就连榕城城主，都未必能够享受的待遇！

更让大家好奇的是，柳然他们不知为何竟然能够获得这两位天劫境强者如此高的评价。

看刚才的情形，众人所能猜想到的就是，那鬼将怕是被那名紫衣男子所杀，才会让这两位天劫境强者如此重视。

两位天劫境强者却没有解释什么，很快开始行动起来，只见他们一人取出一块巴掌大小的精致的不规则符器，拼在一起的时候正好形成一个圆形。

下一刻，两个人纷纷将符力注入其中，那符器亮了起来。

瞬间——

"嗡"！

一道道暗金色的流光扩散开来，迅速形成复杂的符阵，笼罩住他们周围三米直径的范围，将他们二人和他们带出来的柳然二人都包裹在内。

暗金色的符阵流光溢彩，上面一个个符纹悬浮运转着，煞是好看。

"好漂亮的符阵！"李月茹眼睛发亮，由衷赞叹道。

一旁的林志荣听着直翻白眼，他还在欣赏着符阵的精妙构造，分析它的运转方法，还真没想到漂亮不漂亮的问题。

众人仔细观察，还发现这暗金色的符阵已经与元灵符界产生了联系，想来是要借助它来进行传送定位。

"我和这两位大人先行一步，将柳然他们送往东川城救治！"

卢远山同样走进了符阵之内，同时对徐江说道："徐副会长，其他人就麻烦你尽快送到东川城了！"

"是！"徐江恭敬地应道。

下一刻，众人只看到面前的符阵一闪，直接带着符阵之中的五个人，化成一道流光冲入天际，转瞬消失了。

"徐副会长大人，咱们也赶紧出发吧！"

柳然他们才刚刚离开，王小山就忍不住看向了徐江说道。

他身旁的秦虎同样着急，道："是啊，徐副会长大人，我们也赶快赶路吧！"

方才众人进入地下迷城的时候，秦虎并未跟随，一来是外面也必须有人守着随时关注情况，二来是秦虎实力不足，柳然不想让他冒险，就把他留在外面了。

他没想到的是，再次看到柳然的时候，柳然竟然已经身受重伤。

虽然如今他名义上是柳然的随从，但事实上他一直也将柳然当作朋友，现在看柳然生死未卜，自然无法安下心来，恨不得立刻赶到东川城。

除此之外，其他人也都纷纷表示想要即刻出发。

他们之中，不少人都将柳然，准确地说是将柳然的分身紫阳视为救命恩人，自然也很关心柳然他们的情况。另外，也有一些人是觉得这地方还不安全，就算是疗伤也不是很好的地方。

见此，徐江自然也点头答应，说道："那么大家就都收拾一下，我们马上就出发前往梅云城，借助他们的传送符阵前往东川！"

大家其实也没什么好收拾的，所以片刻之后众人就出发了，乘坐各种飞行符器，直奔梅云城的方向飞去。

不多时，他们顺利抵达梅云城。

徐江让大家稍作安顿，并让护卫队休息片刻就准备返回榕城。

他只带着李月茹、林志荣、张小川、王小山父子、秦虎，以及几名榕城炼符师公会的炼符师，找到了梅云城的炼符师公会，让他们帮忙安排传送事宜。

大家对于这样的安排都没有什么异议，反而是那群御虫师，带头的老者忽然说道："我也要一同前往东川城！"

"你去干什么？"王太川疑惑而又警惕地盯着他问道。

"当然是找那个什么紫阳，好好弄明白他为什么会御虫术！"那老者沉声说道。

御虫师这种职业早已没落，只有少数一些家族还有传承，这老者以前根本没有遇到过他们族群以外的御虫师，自然想弄明白紫阳的御虫术是怎么来的。

不过，可惜的是，徐江并不想带上他们，说道："那么你们自己想办法，我们可不会带着你们！"

他对于这群御虫师可没有什么好感。

而在徐江他们进入梅云城炼符师公会的时候，他们来到梅云城的消息，也很快传入了某些有心人的耳中。

城中，江家的一处宅院的书房之中，江流云的父亲江无恨正在听着手下的汇报。

"你确定那个小杂种没有出现在榕城炼符师公会的队伍里？"江无恨沉声问道。

"是！"那名手下恭敬答道，"属下亲眼所见，榕城炼符师公会的队伍中并没有发现柳然的踪影，另外，他们的队伍由徐江带队，队伍中大多数人都已经受了伤。"

江无恨点了点头。

大多数人都受了伤？按照江无恨的估计，怕是这些人都和郑明他们交过手，进行了激烈的战斗。

而且，那个柳然多半已经死了！

只是，让江无恨很疑惑的是，如果郑明成功击杀了柳然，完成了任务，应该会给他传来信息才对，怎么一直到现在都没有收到信息？

他眉头深锁，理不出什么头绪。

最后，他只能一挥手，下令道："想办法和郑明他们取得联系，另外，派人去调查一下那片废墟到底发生了什么事情，为什么会出现那么剧烈的震动。"

"是！"那名下属躬身退下。

江无恨还站在书房内深思，总觉得有种不祥的预感，让他十分不安。

他断然想不到自己派出去的一群精英下属，竟然会全部葬身于一片破碎的古城之下！

等他确定无论如何也联系不上郑明等人，明白事情出现了他所预料不到的变故的时候，徐江他们早已离开了梅云城。

至于柳然，他更是已经抵达东川城，进入这府城的炼符师公会之中开始疗伤。

这东川城的炼符师公会，规模比起榕城至少大了数倍，光是对外办事的大厅，面积就堪比整个榕城炼符师公会。

卢远山作为一名会长，同时又是一位炼符大师，还带着两位天劫境强者，护送柳然他们来到这里，自然第一时间受到了最高规格的接待。

柳然和他的分身紫阳也立刻被送到了一处疗伤密室之内。

东川炼符师公会一位擅长疗伤的大师级炼符师，亲自来为柳然他们诊断。

诊断过后，他的神色不禁有些凝重。

原因是这两个人的肉身之上，原本有些伤势，但此刻都在快速恢复，尤其是分身紫阳，肉身恢复能力极其恐怖，几乎不用什么治疗。

真正的问题却出现在了他们的灵魂上！

这位大师级的炼符师发现，不管是那名叫柳然的少年，还是那名叫紫阳的青年，此时的灵魂状态都相当不好，甚至给人的感觉像是两个微弱的火苗，随时都有可能会熄灭。

让他惊奇的是，他确定了这一状况之后，还没有深入分析，更没有得出什么救治方案时，那名明明灵魂状态很虚弱的紫衣男子紫阳，忽然醒了过来！

第二十五章 锦绣东川城

柳然苏醒了，因为他不得不醒。

如果任由别人仔细检查他的分身，说不定很快就会发现他分身的秘密。

而他醒过来的时候，一看到周围的环境，心中很是庆幸。

幸亏自己及时醒过来，并且第一时间选择了让分身先苏醒，不然后果不堪设想。

他拼死才将那个鬼将干掉，要是这秘密被炼符师公会的人知道，他可没本事把东川城的炼符师公会给灭了！

这时候，那位准备给紫阳疗伤的大师级炼符师回过神来，连忙问道："这位先生，你……现在感觉如何？"

柳然控制着分身紫阳看了他一眼，微微点头，道："多谢阁下救治，在下感觉已无大碍。"

那位大师一愣，不由得苦笑："阁下误会了，方某还没来得及做什么，你就醒了。"

紫阳倒也没多和他纠缠什么，目光忽然看向自己的本体，然后，他夸张地喊了一声："侄儿，你怎么样了？"

那位方大师这才知道，原来这两人还是一对叔侄。

事实上，这也是柳然有意在人前让本体和分身伪装出来的一种关系。

方大师对紫阳说道："他和你一样，都是灵魂之力过度使用，甚至对灵魂本源造成了一些损伤。"

说到这里，他的话音忽然停下，感觉十分别扭。

因为，按照他的所学所知，以眼前这人的灵魂状况，现在根本不可能醒过来才对。可是，紫阳偏偏就这么醒了，而且精神似乎还不错。

那么，被他断定为同样暂时无法苏醒的这名少年，会不会也突然就跳了起来。

事实证明，他想多了。

现在柳然的精神状态极其糟糕，光是控制自己的分身就已经有点儿支撑不住了，更别说让他同时控制本体的肉身。

只是，让这位方大师意外的是，随后紫衣男子居然对他说道："这位大师，拜托帮忙准备一间修炼静室，我要为我的侄儿疗伤。"

"你？"方大师愕然道，"可是，你自己现在也有伤在身……"

紫阳却坚决地对他说道："我现在已经没有大碍，而且，我本身也是一位炼符师，和我的侄儿彼此修炼的灵魂秘术相通，互相配合修炼，治疗起来才更加事半功倍，拜托了！"

方大师见他如此坚持，又想到自己刚才查探了一番，还没有想到什么解决方案，最终也只好点头，道："好吧，你也不必换什么修炼静室了，就在这里疗伤好了！那么如果你遇到什么问题，请尽快呼叫公会的工作人员。"

"多谢！"柳然由衷感激道。

方大师不以为意地摆了摆手，然后便带着给他打下手的几名高级炼符师一起离开。

"不劳烦几位姐姐了，有需要我会直接呼叫各位。"

紫阳连随行的侍女都屏退了，独自封闭密室，和柳然进入了闭关疗伤的状态。

那位方大师离开之后，遇到了正在一处庭院内等候着的卢远山。

"文渊兄，我那两位朋友的伤势稳定下来了？"

卢远山看他这么快出来，还以为柳然他们是出什么事了，心中"咯噔"一下，连忙上前来询问情况。

方文渊面色古怪，道："我刚刚还在检查，可是，你带来的两个朋友中一人忽然醒过来，然后就将我们赶了出来，说要亲自为他的侄儿疗伤。"

卢远山听到这话也不由得神色愕然。

老实说，其实柳然也想享受一下大师级炼符师的服务。

毕竟，大师级炼符师在东川城虽然没有榕城那么罕见，但也仅有十来位，东川城还真不见得有多少人能够享受得起！

可是，自家的事情自己知道，他是真不敢让别人给他进行深入检查。

此刻，密室之内，柳然和分身都是盘腿而坐，双手相抵，周围几个符阵正在迅速运转，一道道灵气也不停地注入柳然的体内。

他的意识却早已沉入他的识海之中，此刻正在和柳灵灵探讨自身的情况。

不过，柳灵灵却告诉了他一个让他惊愕的事实："哥哥，其实你现在的灵魂状况，只是处于虚弱状态，借助一些符丹就能养回来，但是，以后你恐怕短时间内无法继续同时控制本体和分身两个躯体了。"

"这是为什么？"柳然不解道。

柳灵灵也十分干脆，将她在柳然昏迷期间，暗自利用暗符界搜索到的一些资料传给柳然。

柳然还没阅读完成，就忽然发现自己的灵魂状态和以前有些不大一样。

"咦，我似乎浏览、接收信息的速度变快了不少？"柳然惊奇道。

他现在的灵魂之力十不存一，可是虚弱状态，按理来说阅读资料信息的速度应该大不如前才对，可是，事实上竟然恰好相反。

柳灵灵轻笑："嘻嘻，哥哥，这就是我说你短时间内无法分心控制两个肉身的原因。"

柳然还是有些不明白，不过他在说话之间，也已经把柳灵灵传来的资料基本阅读完毕，这才终于明白了过来。

"原来如此！"柳然轻轻舒了口气。

看完资料之后，他就知道自己现在的确并无大碍，甚至可以说是因祸得福。

因为，他的灵魂经过这一次的磨炼之后，变得更加凝实，灵魂之力也变得更加纯粹。

因此令他的灵魂灵敏度大大提升，所以他阅读资料的速度才比以前更快。

此外，他对于力量的掌控也更加精细，现在如果他再次与鬼将进行战斗，甚至依靠化劲期大成层次的力量，就有把握击杀对方！

损失了量，却换来了质的提升。

不过，坏处也很明显，那就是现在他的感知范围缩小了，而且无力与从前一样分心控制两具肉身，以后如果他的分身要行动，那么他的本体就必须先躲起来。

柳灵灵见柳然沉默，还以为他在难过，忍不住环绕着柳然飞了一圈，说道："哥哥，你也不必难过，等你的灵魂之力补充回来，你依然可以和以前一样，而且控制起来还会比以前更好哦！"

柳然一笑，道："我没有难过，只是感觉这一得一失十分玄妙，整体而言我还是赚了！而且，别说现在还算是因祸得福，就是没有，光是灭了一个对我有威胁的大敌，这也是值得的！"

三天之后，柳然出关。

但只有他走出密室，而他的分身却留在了密室之中。

"老大，你没事吧？"

"少爷，你的伤势痊愈了吗？"

密室之外，王小山父子和秦虎一直在守着，一看到柳然出关，当即都迎了上来。

一名东川炼符师公会的侍女也很机灵，连忙传信给卢远山。不多时，卢远山、徐江，以及林志荣、李月茹等人也出现在了柳然的面前。

一看到柳然，几个人都松了口气。

因为，此时的柳然面有红光，明显精神状态极佳。

甚至于，卢远山等人隐约还感觉到，柳然的修为虽然没有提升，但气息明显变得更加纯粹，这等于巩固了原有的基础，对于他以后的修炼也是非常有利的。

众人纷纷打过招呼后，林志荣忽然问道："柳然，那位紫阳先生呢？"

一听他提起，众人这才想起的确没有看到紫阳，也都朝柳然投来了疑惑的目光。

他们一个个可都将紫阳当成了救命恩人，同时也当作英雄一般，还都想着找紫阳当面道谢呢。

现在柳然安然无恙出关了，紫阳却没有出现，这让众人不免又有些担心。

柳然微微一笑，说道："大家不必担心，紫阳叔叔没事，虽然这次的战斗让他消耗略大，但他也从中有所感悟，所以他为我疗伤完了之后，就决定闭关一段时间！"

众人这才了然。

生死之战，胜者往往能从中得到感悟，这一点大家都知道，只不过没有多少人敢真正去尝试而已。

只是，大家没想到的是，紫阳闭关是假，其实是柳然忽然想到了"灯下黑"这个词，然后他就发觉炼符师公会还真是他分身极好的藏身之所。

于是，这才想出这么一个借口。

众人闲聊了一会儿，卢远山直接带着大家离开了炼符师公会，在附近找了一处酒楼设宴庆祝柳然伤势痊愈。

酒席上，卢远山特别警告柳然，以后千万别做这种冒险的事情。

他后来仔细听徐江说了经过，也是吓出了一身冷汗。

两名化劲期强者之中的佼佼者的激战，岂是他这种灵旋期的小角色所能掺和的？这次柳然可是差点儿就没命了！

柳然知道卢远山这是真正关心自己，才会这么说，他暗自苦笑，又不能多做解释，只能连道以后不敢了。

关于郑明的事情，卢远山也已经知道，并且猜到了对方的身份。

不过，他却只字未提，也不询问柳然。

在交给炼符师公会的报告之中，只是说明有一伙来路不明的贼人偷袭榕城炼符师公会的队伍，误打误撞大家发现了那个地下城池，结果在和鬼将碰撞过程中，那一群人全被鬼将吞噬了。

按照他的估计，这消息估计江家的人应该也收到了。

反正他们也无从追究，不如这一次，大家就装疯卖傻，让江家吃个闷亏。

众人在这酒席中把酒言欢，直到了两个小时后，卢远山和徐江都必须去炼符师公会协助即将进行的府战，这才结束了这一次的酒宴。

卢远山和徐江离开了，柳然和林志荣等人也出了酒楼，决定到这城中转转，好好欣赏欣赏这锦绣东川城。

东川城作为一座府城，其繁华程度不知道是榕城的多少倍。

这地方又是城池之中最为繁华之地，更是人来人往。

走出酒楼，众人放眼望去就是整齐的街道，街道上店铺鳞次栉比，天空中在榕城之中难得一见的各色交通符器，在这里简直是川流不息。

一行人走上了街头，每个人眼中都充满了好奇。

街道左右两边，是各式各样的商铺，吃、喝、玩、乐、衣、食、住、行一应俱全，所有的招牌竟然都使用了符阵，达到了光影色彩变幻的效果，令人看得眼花缭乱。

路过一个店门口，柳然等人忽然看到一抹符光闪过，紧接着一道虚幻的人影就浮现了出来。

众人不由得停下了脚步。

那是一个美丽少女的身影，正面带微笑，恭敬有礼地对他们说道："中午好，本店新开张，目前所有服装一律八折，购买还可以享受抽奖活动，有机会赢取大奖哦，欢迎贵客到店里看看！"

柳然不由得暗自惊奇。

他看得出这少女并不是真人，而是借由符阵幻化出来的影像，只不过没想到竟然可以做得如此灵动、逼真。

他尝试着和这幻影交流，询问她店里有哪些类型的服装，没想到她竟然也对答如流。

王小山和秦虎看得目瞪口呆，还伸手去触碰那少女，这才确定那的确是幻影，而不是一个真人。

柳然的识海之中，柳灵灵也看到了这外界的情况。

不过，她通过暗符界却发现了一些柳然看不到的东西，说道："哥哥，这个人形幻影是和元灵符界连在一起的哦，借助元灵符界进行复杂的运转，才能够呈现出这样的效果！"

柳然顿时了然：原来元灵符界还可以这么用！

放眼看向周围的商铺，柳然发现这样的幻影符阵还不止一家使用，每家都不太一样。

比如，不远处一家古色古香的茶楼门口，就有一名老者的身影躬身迎客；一家儿童游乐场门口，是一对粉雕玉琢的小孩儿的幻影在和路过门口的客人们逗乐。

甚至于，柳然还看到了一些店面店门、招牌什么的，都是幻影，随时变换样式。

"厉害，不愧是府城，符阵已经融入人们生活的方方面面，这才是真正的符修者的世界啊！"柳然由衷地感叹道。

王小山和秦虎也是连连点头，王太川更是轻叹道："府城的变化日新月异，十多年前我来过这里，可是，现在看了一遍，几乎已经找不到我所熟悉的痕迹了！"

　　林志荣在一旁笑了起来，说道："这还不算什么，这里还都只是一些小店，咱们往前面走一点儿，就是最繁华的风云广场，那才是真正的繁华！刚好我林家有店铺在广场，我带你们一起去转转吧！"

　　柳然不由得惊讶，没想到林志荣竟然在这府城还有店铺。

　　看他这么热情，众人自然也都欣然答应，一起乘坐上了一辆敞篷观光飞车，很快就来到了林志荣所说的风云广场。

　　所谓的观光飞车，其实就是一辆绵羊拉着的敞篷符车，外观看上去倒也十分漂亮，只是一乘坐上去，柳然就感受出了它和自己曾经坐过的燕凌菲的悬浮飞车，有着极大的区别。

　　不说别的，光是舒适程度就不足燕凌菲的飞车的十分之一，而且所有符纹在柳然的眼中可谓粗糙无比，他一眼看去，至少有十几处可以修改、完善的地方。

　　当然，这种车辆用于接送旅客倒是已经足够了，而且众人也不是长时间乘坐。

　　不多时，众人就来到了一座巨大的广场上。

　　"承惠每人一枚银币，感谢各位老板乘坐！"驱车的中年男子满脸笑容地对众人说道。

　　一枚银币对于众人而言倒也不算什么，不过，这一路才不过几百米的距离，加上其他旅客，足足二十个人，他每天这么来回上百趟，一天就是两千多枚银币，收入也是相当可观了。

　　付了钱之后，林志荣带着柳然他们信步走入广场之内。

　　放眼看向四周，这广场周围各种商铺果然比方才街道上的规模更大，每一家都是独栋几层楼在营业，光是招牌就有数米长宽。

　　"这风云广场，乃是东川两大家族，风家、云家所建立的大型广场，也是东川城最繁荣的地方，可谓寸土寸金！"林志荣一边走着，一边给柳然等初到此地的人介绍。

　　闻言，柳然心中不由得一动。

　　看此地的繁华、喧闹程度，对于这里寸土寸金的说法，柳然自然是没有意见。

　　只是，他想到了林志荣刚才所说的，他们家在这边还开了个店铺，如此看来，这小胖子的家还真是不简单！

　　当然，他也没有多问，只是忽然提了一句："东川城的风家、云家？"

　　"没错！这风、云两家和江家合称东川城三大家族，在这东川城可都是顶尖的势力！"林志荣介绍道，"不过，这几年江家越发势大，两家单独已经难以与江家抗衡，所以如今彼此越来越趋向于合作，说他们是两家一体也不为过了。"

"原来如此！"柳然点了点头。

不过，他的心情有些沉重，只是没有显露出来。

毕竟，他如今和江家可是已经仇深如海，几乎已经没有和解的可能。江家越是强大，对于他而言威胁就越大。

想到这里，他甚至都已经没了继续闲逛的兴趣。

只是看其他人都兴致勃勃，他也不好打扰大家的兴致，只能继续跟着众人往前走，注意力却渐渐放到了识海之中，和柳灵灵交流起来。

"灵灵，关于那个封印的事情，你调查得怎么样了？"柳然的声音忽然在识海中响起。

在他的识海之中，小女孩柳灵灵正在欢快地忙碌着，仿佛一刻都停不下来。

柳灵灵对他说道："还没有眉目哦，哥哥。"

对于这样的回答，柳然倒也没觉得意外，只是多少有些失望。

他所说的封印，自然就是从江流云手中得到的那枚空间符戒上的封印。

只是，那上面却有着一个出自大师级炼符师手笔的封印符阵，正常情况下，柳然现在根本无法破解。

不过，破解符阵有太多的办法，不一定要正面依靠自身的符术，也有一些其他办法，比如如果能够找到这符阵相关结构的资料，或者直接找一个擅长破解这种符阵的人，传授一些窍门什么的，柳然破解起来自然就轻松许多。

可惜的是，就算暗符界之中有这方面的信息，但在无数符术信息之中寻找这样一种不知名的封印符阵的破解诀窍，几乎是大海捞针，又如何能短时间内就找到。

这时候，柳灵灵忽然提了一个建议，说道："哥哥，我觉得如果在暗符界的黑市挂个悬赏，或许可以快点儿找到我们想要的东西！"

柳然苦笑，道："我也知道，可是，我们现在根本没钱发布任务！"

这正是柳然如今最大的困境。

这些日子以来，柳灵灵不知不觉已经将柳然暗符界通行符账上的所有钱都花光了，包括那些明显价值极高的暗符界积分，也已经被花得所剩无几。

郁闷的是，之前在幽灵岛上，柳然获得了一大堆可以出手的珍宝，可是他却无从将这笔财富转入暗符界，所以才陷入了如今穷得连悬赏任务都发布不起的境地。

"关于暗符界金币怎么充值，还有那些积分是怎么来的，这些你查到了吗？"柳然又问了一句。

柳灵灵眨了眨明亮的大眼睛，无奈地对柳然摆了摆手，说道："查到是查到了，不过可能现在我们都用不上，因为不管是金币充值，还是获取积分，都必须先找到一个暗符界的传送点才行哦！"

暗符界的传送点？

一听到这个名词，柳然顿时更加头痛。

暗符界说到底是一个不被众多大势力所容忍的存在，甚至各大城市还有专门的机构调查暗符界的事情。

在这种情况下，暗符界设立的传送点自然都非常隐秘，甚至听说传送点还会自行移动，以免被不喜欢暗符界的人发现。

柳然眼下根本无从寻找所谓的暗符界传送点究竟在什么地方。

"或者，我只能通过炼符师公会的渠道，再想想办法了！"柳然心中暗道。

想了想，他又对柳灵灵说道："算了，丫头，你现在别理会那封印的事情了，先帮我调查关于已发现的那些风剑尘所留下的幻影流光的事情吧！"

柳灵灵一听，顿时眼睛发亮，连忙应道："好！"

她当然知道柳然调查这些的目的。

这一次，在那地底迷城之中，柳然借由蜃楼之术，从幻影流光之中获得了极大的好处，并借此击杀了鬼将。

自然而然地，柳然也想到了去看看其他被称为"无用"的幻影流光，说不定还会有其他的收获，这也是他如今一个重要的新目标。

柳然正在和柳灵灵聊着，忽然，前方一阵喧闹的声音传来，吸引了他的注意力。

第二十七章 冲突

"快看,快看!"

"那不是洛城的天之骄子唐景浩吗?"

"在他身边那个,是林城的天才林志豪!"

"哇,他们两个都好帅啊!"

激动的叫喊声,从前方拥挤的人群之中传来,直接打断了柳然的思绪。

他发现那些叫喊的人,大多是年轻的女子,一个个充满狂热的神情,让他不禁有些错愕。

唐景浩?林志豪?

这都是谁啊?柳然表示茫然不解,这两个家伙很出名吗?这么受欢迎?

不过,他注意到,方才还热情洋溢地带着他们闲逛的林志荣,在听到这呼声的时候,脸色一下子僵住了。

随后,他对众人说道:"这边人太多了,我们往那边!"

虽然他再次露出了笑容,不过大家明显发觉这笑容有些僵硬。

不过,听他这么说,大家也没有意见,便随着他朝着另一个方向走去。

临走的时候,柳然朝着原来的方向看了一眼,就发现那引起众人喧哗的,赫然是两名英俊不凡的年轻男子,正在各自随从的护卫之下,从这广场上走过。

远远地,柳然还听到其中一名身着紫衣的男子,一副很无奈的模样,说道:"林兄,我都和你说了出来要先幻化一下容貌,你却不信,现在知道麻烦了吧?"

另一名男子一袭华贵蓝袍,深以为然地点了点头,道:"早知道就听唐兄所言了!"

听到他们这话,周围的年轻女子一个个更加激动了,又是一阵尖叫。

"真会装!"王小山忍不住嘀咕了一声。

柳然也摇了摇头,颇有同感。

虽然这两个人的模样的确生得十分俊秀,而且从衣着打扮就可以看出身家不凡,再看他们的修为,赫然也都达到了灵旋期巅峰,胸前更是佩戴着紫玉级的炼符师公会徽章,的确是两位天之骄子。可是在他眼中,也不过如此,何必如此高调?

这府城繁华倒是让他大开眼界，只是这府城的人似乎也有种打破他认知的意思。

他不清楚这两个家伙是什么来历，此刻只觉得无力吐槽，看也不再多看一眼，加快脚步跟上了林志荣他们。

只是，柳然没想到的是，他们刚刚打算离开，就听到一个声音忽然从他们身后传来："咦，你们几个站住！"

柳然眉头一皱，心道：难不成对方的耳朵那么灵，竟然听到了王小山嘀咕的声音，还打算来找麻烦？

柳然转过身，果然看到那两名正备受关注的年轻男子，唐景浩和林志豪带着他们的十几个随从，一同大步朝着他们这边走了过来。

还真是想来找他们麻烦？柳然嘴角微微一抽。

他发现，自己似乎不太适合逛街这种事情，上次和燕凌菲在榕城街上逛了一圈，结果把江流云给揍了一顿，惹出了后面一系列的麻烦。

这一次，貌似也遇到麻烦了。

不过，他的目光中随即多了几分兴致，倒是想看看对方到底想干什么。

正在这时，柳然身旁不远处的林志荣忽然上前了几步，来到了唐景浩一行人面前，胖墩墩的身躯也将柳然他们挡在了身后。

"果然是你啊，林志荣！"

一袭蓝色锦衣的林志豪眉头微蹙，神色间竟露出来几分厌恶之色，质问林志荣道："没想到你竟敢到东川城来，而且，竟然还敢出言侮辱我和唐兄！看样子，你们在这东川城最后一点儿产业也不想要了吗？"

闻言，林志荣的脸色一下子沉了下来。不过，他虽然握紧了拳头，脸也涨得通红，却根本不敢发怒。甚至于，他还努力扯出了一抹难看的笑容，对林志豪说道："堂哥说笑了，我敬仰二位还来不及呢，怎么敢出言侮辱你们二位。"

可惜的是，林志豪听了这话并未领情，脸色反而更加阴沉，喝道："你的意思是，本少爷耳朵不好，听错了不成？"

王小山有些按捺不住了。

方才是他忍不住吐槽了一句，没想到会招来这种麻烦，他不能眼睁睁看着林志荣为了他而受人侮辱。

不过，在他忍不住想冲上去之时，忽然感觉旁边伸出来一只大手，将他的身子按住了。

王小山一看，按住他的居然是柳然，顿时脸上露出了几分不解之色。然后，他就看到柳然轻笑着大步走上前去，说道："别搞错了，刚刚骂你们的是我。"

瞬间，四周寂静。

不少人满脸愕然地看着这个少年，一时间不知道该说什么好。

刚才不少人其实都注意到了，骂人的并不是林志荣，只是林志豪有意找碴儿，而林志荣明显有意维护自己的朋友，这才会弄成方才的局面。

但是，谁也没想到，林志荣的朋友之中，居然会有另一个人冒出来自认罪名。

难道他就不怕得罪唐景浩和林志豪？

难道他就不怕死吗？

"你？"

林志豪脸色有些发沉，旋即忽然讥笑一声，又看向了林志荣道："林志荣啊林志荣，不是我说你，交朋友也要找点儿差不多一些的吧？你再怎么说，也是我林家血脉，你看看你这都认识了些什么人！"

听到这话，李月茹、张小川等人也有些不乐意了，林志豪这几句话，可是将他们几个都给骂了。

不过，他们都没有开口，只是将目光看向了柳然。

柳然则是一脸疑惑，问道："阁下这话是什么意思？难不成觉得在下身上有什么不妥？"

"喊，果然是一群没什么见识的人。"林志豪只是淡淡瞄了柳然一眼，便再次看向林志荣，"你就算想带你这些朋友出来见见世面，好歹也带他们先买几套像样的衣服吧？穿着一身土气的麻布衣，居然好意思走进这风云广场来，我都为你觉得丢人！"

柳然看了一眼自己身上，顿时恍然大悟。

原来，问题竟然出在自己的衣服上。

他之前倒是也有几套像样的衣服，都是燕凌菲所赠。

只是后来在地底迷城之中，和鬼将、郑明他们战斗的时候，基本都破了。

如今，他还未来得及购买，现在穿的这件衣服是从他空间符戒里翻出来的，没想到就这一点居然被这位林志豪大公子鄙视成土包子了！

人靠衣装，佛靠金装。

一身漂亮的衣衫，有时候能给一个人的外表带来翻天覆地的变化。

就比如此时柳然面前这两个人，唐景浩和林志豪，他们身上的衣裳就颇为不凡，非但设计精美、用料上乘，而且上面还有符阵的流转，非但能隔绝尘埃，还可以随时调节温度，让穿衣之人处于尽量舒适的状态。

相比之下，柳然现在这身衣服就差了，看上去完全就是最普通的麻布，风格似乎也是早已过时的。

因为，那些他从幽灵岛上弄到的空间符戒，本就是上千年来众多闯入幽灵岛的人留下的，这套衣服也是其中一枚符戒里面的，最少是上百年前的东西，款式自然和现在大有差别。

柳然选这件衣服，纯粹就是感觉它做工不错，穿着很舒服而已。

如此一来，柳然站在这里还真显得有些老土。别说和唐景浩、林志豪相比，就是和周围其他人相比都显得有些不合潮流。

柳然也没想到这种因为衣着而被鄙视的事情，竟然会发生在他的身上。

他无奈地叹了口气："你这么说，我竟是无言以对！林兄啊，不好意思，柳某倒是让你丢人了。"

"柳兄，你别这么说！"林志荣慌忙说道。

他很想和柳然说自己并不介意，事实上他也知道柳然家境似乎的确只是一般，如今更是孤儿一名，自己赚钱养活自己。

可是想想又觉得不对，这话说出去岂不是等于他也在间接说柳然老土？

左思右想，一时间他也不知道该怎么安慰柳然好。

林志豪见状更是忍不住大笑了起来，又想再次奚落林志荣几句。

就在这时，忽然，旁边的人群里传来一阵尖叫声，一下子打断了他的话音。

林志豪眉头一皱，心中感觉有些不爽，扭头就想看看究竟是谁敢坏了他的好事。没想到的是，这一看，他整个人都陷入了呆滞状态，竟然都忘记自己刚刚想做什么了。

非但是他，就是他旁边的唐景浩，他们身边的随从，以及周围数百人，此刻都是同样的状态，都是呆呆地看着同一个方向。

原因是，在那个方向，此刻有一个俏丽的少女正朝着他们走来。

这少女年纪不大，十六七岁的模样，肌肤赛雪，柳叶般的秀眉下，一双明亮的大眼睛十分灵动，嘴角勾着一抹浅浅的笑容，仿佛能融化冰雪一般，让人一眼就难以忘怀。

她一身浅绿色的衣衫，足踏白色布鞋，步履轻盈，宛如踏着云雾而来。在周围众人还失神之时，她便已经来到了林志豪等人的面前。

"妙……妙伊姑娘！"

林志豪猛然回过神来，张口喊了一声，一张俊脸也一下子涨得通红。

在他旁边的唐景浩听他这一喊才回过神来，也是激动万分，拘谨地喊了一声："见过妙伊姑娘！"

然后，他竟不知道该说些什么好了。实在是他怎么也没想到，今天会遇到这位名动东川的佳人云妙伊，更没想到她竟然会主动来到他们的面前。

这两名自诩不凡的俊美公子，此刻在这少女的面前居然束手束脚，完全没有了方才的风度翩翩。

第二十七章 冲突

周围的其他人见此也没有笑话他们。

因为，所有人的状况都和他们差不多，哪怕是不少女子，此刻都在这少女俏美绝伦的容颜下失了心神。

听到林志豪和唐景浩在和她打招呼，云妙伊只是看了他们一眼，浅浅一笑，道："你们好。"

那清脆的声音，在这突然寂静下来的广场上，仿佛是一阵暖风吹过，让人心旷神怡。

林志豪和唐景浩更是听得精神大振，连忙张口想再说点儿什么时，却发现云妙伊的目光已经从他们身上移开，看向了方才他们正在奚落的"土包子"柳然的身上。

下一刻，他们就听到云妙伊轻声对柳然说道："你好，冒昧打扰一下，能否让我看看你这身衣裳？"

顿时，林志豪和唐景浩就蒙了。

什么情况？

云妙伊来到他们的面前，和他们打过招呼之后，居然和一个土包子搭起话来了。

不对！

两个人忽然间都脸色发白，想到了一个他们有些难以接受的事实。

云妙伊怎么感觉更像一开始就是冲着这个土包子来的，而不是来找他们的。

周围，其他人也纷纷想到了这一点，一时间也感觉有些难以置信。

就连柳然自己都觉得有些意外。

不过，低头看了一眼自己身上的衣裳，他忽然就有些明白过来。

似乎是遇到识货的人了！

柳然微微一笑，倒也十分大方地说道："可以啊，随便看！"

说着，他还摊开了双手，是想方便云妙伊仔细观看。

看到这一幕，林志豪和唐景浩就更加难以接受了：云妙伊小姐走过来，竟然就是为了看这土包子身上的衣服？一件破衣服有什么好看的？

可是，他们根本不敢开口，更不敢质疑云妙伊。

然后，他们就看到云妙伊仔细盯着柳然身上的衣衫端详了许久，神色变得越发严肃，随后竟是轻叹一口气，欣喜说道："我果然没有看错！"

没有看错？没有看错什么？

林志豪心头一抽，忽然意识到有些不妙：难不成我刚刚看走眼了？这小子身上穿着的，难道是什么名贵的服饰？

可是，他又再三端详了柳然一番，依旧没有看出什么端倪来。

柳然身上这套衣服的的确确就是一套样式过时的破烂麻布衣服而已，没有什么特别的地方啊。

　　无奈的是，现在他还不太方便开口询问，只能扯了扯身旁的唐景浩，给他使了个眼色。

　　唐景浩反应了过来。

　　刚才他并未出言奚落柳然，现在就算开口也不尴尬，所以直接询问云妙伊道："妙伊小姐，恕在下眼拙，不知道这位公子身上的衣服究竟有何特别之处？"

　　云妙伊明眸扫了他一眼，道："抱歉，这位公子，恕妙伊不能回答这个问题。"

　　旋即，她又看向了柳然，微微施了一礼，郑重说道："这位公子，不知能否割爱，将你身上这套衣服卖给小女子？小女子必有厚报！"

　　此言一出，仿佛平地惊雷，将周围众人都炸蒙了。

　　"老天！"

　　"我不是在做梦吧？"

　　"妙伊小姐，竟然……竟然是特地走过来找他买这么一件衣服！"

　　看着云妙伊俏脸之上满是认真，众人面面相觑，都只觉得茫然、不知所措。

　　一直到现在，众人还都没看出柳然身上这套衣服究竟有什么特别的地方，竟然能够引起云妙伊如此重视。

　　要知道，这位可是堂堂东川云家的大小姐，要什么东西没有？

　　今日她却为了一件衣服，求起了一个少年？

　　更让他们错愕的是，柳然听到了云妙伊这话不由得皱起了眉头，似乎还有些不太乐意。

　　事实上，换作任何一个人，走在半路上，忽然跑出来一个人说要买下他的衣服，估计都感觉有些不情愿。

　　不过，面对这样一个绝色佳人，加上周围还有不少人这么虎视眈眈地盯着，一副柳然只要拒绝下场一定会很惨的模样，柳然只能无奈地点了点头，道："卖倒是不必，不过我可以送给你。"

　　"真的吗？"云妙伊一下子明眸发亮，整个人都激动起来，"可是，这实在是太贵重了，我不能就这么接受这份礼物。"

　　听到这话，林志豪和唐景浩心头顿时又是一紧。

　　贵重？

　　他们怎么没看出这件衣服有什么贵重的地方？

　　柳然见他们那么难看的脸色，不由得乐了。他还真没想到自己正愁着怎么反击对方时，会突然冒出这么强大的一位助攻。

　　光是冲着这一点，他就感觉自己这件衣服送出去也不亏了。

于是，他直接对云妙伊说道："没什么贵重的，也就是一件破衣服而已，又不好看，也不值什么钱，不过你得让我找个地方脱下来才能给你，现在在这里我可没办法脱下来。"

云妙伊却还是有些不好意思，思索了一下之后，她直接说道："妙伊确实不能白拿公子如此贵重的礼物，不如，公子随我到我们云家的妙伊坊，妙伊也用一件符袍与你相换，可好？"

柳然思索了一下，最终点了点头，笑道："也好，我也可以顺便见识见识城里人穿的衣服是什么样子！"

一听到这话，周围不少人差点儿憋不住笑，看向林志豪的目光都多了几分戏谑。

方才林志豪还将柳然的衣裳说得一无是处，结果，云妙伊出现了，这简直是间接扇了林志豪好几巴掌。

毕竟，这位云家的大小姐，除了本身是一个绝色佳人，她还是一个高级炼符师，更是一个服装方面的行家。她口中所说的妙伊坊，正是她一手创立，在整个东川城都名头响亮的高级服装店。

林志豪满脸涨红，唐景浩虽然刚才从头到尾并没有说过什么奚落的话，但是他站在林志豪身边同样感觉十分尴尬。

林志豪终究没忍住，直接张口询问道："妙伊小姐，在下能否请教一下，这位……这位公子身上的衣服，究竟有何特别之处，竟能让小姐都如此另眼相看？"

显然，他也知道自己这一次脸面丢尽，只想着要死也要死个明白。

可惜的是，云妙伊根本没打算告诉他，只是对他微微欠身，说道："不好意思，这位公子，此事对妙伊而言十分重要，恕妙伊暂时不方便透露。"

林志豪："……"

就在林志豪不知所措时，忽然，另一个软糯的女声传入了众人的耳中。

"什么不方便透露，不就是一件灵麻制成的衣衫？说得那么神秘！"

云妙伊柳眉微蹙，回首看向那声音传来的方向，就看到一名黄衫少女正朝着他们这边走来。

这少女与云妙伊年纪相仿，柳眉凤眼，面莹如玉，笑意盈盈，脸颊之上两个可爱的小酒窝，更让她多出一番说不尽的娇媚可爱。

一看到这少女，周围的人又一次蒙了。

"这不是风素月姑娘……"方才还感觉自己很丢人的林志豪，此刻完全被这少女给吸引了过去。

他有些怀疑自己现在是在做梦，否则怎么会如此幸运地在一天同时遇到这两位大小姐？

不仅仅是他，就是周围其他人，甚至和柳然他们一起的林志荣，都感觉自己像是在做梦一样。

云妙伊、风素月，这两位可是东川城中最受追捧的东川双仙子，以前多少人为求见到一面而不得，今天却两个都出现了，让人都感觉幸福来得有点儿太突然了，反而不知所措。

风素月倒也没有理会周围人的目光，带着自己的丫鬟径直走到了云妙伊的面前来。

云妙伊还没做什么，身旁的随身侍女就不由得上前两步，做出一副护住云妙伊的模样，警惕地看着风素月和她的丫鬟。

"你怎么来了？"云妙伊蹙眉问道。

"你云大小姐可以来，我风大小姐怎么就来不得了？"风素月撇了撇嘴反问道，"再说了，灵麻这样的东西，真要是被你拿了就太浪费了，还是落入本小姐的手中比较好！"

话毕，她竟然掉头看向了柳然，道："这位公子，可以把你身上这件灵麻衫卖给我吗？我可以出比云妙伊高一倍的价格！"

柳然愣了一下，旋即应道："不好意思，这位小姐，刚刚这件衣服我已经答应要送给云姑娘了。"

"我知道，不过你这不是还没送吗？"风素月理所当然地说道，"云妙伊说要用一套符袍和你换，我就送你两件好了，只要你将身上这套灵麻衫给我，要什么样的符袍都随你挑！"

瞬间，方才还寂静一片的四周，一下子喧闹起来。

"哇，这下有好戏看了！"

"早就听说这风、云两家的大小姐喜欢争强好胜，没想到今日竟然可以亲眼看到！"

"可是，所谓的灵麻到底是什么东西？难道真有那么珍贵？"

一时间，周围议论纷纷，不少人都是兴致勃勃，准备看一场双美相争的好戏。

场中，唯有林志豪和唐景浩不太高兴。他们忽然发现，周围不少人看着他们的目光都充满了戏谑之意，一时间都很想找个地缝钻进去。

一件能引起东川双仙子争抢的衣服，方才居然被他们鄙视成了破衣服！

现在看看，到底谁才是土包子？

更让他们二人郁闷的是，两个人绞尽脑汁竟然也没想到所谓的"灵麻"到底是什么东西！

第二十七章 暗符界黑市

柳然现在也很头痛，甚至都没空理会林志豪他们怎么样了。

因为，他忽然发现自己似乎陷入了一个麻烦的旋涡里面。

两个女人之间的争斗，随便掺和进去可是很有可能会死人的！尤其是，现在他面前的这两个还都是漂亮无比的女人。

所以，柳然察觉到这一点之后，现在想着的就是怎么从这争斗旋涡中脱身了。

云妙伊和风素月都不知道柳然现在居然在想着怎么跑，二人还在彼此瞪着对方，一副互不相让的模样。

"风素月，你是找碴儿来了吧！"云妙伊一改方才的温婉贤淑，冷声叱问风素月道。

"本小姐就是来找碴儿的，你云妙伊想怎么着？"风素月昂着脑袋，一副"你能拿我怎么样的"的模样说道。

云妙伊嘴角微微抽搐了一下，却强忍着怒意没有和她争吵，而是淡然说道："不论如何，事情总有个先来后到，这件灵麻衣衫是我先发现的，而且刚刚这位公子也答应要给我了，你就算想抢也没戏了！"

话毕，她又看向了柳然，脸上再次露出了暖人心扉的笑容，问道："你说是吧，公子？"

"你以为你先发现就胜券在握了？"风素月不屑地说道，"本小姐就不相信两倍的价格还争不过你一个先来后到，如果争不过，那就四倍，八倍！"

然后，她也面带笑容地看向柳然，问道："你应该不会为了一块石头，放弃一座金山吧，这位公子？"

果然有钱任性！

不少人都忍不住咽了咽唾沫，然后又纷纷看向了柳然，想看看他最后会怎么选。

而此时此刻，柳然这个位置无疑让无数人感到羡慕。

很多人暗恨：为什么不是我受到这两位大小姐的关注？为什么我就没有这种艳福？

大家都等着柳然的回答，但可惜的是，柳然根本还没来得及说什么，风素月和云妙伊就又争吵了起来。

这两个人显然争斗也不是一天两天的事情了，一时间就连各种往事都挖了出来。

偏偏她们都是天姿绝色，就算吵架看起来都是美艳无比，看得周围众人心乱神迷，一时间忘记了时间的流逝。

直到忽然有人喊了一声：“咦，那个小子怎么不见了？”

随后，众人这才纷纷回过神来，定神一看，可不是吗？他们光顾着看风素月和云妙伊争吵，居然忽略了原本的主角柳然，就连柳然什么时候不见了都没看到！

非但是柳然，就是林志荣等人，也不知道什么时候消失了。

"那个浑蛋怎么跑了？"风素月气愤地喊道，"他为什么要跑？他怎么可以跑？"

云妙伊柳眉微蹙，虽然没有和风素月一样大吼大叫，但也十分不解。

这样的情况让云妙伊和风素月都不由得愣住了，满心迷惑，甚至不知所措。

历来都是无数人环绕，到哪里都被人捧为掌上明珠的她们，怎么也想不到柳然竟然会趁着她们争吵的时候跑了！

也想不通柳然为什么要跑！

难道他不知道用这种方式对待两位美女，是很失礼的事情吗？

她们不懂，周围其他人更是不懂，搞不明白这种大好的机会，柳然怎么不加以珍惜反而跑了。

不过，因为柳然的突然逃跑，反倒是让风素月忽然将"仇恨"转移到了他的身上来，而没有再和云妙伊争吵。

她大声询问道："云妙伊，那个小子是谁？叫什么名字？本小姐这就让人把他给我找出来，我要让他知道，我风素月想买的东西，他就是藏也藏不了！"

听她这么一问，云妙伊忽然愣了一下，旋即，白皙的俏脸上露出了几分红晕，尴尬地说道："我也不知道他叫什么名字。"

她也是到现在才意识到，自己从头到尾都没有问过人家姓名，心中只觉得方才实在是太失礼了，难怪人家会不辞而别。

风素月闻言也愣了一下，不过她却并不会感觉到惭愧什么的，只是没好气地哼了一声，然后对着周围的人喊道："有人知道刚刚那个人的名字吗？或者有人注意到他们刚刚往哪里跑了吗？"

风素月开始调查起来，云妙伊却是心念一动，悄悄离开，让人先找到了比柳然他们还先一步溜走的林志豪、唐景浩等人。

虽然林志豪他们同样不清楚柳然的身份，但是他们知道柳然是林志荣的朋友，提供了林志荣的信息给云妙伊。

于是，云妙伊便开始寻找林志荣家的店铺。

不过，云妙伊虽然很快找到了林志荣家的店铺，却根本没有发现柳然的踪迹。

柳然方才和林志荣他们是分开跑的，本来倒也还想着和林志荣他们会合，但他很快也猜到云妙伊他们会找上林志荣，无奈之下，他只能选择独自先避避风头。

为了避免麻烦，他甚至还找了一个地方，借助符卡简单幻化了一下容貌，又改变了一下着装，这才终于避开了云妙伊和风素月的各种耳目。

"哥哥，你刚刚干什么跑呀？"柳灵灵疑惑的声音在柳然识海中响起。

柳然无奈说道："不跑？再不跑恐怕一会儿我就得被她们撕成两半儿了！"

"有那么夸张吗？咯咯……"柳灵灵欢快地笑了起来，发出了银铃一般的笑声。

笑了一会儿之后，她才说道："我倒是感觉那两个姐姐很好啊，都很漂亮，按照元灵符界中大家说的，这就是两个标准的白富美嘛！"

事实上，元灵符界的存在的确对于她的心智成长极有帮助，至少以前柳然只觉得她是一个呆萌小女孩，而现在却变成一个机灵小丫头了！

柳然也不知道这到底是好是坏，更担心元灵符界之中驳杂的各种信息，会将这小丫头给教坏了。

他不由得想到了要教育教育这小丫头，提醒一下她以后不要什么信息都看。

不过，就在这时，柳然看到前面一个年纪和柳灵灵差不多的小姑娘，孤零零地到处转悠着，像是迷路了一样。

他忍不住走了过去，在她面前蹲下来，询问道："小妹妹，你怎么一个人在这里？你爸爸妈妈呢？"

不问还好，他这一问小姑娘顿时就瘪了瘪嘴，一副就要哭出来的模样，道："甜甜找不到爸爸妈妈了……"

柳然看着都感觉心疼，连忙安慰她，说道："甜甜不哭，放心吧，爸爸妈妈很快就会回来找你的。"

柳灵灵则是在他识海中说道："哥哥，有没有办法可以帮帮她？"

思索了一下之后，柳然忽然眼睛一亮，道："或许利用元灵符界，发布一条寻人信息可以！"

当即，他就迅速行动起来，通过暗符界通行符连接元灵符界，开始迅速录入小甜甜的一些信息。

幸亏这小姑娘记住了父母的名字，以及某些信息了，柳然很快就将寻人信息录入完成。不过，为了避免别人假冒小女孩的父母，他设置成了问答形式，只有答对了一些问题，才能够知道他们的位置。

本来，柳然还想着是不是借助暗符界，将这消息强行传播出去。没想到他这一条寻人信息一发布，这周围众多商铺居然就都快速响应转发。

没过多久，小女孩的父母就找了过来，他们千恩万谢之后将小女孩接走了。

前后居然不到十分钟，让柳然不禁感慨："元灵符界的运用真是让人族的生活越来越便利了！若是这信息传播的速度没这么快，我估计还得带这小女孩到处找，或者得送她去找城卫军，也不知道什么时候能找到她的父母了！"

柳灵灵则是在他识海中咯咯发笑，说道："哥哥今天做了一件好事，我要把这件事情记录下来，写成一篇日记！"

回过神来之后，柳然想起了自己方才是打算教育一下柳灵灵来的，被那小女孩甜甜一打断差点儿给忘了。

不过，在他正要开口的时候，忽然——

柳然的脚步一顿，整个人都愣住了："怎么会有这种感觉？"

同一时间，他识海之中的柳灵灵忽然叫唤了一声："哥哥，刚刚我感觉到暗符界通行符震动了！"

"暗符界通行符震动？"柳然眼睛顿时大亮。

他终于知道，自己为什么刚刚会有那种灵魂悸动的感觉了，原来是来自暗符界通行符！

至于暗符界通行符震动的原因，他也无须调查就知道只有一个，而且是让柳然此刻十分兴奋的一个：它是感应到了附近有暗符界传送点的存在！

柳然这些天一直惦记着寻找暗符界传送点这件事情，对于如果周围有传送点的存在，暗符界通行符会有什么表现早已铭记于心。

所以，他此时才会一下子激动起来。

"果然是好人有好报啊！"柳然开心地哈哈一笑。

当即，柳然的目光就迅速在周围巡视起来。

"本来我还以为传送点不好找，不知道什么时候才能结束如今这种贫困的日子，没想到啊没想到，在这东川城居然就出现了一个传送点，而且被我误打误撞就遇到了！"柳然心中暗自兴奋道。

毕竟，暗符界至今还是地下组织，不受人族各国承认，更深受各个大势力所排挤。

所以根据柳然所知，暗符界传送点根本不是固定的，而是随机移动的，十分隐秘。

就算拥有暗符界通行符的人，基本上也必须在靠近这传送点十米的范围内，才有可能感知到它的存在。

一旦找到这个传送点，柳然就可以借由它前往最近的一处暗符界黑市，进行各种交易。

虽然不能弄到什么别的好东西，至少他之前遇到的账户上没有金币这样的状况，可以迎刃而解了！

再三寻觅了许久之后，柳然最终将目光锁定在不远处一个金属打造，符光闪烁的升降梯上。

这升降符阵乃是以风系的符阵构造而成，主要就是用于将人迅速送往高处的楼层，或者送回低处，而无须攀爬楼梯，快捷便利。

柳然锁定它为目标，是因为他周围十米之内除了行人之外，别无他物，唯有这个升降梯形成封闭的空间，完全可以神不知鬼不觉地将他传送离开。

当即，柳然便走进了升降梯之内。

只是，这里人来人往，他进入升降梯的时候还有不少人也一同进入了。

柳然倒也不急，因为他也没找到触发传送功能的关键。所以，他先是随着人群一层层登上此处最高的楼层，又向下回到了地面，依旧毫无发现。

连续来回两趟之后，他还是一无所获。

"奇怪？怎么会没有呢？"柳然疑惑了起来，"难不成我猜错了？传送点其实并不是在这升降梯之中？"

有着这样的念头，柳然便伸手要去按下升降梯开门的开关。

就在这时，忽然——

"嗡"！

那一排开、关、楼层选择的按钮出现了变化，一个"○"字出现在了一楼按钮的下面。

在那"○"字出现的瞬间，他感觉到识海中的暗符界通行符震动得更加厉害了。

柳然眼睛一瞪，脸上也露出了欣喜之色："原来是在这里！"

他不禁暗自庆幸，幸亏这升降梯的空间之内，如今就只剩下他一人，恰好可以进行传送。

毫不犹豫地，他便按下了"○"字的按钮。

瞬间，他脚下便浮现出了一个符阵，道道符光迅速将他整个人淹没。

柳然只觉得脚下原本结实的金属板，在这一瞬间突然变成了沼泽一样，让他整个人迅速沉陷下去。

他没有慌张，因为包裹住他的符光此刻正给他一种温暖、舒适的感觉，让他明白这估计就是正常传送的过程。

"嗡"！

一声轻响忽然响起，升降梯空间内的符光一闪而逝，柳然的身影便在这空间内消失了。

同一时间，暗符界一处黑市传送点内，一间密室之中。

"嗡"！

地面上一圈符纹猛然亮起，随后四面的墙壁上也浮现出了道道符纹，无数的符光交织成一个复杂的符阵。

一道人影，猛然在符阵之中浮现，正是柳然。

"这里……就是暗符界的黑市传送点？"柳然小心翼翼地看向四周。

他被传送到的这个地方，就是空荡荡的一间石室。

他心中一动，朝着那石室的门口走去，顿时，石壁之上一个符阵浮现，一副面具也出现在了他的面前。

"这是要我戴上这副面具再走出去？考虑得倒是十分周到！"

柳然接过了那副面具，轻轻掂量了一下，就发现这面具十分轻薄，拿在手中宛如无物。

更让他惊讶的是，这面具上竟然并没有什么复杂的符阵存在，那奇特的材料本身就拥有奇异的幻化能力。

将面具戴上之后，柳然心中一动，脸部一阵变化便浑然变成了另一个人。

"好精妙的面具！"柳然一时间感觉有些爱不释手，"也不知道这东西能不能带走？或者说这暗符界中有没有销售？"

拥有了这样的面具，就是天劫境强者也未必能够看透他的真实修为、面貌，让柳然不禁想到，如果自己能带走这样一副面具，以后某些特殊的行动会方便不少。

可惜，这种问题无人回答，他也只能依靠识海之中的柳灵灵进入暗符界调查了。

戴好面具之后，柳然化作一个不起眼的少年，直接走出了石室。

此地与他所猜想的并不一样，这里说是黑市，但其实一片光亮，走出石室之后，第一眼看到的是一条长长的通道。

周围，是一个个石室的洞口，柳然发现和他一起进来的人还不少，大家显然比他有经验，走出石室之后，就静静地排队准备进入前方黑市之中。

这么井然有序，显然和外界混乱的各种集市大有不同。

要通过前方的通道，进入真正的黑市之内，需要经过通道入口一面光影交织的镜子，也不知道是检测什么。

柳然大步踏入其中，并没有察觉到什么特别的地方。

不过，就在他刚刚通过那面镜子时，就忽然听到身后传来一声惨叫。

迅速扭头看去，他便骇然看到一名男子满脸痛苦地栽倒在地，片刻之后竟是直接灰飞烟灭了！

柳然被吓了一大跳，没想到竟然还会有这种情况。

这个家伙难不成做了什么不该做的事情？柳然第一时间想到了这一点。

而周围其他的人却并没有什么意外，似乎觉得这种情况很正常一样。

柳然倒是听到有人冷笑了一声："又是一个不知死活的！"

一个人就这么在这通道入口处灰飞烟灭了，周围的众人却不为所动，甚至还有人大骂此人不知死活。

这样的情形柳然一时间也难以适应。

不过，他倒是可以确认一点，那就是这个人的确是做了什么不该做的事情，才会落得如此下场。

他并未贸然做出什么反应，也没有找人询问什么，而是径直随着其他人一起，沿着通道前进。

柳灵灵却早已心领神会，直接通过暗符界开始调查。

结果，柳然还没走出多远，柳灵灵就给他传来了一段信息。

"黑市新人攻略？"柳然没想到居然还会有这种东西，微微错愕之后，他才迅速阅读起来。

他首先看到的是，这份新人攻略，必须是第一次进入黑市的人才能够搜索到的信息。

而后，他又在这份新人攻略上面看到这通道的介绍，才知道那是针对那些对暗符界不怀好意的人而设置的。

入口处那面古怪的镜子，就是鉴别一个人是否不怀好意而来，一旦鉴别出来，就会就地进行惩罚，最可怕的惩罚就是直接形神俱灭！

看到了这些信息，柳然心头也是不由得剧跳。

"不愧是自称世界阴暗面的暗符界，行事果然专断独行，这种事情居然连审讯都不用，直接就下手了！"柳然心中暗叹。

同时，他也再三提醒自己，一定要小心，万一触犯了这暗符界什么禁忌，以自己现在的实力根本逃不出去！

毕竟，自己现在连身在何处都不知道。

方才柳灵灵已经试过，在这地方可以通过暗符界通行符连接暗符界，却无法感知到元灵符界的存在。

以前柳然一直觉得暗符界是元灵符界的特殊一角，没想到这世界上竟然还有只存在暗符界符阵，而无法感知到元灵符界的区域存在。

这显然也证明，如果没有暗符界通行符，想要进入这暗符界的黑市来，根本是不可能的事情。

这也难怪这么多年暗符界一直存在，各国朝廷、各大家族、门派，包括炼符师公会这样的庞然大物，都奈何不了这样一个"非法"组织。

当然，这也不排除其实这个组织的首脑，就是来自某些大势力的关系。

穿过长长的通道之后，柳然眼前豁然开朗。

蔚蓝的天空下，辽阔的地面上竟是一个整齐的坊市。

看上去这集市虽然不如东川城的风云广场一般恢宏，但也十分别致，与柳然原本想象中的脏乱差有着巨大的区别。

坊市之间，放眼望去至少有上千人来来往往。

"这些人，应该不全是来自东川吧？"柳然心中暗道。

他可不相信，一个东川竟然有这么多人拥有暗符界通行符！

不过，大家都戴着各种不同的面具，连气息都变化了，根本无从辨别什么。

柳然观察了一番，发现一起来的很多人都走向了坊市入口一间小屋，然后似乎缴纳了一些钱财，就领取了一块铁牌才走入坊市之内。

但也有一些人是直接走入坊市的。

根据黑市新人攻略所介绍的，这暗符界黑市里有两种人，一种是卖东西或发布任务的，一种是进来买东西或接受任务的。

卖东西、发布任务的人，都必须先租用一处摊位，而买东西或者想接雇佣任务的人则可以直接闲逛。

黑市所有现场的物品交易信息、任务信息，一进入坊市内都可以直接出现在暗符界上，随时可以浏览然后自行找到相应的摊位进行交易。

思索了一下，柳然走向了那间小屋，决定租下一处摊位。因为他既有东西要卖出去，也有任务要发布。

"你想订什么位置的摊位？"

小屋之内，一名黑衣老者面无表情地询问道。

柳然刚刚浏览完黑市新人攻略，对于黑市的情况也有所了解。

整个市场由外往里被分为甲、乙、丙、丁四块区域，一般而言，越往外的位置可以接触到的客人越多，可能接到的生意必然也会越多，当然，摊位的价格同时也会越贵。

在来之前，柳然就已经想好，自己就订一个丙字区域的摊位，位置处于中间偏里，价格虽然比丁字区域贵一些，但能够接触到的客人也多一些。

所以，柳然应道："丙字区域！"

"租金一共是三百金币，还有一百金币是押金，离开的时候交还铁牌可以退还。嗯，交钱，然后拿好你的牌子，进去吧！"黑衣老者做好登记之后，给柳然递过来一枚铁质的令牌。

柳然有些心疼地通过暗符界通行符交了三百金币，然后就拿着牌子走进了黑市之中。

"就这么一块铁牌居然就要三百金币,真坑人!"柳然一边走着,心中一边嘀咕。

要知道,他的暗符界账户上如今也就剩下四百多金币了,差一点儿他就租用不起摊位了。

现在钱也花出去了,柳然只能希望今天会有所收获了。

进入坊市之后,柳然立即警惕地观察四周,谨防随时可能出现的危险。

他曾听说,这黑市之中根本没有什么秩序,经常会有动乱。黑市对于争斗的唯一限制,就是一旦发生争斗会将争斗双方直接送出去,并且限制三天内不得再次进入黑市之中。

柳然可不希望自己才刚刚进入这黑市就莫名其妙离开,万一那黑市的传送点移动了,他可就不知道什么时候才能再进来了!

走了一会儿,柳然并未遇到什么危险,也终于找到了铁牌上所写的黑市丙字三十七号摊位。

让他错愕的是,这个摊位上,此刻竟然已经有两名男子在这里了,一个身穿黑甲的青年,一个矮瘦汉子。

"看样子我还是遇到了麻烦!"柳然眉头一皱,却没有什么迟疑,直接拿着铁牌走上前去。

不过,他还没来得及表明身份的时候,那名黑甲青年就先开口了:"呦,新面孔啊!"

柳然心头微微一紧,脚步也不由得一滞:新面孔?难不成这家伙还能认出我的长相?

第二十八章
黑市争斗

在黑市之中，基本上所有人都会隐藏自己的身份，避免各种麻烦。

这黑市传送石室所提供的面具，作用就在这里。

本来，对于暗符界提供的面具质量，柳然是一点儿都不怀疑。

可是，柳然才刚进入这黑市之中，结果就让人认出他是新人，这让他一下子怀疑这面具是否只是中看不中用。

不过，对面那两个人一看到他这般模样，就哈哈大笑起来。

那黑甲青年得意地说道："矮子，看到没有，我说他是新人吧？你输了，给钱给钱！"

"晦气！"那矮瘦汉子郁闷地哼了一声，却乖乖地从空间符戒中取出了一枚金币，扔给了黑甲青年。

看到这一幕，柳然才知道原来自己被人摆了一道。

对方根本没看出他是不是新来的，更没有认出他的面孔，估计是从他某些举动察觉了端倪，然后就用语言试探他。而且，他们居然还拿这件事情打赌取乐子。

柳然看出，对方也不是第一天做这种事情了，更看出这两个人似乎来者不善，肯定不会光为了拿他逗个乐子而站在他这摊位里。

不过，柳然也没有理会对方，径直便朝着自己的摊位走去。

"哎，等等！"黑甲青年当即张开手，直接挡在了柳然的面前。

柳然瞥了他一眼，问道："有事？"

"呵呵，的确有点儿事情！"那男子轻笑着说道，"我有个朋友想和你换一下位置，你没意见吧？"

柳然想不到自己刚进入这黑市，竟然就遇到了这种事情。

不过，他并没有动怒，平静地问道："不知道这位朋友的摊位在什么地方？"

"嘿嘿，我这个摊位号码可是一个吉利数，就便宜你了！"那名站在黑甲青年身后的矮瘦男子走上前来，趾高气扬地摆出了自己手中的铁牌，上面写着：丁字八十八号！

柳然却没有去接那枚铁牌。

丁字八十八号摊位，这个位置几乎就是在整个黑市中最靠里面的位置了，可以说基本不会有人逛到那个地方，更别说有人光顾生意了！

真要去那边，估计柳然这一次进入这黑市就什么也捞不着了。

此外，这牌子的价格顶多也就一百金币，押金也比丙子区域少了一半儿，柳然要是和对方换牌子，回头顶多能从门口退回五十金币，而对方哪怕是今天一单生意都没有，也会从柳然这里净赚五十金币！

四周，不知何时很多人都将目光转向了这边。

看到了这里的情况之后，不少人也都纷纷摇头。

"又是杨烨这个浑蛋！整天就会撒泼耍赖欺负人！"

"可不是嘛！听说前几天他盯上了一个小丫头，愣是害得人家都不敢来这边黑市了！"

"这种垃圾，也不知道怎么弄到暗符界通行符的！"

"这个小子也是倒霉，这么多摊位，杨烨居然就这么巧挑中了他！"

听着这些议论声，那名叫杨烨的黑甲青年脸上毫无羞愧，反而一副十分得意的模样。

他冷冷地扫了柳然一眼，道："小子，我劝你还是交出铁牌吧，否则，对大家都没好处！"

柳然没有回话。

倒是他旁边一个摊位上的中年汉子忍不住开口，对柳然说道："小伙子，你可别犯傻，为了这么点儿钱，要是和他们冲突起来，你今天非但不用摆摊了，搞不好还好几天都进不来，不值得！"

柳然心中顿时明白：这些家伙胆敢如此肆无忌惮欺负人，恐怕除了自恃有点儿实力之外，也还抓住了现在很多人根本不敢在这黑市之中轻易动手的心理！

毕竟，在这黑市之中，一旦动手，双方可都是要被直接送出去，并且将会有好几天无法进入黑市之中。

而且对方摆明了这一次如果你不听他的，以后就会一直盯着你。

这就是光脚的不怕穿鞋的，完全是撒泼耍赖的行为。

想通了这一点，柳然却依旧没有去接那铁牌，平静地说道："不换！"

"不换？"杨烨的眼中顿时寒芒爆闪，如同一只饿狼盯住了柳然，"那么你是想找死了？"

让人意外的是，柳然抬起头来，轻笑了一声，对杨烨说道："我看你们也是想赚点儿钱而已，不如这样吧，我直接给你们一百金币，这个摊位你们留给我，并且保证，不再来找我麻烦，如何？"

四周一片寂静，所有人看着这个少年那稚嫩的脸庞，一下子都愣了。

之前开口提醒柳然的那名中年大叔眼睛却是忽然一亮：好小子，这么小的年纪竟然这么快就能想出这样的办法！

主动缴纳更多金币，让对方放过他这个摊位，并且承诺不再来找自己的麻烦。

虽然这样的举动，看上去有点儿傻，但是，在场这些人却知道，这绝对比他转身离开，或者换了摊位凭证去丁字区域摆摊来得好。

若是他脑袋一热就转身离开，那就是白白损失今天租赁摊位的三百金币，并且，杨烨绝对会让他从此以后再无来这里摆摊的机会。

而如果他换了丁字区域的摊位，算下来损失倒是小了许多，但是，在丁字区域估计对于他自身的一些计划大受影响。

而现在他选择了多给点儿钱，他既可以保住自己这个摊位，还得到对方一个承诺，更得到了一个继续赚钱的机会。至少在这丙字区域，他赚回这笔钱的机会比在丁字区域大多了！

这绝对是一个明智的选择，却并不是一个寻常少年就能够想到的选择。

不过，杨烨会答应吗？很多人不由得看向杨烨。

杨烨同样没想到柳然会这么干脆，目光微微闪烁，似乎还想得寸进尺。

柳然却沉声说道："这是我最大的让步了，如果你不答应，我立刻就走，大不了以后就不来这黑市了！"

"行！我答应！"

杨烨也知道，能从对方手中捞到一百金币已经是极限，真的把对方逼走了，他反而什么也捞不着，最终爽快地点头了。

柳然淡淡一笑，道："我想，杨哥的承诺，在这黑市中应该还能信得过吧？"

这话无疑是想逼迫杨烨当众承诺不再来欺负他。

杨烨脸色一沉，目光扫过四周，发现不少人都盯着他，显然，如果他现在撒泼，估计他的信誉也就直接在这里毁了，以后这黑市中他想捞钱就难了！

被一个毛头小子逼到这种境地，让杨烨心中颇为不爽。

但是，眼下这情况他又不得不应，对柳然说道："杨哥我说话算数，你租赁这摊位一共是三天时间，这期间我说不找你麻烦就不再找你麻烦。"

柳然微微一笑，爽快地取出了一百金币。

"早这样不就没事了吗。"杨烨脸上露出了灿烂的笑容，旋即，他便伸手要去接柳然手中的金币。

就在这时——

他的脸色一变，发现自己的手竟然穿过了柳然的手掌，却根本没有触碰到任何东西。

定神一看,那似笑非笑地看着他的柳然的身影,竟然快速地消失。

"这是残影?不好!"

杨烨心头剧跳,下意识地就想握紧手中的东西,却猛然感觉手里一空。

他手中原本拿着的一枚摊位铁牌不见了!

紧接着,他又听到身边的矮瘦汉子也叫喊起来:"我的牌子!"

两个人慌忙扭头看向身后,就发现原本站在他们身前的柳然,瞬息间居然已经来到了他们身后,大步走进他们身后的摊位之中。

再看他的手中,赫然还捏着杨烨和矮瘦汉子的摊位铁牌!

"你给我站住!"

杨烨和矮瘦汉子都是勃然大怒,他们一向欺负人习惯了,什么时候被人如此戏耍过。

当即,两个人疯狂地扑向了柳然,心想着就算拼着几天不进入这黑市,也要找回面子,拉上柳然一起离开这黑市。

可惜的是,在他们扑到柳然身边时,双手再一次抓了个空。

柳然的身影再次当着他们的面消散,再出现的时候赫然已经在摊位的范围之内了。

"嗡"!

一缕符光浮现,随着柳然手中对应的摊位铁牌进入摊位范围,这摊位上的符阵直接激活,一道道符光迅速将摊位包裹起来。

看到这一幕,周围不少人都是哗然。

他们没想到,这个原本他们以为只是很识相的少年,竟然如此大胆,假意答应要给钱,实际上竟是趁着杨烨二人以为奸计得逞,放松警惕的时候突然出手。

更让他们震惊的是,柳然这一出手,施展的就是入微级别的身法,竟然在不触犯黑市规矩的前提下,直接夺走了杨烨和矮瘦汉子的摊位铁牌!

同一时间,杨烨和矮瘦汉子终于止住了脚步,脸上充满了惊怒之色。

他们忽然意识到,今天似乎招惹了一个不好惹的角色。

身法入微啊,拥有这种境界的人,要么自身修为极高,要么背后势力很强,要么天赋绝伦!

不管是哪一种,都不是他们这两个小地痞能够对抗的!

虽然他们现在看到柳然仅有灵旋期巅峰的修为,但是,他们一点儿都不相信。能进入这暗符界黑市的人,隐藏一下修为根本不是什么难事!

"哈哈哈,好,太好了!"

"大快人心，大快人心啊！"

"这身法似乎等级不高，但的确是控制入微没错！"

一时间，周围不少人纷纷议论起来，都表示对柳然方才漂亮的反击十分赞赏。

听到这些话，杨烨二人脸上一阵滚烫，只感觉丢人丢到家了。

"杨哥，该……该怎么办？"

矮瘦汉子完全失去了主意，心中已经产生了惧怕之意，却不敢就这么走了，而是扭头询问杨烨。

杨烨感觉如果就这么离开，以后估计这黑市之中谁都不会怕他们，他们也混不下去了。

所以，他一咬牙，直接对矮瘦汉子说道："还能怎么办？守在这里！我就不信他不想做生意，不信他不从里面出来！"

"对！"矮瘦汉子也定住了心神，发狠说道，"就守在这里，谁来光顾这里就赶走谁，看他怎么做生意！"

瞬间，周围又一次安静下来。

情况貌似又对柳然不利了，他虽然夺走了两枚摊位铁牌，但是，如果门口被人堵了，自己的生意做不成，他又在里面出不来，其实依然只是在这里浪费时间，对于他得不偿失。

不过，这一次大家并没有开口说什么，而是纷纷盯着柳然，觉得这少年太过平静，肯定是早就想到了什么应对的办法。

果然，在听到了杨烨二人的话之后，柳然只是发出了一声轻笑。

对付这种无赖招式，只能比他们更加无赖！

眼前这种情况，竟然让他有种似曾相识的感觉。

他一下子想起了当初自己在方家，被方宇填他们围堵在房间里的情形。

当时方宇填他们也以为柳然没办法了，要么投降，要么等死，可是，柳然偏偏却想到了办法，而这一次，他想再用一次那个办法。

"唰"！

只见他一挥手，意识沟通暗符界通行符，面前立刻浮现出一道光幕。

他没有丝毫遮掩，直接将光幕投影出来给所有人看。

然后，众人就看到他轻车熟路地打开了杀手雇佣板块，快速输入自己的任务要求。

悬赏追杀，目标：杨烨及其同伴，实力化劲期大成，赏金两万金币……

看到他这样的任务，瞬间，外面的人眼睛都瞪得溜圆。

此刻，众人脑海中就只剩下了一个同样的声音：狠！实在是太狠了！

杨烨二人不过是耍赖撒泼，想破坏人家的生意捞点儿好处而已，没想到遇上这个少年，一言不合竟然就下悬赏追杀，这是要把杨烨二人彻底弄死啊！

众所周知，在这黑市之中不能轻易动手，一旦动手就有可能被直接踢出去。

可是，如果动手速度足够快，实力足够强，在被暗符界踢出去之前，完全可以完成目标击杀，届时就算被踢出去，最多也就是几天进不来而已。

付出这样的代价，如果能够得到两万金币，大家相信这黑市之中肯定有不少人想接下这项任务！

杨烨二人自然也都想到了这一点，一下子脸都绿了，毫不犹豫地掉头就跑。

开玩笑，要是再留几分钟，说不定小命都没了！

望着他们狼狈逃走的背影，那名在柳然的摊位隔壁，最开始出声提醒柳然的中年大叔忽然轻叹一声，感慨道："我今天算是大开眼界了，对付这种流氓地痞，就是得比他们更狠更无赖啊！"

他郑重地对柳然一拱手，道："小兄弟，受教了！"

周围，其他人也是纷纷点头，深有同感。

"不敢不敢！"柳然哈哈一笑，随手将那杀手雇佣界面给关了。

他心中还在暗笑，对柳灵灵传音道："灵灵，你说如果让他们知道我账户上其实并没有两万金币，甚至两百都没有，刚刚就是吓唬那两个痞子的，你说他们会怎么想？"

"哥哥，你实在太坏了！哈哈哈……笑死我了！"柳灵灵一听，顿时笑得差点儿晕过去。

柳然在打发了杨烨二人之后，终于可以正式摆开自己的摊子了。

摆摊，也是一个技术活。

什么东西放在哪个位置才会更被人注意到，旁边的位置又需要摆放一些什么东西，才能衬托主要物件，同时还能显得整个摊位上的东西丰富整齐，这些都需要经验积累。

此外，定价上面也得有经验，定得太高没人买，太低了自己吃亏。

柳然并没有什么摆摊经验，不过好在这暗符界的黑市之中摆摊没有那么多道道，将自己想卖的东西摆上去之后，就可以操作摊位上的符阵，将相关物品的信息登记上去。

而物品的价格，在暗符界基本都可以查询到参考价格，他完全按照参考价格定价就行了，一点儿都不用操心。

然后，只要有人在附近经过，暗符界自然会将信息显示出来，若有东西引起了顾客注意，顾客就自然会上门来了。

很快，柳然就将摊位摆好，自己站在一边，静静地等待着客人的光临。

他没想到的是，刚才一直在旁边看热闹的人，居然对他所摆放的东西很感兴趣，纷纷过来光顾。

再加上柳然所出售的基本上也都是大家能用上的东西，转眼间，他出售的东西竟然就被买走了大半，他暗符界通行符的账户上一下子多了两千多金币！

见此，柳然不由得乐了，笑道："嘿嘿，没想到赶走两个无赖，居然还有这种好处，不错不错，待会儿再见到他们一定要好好感谢感谢！"

"哈哈哈！"客人们闻言，又是一阵哄笑。

有人笑骂道："你还想感谢他们？我估计他们一看到你立刻就得掉头跑！"

其他人都深以为然，一个个暗叹：杨烨他们两个这回算是栽了！

大家已经可以想象，有了今天这件事情之后，以前那些被杨烨他们欺负得没办法的人，都会用类似的办法对付他们。

从今往后，杨烨他们还想在这黑市中耍无赖可就难了，甚至能不能在这里继续混下去都很难说。

柳然却没有去关心那两个无赖以后会有什么下场，他只在意自己能不能快点儿赚到金币。

他又迅速从空间符戒中掏出不少东西，符卡、符器、材料等，一一陈列出来。

顿时，周围的人都看得一愣一愣的。

好家伙，这些可都是珍贵货色，甚至还有某些珍材如今已经罕见，甚至绝迹，想买都买不到的宝贝！

一时间，众人竟然都没心思再拿刚才的事情调笑，一个个专注地在柳然摊位上挑拣起来。

甚至还有人传信给自己的同伴，邀请他们一起来这边购买。

柳然再一次让大家刮目相看。

眼看柳然的生意越来越火爆，他旁边摊位上的那位大叔也是瞠目结舌。

他走出了自己的小摊，来到了柳然的摊位前，竟然也挑选了好几种自己需要的材料。

一边挑选着，他还忍不住问了一句："厉害啊，小兄弟，真没想到你连这些材料都有！你不是刚挖了古代某位绝世强者的坟墓吧？"

"可惜不是，这些是一些先辈留下来的，我也用不上，索性拿出来换点儿钱，再买点儿自己需要的东西。"柳然只是嘿嘿一笑。

众人也没有多想，因为他们绝对想不到，柳然挖的不是一个两个，而是一大堆！

因为，这些材料基本上都是他从幽灵岛上得到的，也是到了今日他才有机会出手。

众人一个个挑得不亦乐乎。

有些人是真正需要某些材料，有些人则是纯粹觉得某种稀有材料值得入手转卖，到时候还能赚一笔。

柳然的小摊门口聚集的人越来越多，最后甚至都站不下那么多人了。

好在，这暗符界黑市的交易方式和外界不太一样，不用面对面交易，只要浏览了暗符界中呈现出来的信息，选中自己想要的东西，自然可以看到实物模样。

而后，众人只需要确认购买，自己的通行符账户上扣除金币，材料也自然会到达他们的手中。

而这小摊门口热闹的景象，也成功吸引了越来越多的人。大家过来一看，顿时也纷纷惊呼起来，深深被柳然所销售的这些东西吸引住了。

这或许是丙字区域的摊位第一次如此热闹。

不多时，柳然已经将摊位上的物品换了三四轮了，基本上都销售一空。

他听到柳灵灵在欢呼，大声喊道："哥哥好厉害，账户上的金币都快十万了！"

闻言，柳然脸上的笑容更浓了几分。

他也没想到竟然这么顺利，此次暗符界黑市之行转眼间就完成一半的任务了！

说起来，他还真有点儿感激杨烨和那个矮瘦汉子，若不是他们，自己的生意也不可能如此迅速火爆起来。

当然，柳然也知道这里最赚钱的还是暗符界本身。

所有人进来摆摊，都要租用摊位，这本身已经是一笔收入。而现在柳然每一笔收入，金额之中还要每一百金币扣除一个金币支付给暗符界黑市。

柳然刚才收入了十万金币，暗符界就轻松赚到了一千金币，如此多个摊位加起来，这黑市的收入怕是每天都得以数十万计！

趁着现在生意正好，柳然又将第五轮的物品摆放了上去，完全陷入了忙于赚钱的状态。

正在这时，柳然听到不远处传来一个声音："萱儿，我们还是回去吧，再往下是丙字、丁字区域，那些摆摊的就连好一点儿的摊位都租不起，怎么可能会有什么好货色？逛了也是浪费时间而已。"

柳然不由得朝那边看了一眼，忽然间愣住了："见鬼了，怎么会在这地方遇到她？"

就在距离柳然摊位不远的地方，出现了一名少女和几名年轻男子。

虽然少女也戴着面具，但是柳然一眼就认出了这个被称为"萱儿"的女子，就是之前他在风云广场遇到，好不容易才摆脱的两个麻烦女人之一——云妙伊！

第二十九章
悬赏任务

云妙伊竟然也拥有暗符界通行符。

这一点柳然倒是并没有多惊讶。

他惊讶的是云妙伊居然也这么巧合来到这个黑市。

云妙伊此刻也戴着面具,气息也有所变化,就连名字都换了。

不过,不知道为什么她居然没有换衣服,还是穿着在风云广场上见到柳然时候的一身浅绿色的衣衫。

估计,她可能感觉自己不会遇到在外面见过自己的人。

不过,也正是因为这一点才让柳然认出了她。

柳然观察了一下,发现云妙伊似乎在找什么东西,可是,哪怕她戴着面具,此刻都可以让人感觉出她的情绪十分失落、失望。

而在她身边,几名年轻男子正在劝她离开这个地方。

"萱儿,这地方能有什么宝贝?逛也没用,与其在这里浪费时间,不如一起去找个地方玩玩,吃点儿东西呢!"一名蓝袍少年说道。

话音刚落,另一名青袍少年也附和道:"是啊,萱儿,你要的灵麻我已经让人发布悬赏了,相信可以找到,我们就不要在这里浪费时间了,回去吧!"

听到他这话,附近不少摆摊的人纷纷大皱眉头,对方如此破坏他们的生意,还讽刺他们,实在是让人不爽!

不过,大多数人都没说什么,毕竟真要争吵、冲突起来,麻烦也不少。

毕竟,人家爱说什么是人家的事情,他们也没有权利管。

当然,也有些人不太乐意。

比如柳然。

反正他感觉现在云妙伊应该也认不得他,恰好对方就快走到自己的摊位前面了,他张口便道:"两位少爷此言差矣!"

霎时间,四周为之一静。

所有人的目光一下子汇聚到柳然身上,纷纷露出惊异之色。

周围几个摊位的摊主有些面面相觑:难不成这小子又想出风头?

他们还真是第一次遇到这样的少年。

"这小子，还真是初生牛犊不怕虎啊！"旁边的大叔心中苦笑。这也是周围很多人的想法。

但是，他们此刻又都十分期望，柳然能再给他们带来点儿惊喜。

柳然却没有在意众人，只是淡然看向了云妙伊一行人。

蓝袍少年他们都没想到这里竟然有人敢反驳他的话，脸色微微一沉，纷纷扭头朝柳然那里看。

见柳然此刻衣着朴素，衣服洗得都发白了，还打了几个补丁，两个人眼中顿时满是轻蔑之色。

蓝袍少年说道："你这穷小子倒是大胆，知道我们是谁吗？竟然还敢反驳我们？"

青袍少年也冷哼了一声，道："我看，这小子是想拉生意想疯了吧？"

柳然轻叹一声道："有些人真是可悲，明明瑰宝在前却不识货！"

四周众人再次都是一愣，想不到他一句话居然再一次反驳住了这两个少爷，而且还自比为瑰宝！

"真是大言不惭！"蓝袍少年不由得恼怒起来，便要发作。

然而，云妙伊明眸扫了柳然一眼，说道："算了，何必为难一个为了生活而奔波的人？我逛累了，我们回去吧！"

蓝袍少年、青袍少年虽然对于就这么放过柳然有些不爽，不过，他们也不想惹云妙伊不高兴，所以只是恶狠狠地瞪了柳然一眼，便要转身离开。

然而，让他们恼火的是，柳然居然不依不饶，反而忽然一个闪身，拦住了他们的去路，道："这位小姐请等一下！"

"小子，我看你是想找死啊！"

一名身穿银色战甲的青年侍卫身形一动，来到柳然的面前，护住了身后的云妙伊等人。

他浑身散发出慑人的气息，直接笼罩向四周，一下子让周围不少人的呼吸都困难起来。

这竟然是一个天劫境灵台期的强者！

附近不少摆摊的人暗自咽了口唾沫，悄悄打量起这名青年侍卫，眼中不禁掠过几分羡慕。

柳然一看到这种情况，顿时也知道这几个阔少爷如此嚣张的理由了。

能进入暗符界黑市的人，本就颇为不凡。

但大多数人只能自己进来，能够带人一起进来的并不多，但每一个基本上都是来头极大，尤其是这些人竟然还带着一个天劫境的手下！

这种情况下,一般人还真不敢胡乱招惹他们,不然随时有可能被这天劫境强者直接灭了!

不过,柳然显然不是一般人,他一开始也并不是想着和这些人为敌。

所以,在对方的侍卫都跑出来之后,他十分干脆地转身就走,一边走向自己的小摊,一边摇头说道:"本来我还想出手点儿灵麻,现在看来还是算了!"

闻言,方才还一副无奈模样的云妙伊一下子激动起来。

她疾声追问道:"灵麻?你手上真的有灵麻?"

见此,原本以为柳然被自己的侍卫给吓退了,还有些得意扬扬的那几名少年,一下子都愣住了。

那名耀武扬威的天劫境强者忽然间也有些不知所措。

更让他们错愕的是,柳然居然看都不看他们一眼,直接就走进他的摊位之内。

站在摊位的符阵笼罩范围内,哪怕对方是天劫境强者也奈何不了他,真要动起手来,这黑市的符阵可不是吃素的。

云妙伊看到柳然这般举动也是一阵犯愣,随即尴尬起来。

无疑,方才那名天劫境强者突然的举动已经惹恼了这名少年。

云妙伊一咬牙,走上前去,郑重地说道:"这位公子,刚才实在是不好意思,魏大哥只是担心我们的安危,他并没有想要对你动手的意思,如果对你有什么冒犯,我在这里代他向你道歉!"

柳然置若罔闻,竟然在自己的摊位内直接盘腿坐下,摆出了修炼的姿态。

看到他这样的态度,云妙伊身边那几名少爷一下子都恼怒起来。

"萱儿,别理他!"

"这种人就是骗子,他怎么可能有灵麻?"

"对,我看他不过是在装模作样,你千万别上当!"

几个人纷纷开口,一个个冷笑连连。

云妙伊没有开口,只是看着摊位内坐着的柳然。

下一刻,柳然忽然取出一样东西,摆放到自己的摊位上,并且标出了价格。

周围,所有人瞬间通过暗符界捕捉到了他发布的信息:材料,灵麻,数量一尺,售价十万金币!

几名环绕着云妙伊的少年声音戛然而止,一个个憋得满脸通红,羞恼万分。

虽然面对他们刚刚的奚落、污蔑,乃至侮辱,柳然自始至终一句话都没说,但他就这么将东西摆出来,却一下子如同正面扇了他们好几巴掌一样,而且打得啪啪响!

这种无声打脸,更是让他们几个人羞愤欲绝,几乎都不敢看云妙伊了。

暗符界的摊位符阵上，有自动鉴定的能力，绝大多数材料可以轻易被鉴别出来，至于无法鉴别的材料，都会显示为未知。

　　既然暗符界鉴定出来柳然取出来的这一段布料是灵麻，那么就一定是灵麻！

　　所以这几名少年也一下子失去了所有反驳之词。

　　好在，云妙伊此刻的目光已经完全被那条信息吸引了，根本没时间理会周围的人，目光一眨不眨地看着那边。

　　终于找到自己想要的材料，云妙伊忍不住想立刻就买下来。

　　可是，在她准备进行交易的时候，暗符界却给了她一条尴尬的提示：金币不足，无法交易。

　　然后云妙伊才看清楚，原来柳然的标价足足十万金币，摆明是想气气他们。

　　而她暗符界的账上就剩下四万金币了。

　　"能不能直接用金币跟你交易？"云妙伊友善地询问柳然。

　　这暗符界的账户上，金币有两个来源，一个是暗符界中的交易所得，另一个则是通过黑市进行金币兑换充值。

　　云妙伊现在账上金币不足，但是空间符戒中金币却很充足。所以她才会提出用金币实物进行交易。

　　她倒也很想去充值，可是她怕自己一走开，万一眼前这个卖家和之前在风云广场上遇到的那个少年一样，突然消失了怎么办？

　　可惜的是，柳然非常干脆地回复她："只接受暗符界交易。"

　　这时候，云妙伊身边那几名刚刚还无地自容的少年也回过神来，一看到这情况，顿时都发怒了。

　　"小子，你够了啊！"

　　"竟然敢趁火打劫，你活腻歪了？"

　　"一尺灵麻竟然敢卖到十万金币，想钱想疯了吧你？！"

　　几个人忍不住再次攻击柳然，不过这次却是数落柳然趁火打劫。

　　这灵麻如今十分罕见，但事实上并不是多么奇特之物，只不过在刚好需要的人手上就显得更加珍贵而已，但绝对不值十万金币，一万金币就顶天了。

　　可惜的是，他们骂了半天，柳然不为所动。

　　最终，柳然也只说了一句："你们不想买？那我还不卖了！"

　　说着，他伸手就将那段灵麻材料收了起来。

　　"你！"

　　那几名少年气愤万分，甚至有人叫喊："你给我出来，本少爷要和你决斗！"

　　对于这种傻话，柳然连回答都不想回答。

几名少年之中，有人终于发现这种"硬"的方法没办法让柳然屈服，眼珠子一转，忽然开口道："小子，你可知道我们是什么人？"

结果，柳然只是斜了他们一眼，然后一副狐疑的语气问道："难道你们不是男人？"

"噗"！周围不少人一下子被他突然冒出来的这句话逗笑了，就是云妙伊都忍不住笑了起来。那名自作聪明的少年一下子气急，指着柳然又想骂起来。

可惜，这次柳然没给他们机会，道："东西我就这个价格，你们爱买不买，不买的话就都给我走，别耽误我做买卖。"

说着，他又将那一尺灵麻取出来，一边重新摆上摊位，一边还在嘀咕："几个大男人，给一个女孩子买点儿东西的魄力都没有，还想讨好女孩子，真是无力吐槽！"

一句话，又把云妙伊身边那几名少年气得浑身发颤。

不过，柳然这句话说得也没错，眼下不正是一个讨好云妙伊的机会？

"我买！"

当即，蓝袍少年直接一咬牙，就点开了交易界面，要抢先将灵麻买下来送给云妙伊。

其他几名少年动作也不慢，一个个居然不再喝骂柳然，反而开始玩起了抢购。

只是，他们这次打开交易界面的时候，却忽然都很想吐血。

因为，他们发现柳然这次将灵麻挂上交易信息，标价从之前的十万金币，变成了二十万！

"你……你怎么又涨价了？"那名蓝袍少年气得全身哆嗦，指着柳然喝问道。

柳然只是嘿嘿一笑，道："东西是我的，爱卖多少钱卖多少，你们买不起的话，可以去别家找找啊！"

在暗符界的交易，根本没有价格上限，也就是你愿意卖多少钱，就卖多少钱，只要有人愿意买就行了。

而此刻，柳然显然不仅仅是想气气这几个纨绔少爷，更想直接从他们身上割下一块肉来，看他们以后还敢不敢如此目中无人。

云妙伊一直站在旁边看着，到这时总算是看明白了这一点。

她轻叹一声，对身边几名少年说道："几位师兄师弟，能否借我一点儿金币，等会儿我就还给大家！"

那几名还想再和柳然争辩的少年，一听到这话一下子都急了起来。

"萱儿师妹，你不要着急，这个灵麻师兄我帮你买了！"

"是啊，师姐，怎么能让你借钱来买？我们帮你买了！"

几个人这次竟然非常默契，知道自己手上的金币不够，迅速一起凑了二十万金币，然后直接下单买下柳然这一尺灵麻材料。

云妙伊拿到了灵麻，连声向众人道谢。

"多谢几名老板惠顾！"

柳然看了一眼自己的账户，上面多出了接近二十万金币，语气中充满了喜悦。

这回，那几名少年虽然都十分恼怒，却也都冷静了下来，没有再失态，而是一个个冷哼着就要转身离开。

可是，就当他们准备和云妙伊离开时，柳然忽然开口道："这位小姐，如果你还需要灵麻的话，不妨看一下悬赏任务榜。"

几个人闻言纷纷一愣。

而后，他们迅速打开暗符界的悬赏任务板块，一看，那几名少年一下子气得差点儿当场昏死过去。

原因是在这上面多出了一条任务，只要破解一个封印符阵，就可以得到一尺灵麻的奖励！

任务的发布人：丙字三十七号摊主。

这个丙字三十七号摊位，正是柳然此刻租用的摊位！

一项悬赏任务，让柳然这摊位周围寂静了许久。

"你……你……"几名刚刚还在欣喜于自己讨好了一次云妙伊，这一次占了大便宜的公子哥们，这一瞬间眼睛都红了。

他们双目发赤，死盯着柳然，几乎忍不住想强行破开符阵，直接和柳然拼命。

这一次，就算是云妙伊都不禁暗自恼怒。

她以为柳然刚刚坑他们一次，弄到了二十万金币出出气也就算了，没想到对方光得了好处还不够，竟然还用这种方法来气他们。

他是非得让大家好好肉疼一次，记住这次教训才能甘心？

破解一个封印符阵，对于他们这些人而言几乎没什么难度，就算他们解决不了，他们上面还有一位老师，不管怎么说肯定也用不了二十万金币。

而现在，柳然却先从他们手中敲诈了二十万金币，然后才告诉他们他发布了悬赏任务，只要帮忙破解一个符阵，就可以直接得到一尺灵麻。

这绝对是故意在气人！

云妙伊深深地吸了口气，语气有些冰冷地对柳然说道："你还有多少灵麻？"

柳然对于她这态度根本就不在意，淡然说道："一共就两尺。"

云妙伊深深地看了他一眼，似乎想确认他到底说的是真是假。见柳然神色平淡，她才点了点头，道："好，这项任务我接了！"

她将任务接下之后，便直接转身离开，看来是要去研究柳然在悬赏任务里面所说的符阵。

云妙伊这一走,和她一起来的那几名少年自然也都要离开。

临走之前他们却一个个恶狠狠地瞪着柳然,仿佛要将柳然记在心里,又仿佛是在警告柳然,让他等着报复什么的。

可惜柳然并不吃他们这一套。

等他们走了之后,隔壁摆摊的大叔忽然走了出来,对柳然说道:"小伙子,你刚刚其实不该做得那么狠。"

"哦?大叔,难不成刚才那几个家伙来头很大?"柳然好奇地问道。

"来头何止是大!"那位大叔语气发沉,"你应该听过楚铭大师吧!"

"楚铭大师?"

这个名字柳然还真没听过。不过,没关系,有柳灵灵在,在大叔说出这个名字之后,柳灵灵直接就通过暗符界为他找到了这位楚铭大师的信息。

柳然一看,还真暗自吃了一惊。

原来,这是一位公开表示自己支持暗符界,并且入驻暗符界作为常驻客卿的大师级炼符师!

这种行为基本上可以说是作死,朝廷绝对会进行封杀。但是,非常无奈的是,这位楚铭大师的弟子早已遍天下,并且影响力极大,还真就没人动得了他。

加上他也没做出什么损伤人族利益的事情,朝廷、炼符师公会也就只能睁一只眼闭一只眼了。

看到这里,柳然心中一动,连忙招呼对方进入摊位里来,这才问道:"大叔,难道那几个人和这位楚铭大师有关系?"

"没错!"大叔点头说道,"他们几个都是楚铭大师的学生,尤其是那个叫萱儿的姑娘,据说都快要成为楚铭大师的亲传弟子了!也是近期楚铭大师一直待在咱们这一处黑市,他们才会都出现在这里!"

"原来如此!"柳然心中的疑问终于解开,彻底明白对方为什么能一大群人一起出现在同一个黑市了。

"多谢大叔提醒!"柳然对他笑了笑,说道。

可惜,这位大叔看出柳然似乎并未将他的话放在心上。

他不知道柳然为什么知道对方背景之后,居然还如此气定神闲。不过,他可以猜到,柳然必定是有什么倚仗,所以也就没有再多说什么。

事实上,他不知道柳然一开始只是想出手点儿灵麻,顺便看看能不能让云妙伊在黑市外面不要继续纠缠他。

只是,柳然也没想到云妙伊身边那几个师兄师弟竟然如此狗眼看人低,被他们惹毛了，这才将事情弄成现在这个样子。

"对了，还不知道大叔怎么称呼？"柳然忽然又问道。

"你叫我林江吧！"大叔摆了摆手，随即直接拱手告辞，"该说的我都说了，我就先回自己的摊位上忙去了！"

"林大叔，先别急嘛！大家留个传信号吧，以后你来我这摊位购物，一律享受八折优惠！"柳然笑着对他说道。

林江大叔想了想，也就点了点头，和柳然互留了暗符界的传信号，然后才走出柳然的摊位。

不过，在他离开的时候，忽然听到柳然在嘀咕："真不知道那几个家伙能不能帮我找到解开那个封印符阵的方法，我是不是该花十万金币，再发布一道悬赏任务？"

闻言，刚准备离开的这位大叔脚下一个踉跄，差点儿摔倒在地。

堂堂大师级炼符师楚铭大师的学生，竟然沦落到被人怀疑能不能破解一个符阵？

林江大叔忽然很庆幸刚才那群人赶紧离开了，如果他们继续留在这里，他还真怕他们会被柳然给活活气死！

他不知道的是，此刻云妙伊等人还真就被柳然的悬赏任务上的封印符阵给难倒了，一时半会儿甚至连破解的头绪都没有。

最后，他们不得不想办法找人帮忙。

这黑市之中另一个地方。

"这个符阵，你是从哪里得来的？"一名身着青色长袍的中年男子，沉声询问他面前的蓝袍少年。

"在悬赏任务上啊！"蓝袍少年答道。

看那蓝袍少年的着装还有面具的样式，赫然正是之前跟在云妙伊身边的一位。

他本来是拿着悬赏任务上的符阵，来找这个青袍男子请教的，没想到对方的反应竟然如此之大。

青袍男子没空理会蓝袍少年的疑惑，他迅速查看悬赏任务，眼中精芒一闪："丙字三十七号摊位？"

下一刻，他的身形直接在蓝袍少年面前消失，直奔丙字区域的坊市而去。

原地，留下一头雾水的蓝衣少年，还在疑惑他怎么突然如此激动。

第三十章 突生变故

不久之后，一名青袍男子来到了丙字三十七号摊位旁。

他行色匆匆而来，不想来到这里一看，这摊位上的人都不在了。

这名青袍男子顿时有些着急了，立刻向摊位周围的摊主询问起来。

"你找这摊位上的人？你是他什么人？"柳然隔壁摊位的大叔林江疑惑地询问道。

"我是他朋友！"青袍男子连声说道，"阁下，不知道有没有看到他刚才去哪儿了？"

"哦，他刚刚说去丁字区域逛逛，听说在那边也有个摊位要去看看。"林江说道。

"具体是哪一号摊位，阁下知道吗？"青袍男子立即追问道。

"这我可就没问了。"林江摇了摇头。

那名青袍男子闻言竟掉头就走，连一句谢都没说，匆匆直奔丁字区域而去。

在他离开之后，林江大叔才忽然轻笑一声："朋友？朋友居然连传信号都没加上，还来问我他去哪里了？"

嗤笑一声之后，他随手将一条信息传给了柳然：有人在到处找你，被我忽悠去丁字区域了，你小心，来者不善。

事实上，柳然的确是前往其他区域的摊位了，只不过不是林江所说的丁字区域。

原来，刚刚柳然见生意渐渐平淡下来，索性整理了一下自己摊位上的东西之后，就离开了丙字三十七号摊位。

干什么去？

当然是去看看刚刚他从杨烨、矮瘦汉子手中夺得的坊市铁牌所在的摊位。

再怎么说，这两个摊位现在都属于他了，去看看，顺便弄点儿东西摆放上去，万一卖出去了，等于又让他赚了一笔钱，何乐而不为？

反正这黑市的摊位非常安全，所有物品均有符阵保护，人在不在都不怕。

矮瘦汉子的摊位在丁字八十八号，柳然感觉没什么价值，就没有去看，关键是杨烨的摊位居然在乙字区域，人流量可比丙字区域多。

柳然也不管杨烨这摊位究竟是自己花钱买的，还是抢来的，反正现在自己拿着铁牌，就是他的，毫不客气地来到了乙字区域。

一开始他还有些担心杨烨他们会不会守在这摊位上，造成他接手的麻烦。不过，来到这地方的时候，他却并没有遇到什么人。

顺利进入摊位之内，他便将一些物品摆放出来，正常进行交易。

正忙着的时候，他忽然收到了林江的传信。

看完之后，柳然先和林江道了声谢，随后又眯起眼睛思索起来："有人在找我？而且来着不善？会是谁？"

第一个念头，他先想到的就是云妙伊他们的人。可是，很快他又排除了这一点。他估计云妙伊他们没有那么快来找他，至少也要完成悬赏任务再说才对。

随后，他想到的是杨烨一伙人。但真要是他们，应该很快就可以猜测到，自己会来到这个摊位上才对。

柳然心中警惕起来。

本来他还打算用点儿办法吸引别人注意他这个小摊，但现在看来自己还是低调一点儿比较好。

所以思索了一下，他便将摊位上的一些东西撤掉，换上一些比较普通的东西。

反正他现在账上三十几万金币，倒也足够他这一段时间的开销了。

做完这些之后，柳然索性在这摊位内盘坐下来，一边调息修炼，一边和识海中的柳灵灵交流起来。

柳然的识海之内，宛如一片火海，如今变得和他当初见到柳灵灵的时候越发相似。

蓦然，柳然这识海中就多出了一道虚幻的人影，正是柳然的灵魂意识。

经过上次的事情，柳然损失了不少灵魂之力，却让灵魂变得凝实起来。

如今，柳然的意识可以在识海内显化出一个较为凝实的身影来。

此外，他发现自己如今的状态，识海全部燃烧起来，利用之前那种刀耕火种的方法，自己的灵魂居然也不会受到多大的损伤，所以此刻他的识海才是一片燃烧景象。

按照柳然的估计，等自己的识海都燃烧一遍，他将所有灵魂之力都吸收起来之后，至少可以达到凝结灵魂晶核的层次。

这一步，一般只有天劫境高层次的强者才能达到！

柳然的意识一进入识海中，就看到正在不断忙活的柳灵灵，当即飞身过去。

"哥哥，你来了！"

一袭火焰霓裳的柳灵灵看到他出现，一下子欢快地飞过来抱住了他的胳膊。

自从柳然的灵魂意识可以在识海内短暂实体化之后，这小丫头就喜欢上了抱他，他一进来她就会紧紧抱着，就像是一只缠人的小猫一样。

柳然微笑着揉了揉她的小脑袋，然后问道："查到暗符界传送点的变化信息了吗？"

从周围这些专业做生意的摊主，他就猜测出必定是有什么方法可以查到，或者可以提前知道传送点变化，否则每次改变传送点，还不知道这黑市要损失多少收入！

柳然也掌握这个办法，否则下次要进入这黑市可就未必能像这次那么走运，恰好就发现了！

以前他们也查过，只是无从得知。

但进入这暗符界的黑市，柳灵灵可以查询到的信息更多，柳然让她调查一下，果然找到了暗符界传送点变化信息的获得方法。

方法十分简单，就是花一笔暗符界积分，订阅相关的信息而已。

一旦传送点发生变更，暗符界自然会通过暗符界通行符将新的传送点位置传给他。

只是，这一笔积分却价值不菲。

"每月居然就要一百点积分，这暗符界还真是会赚钱！"柳然看着订阅服务的价格，不由得皱起了眉头。

这暗符界积分价值极高，他是早就知道的。

当初他的符技"斩灵刀"可就是用积分购买的，所以完全知道这一百点积分的价值不亚于上万金币。

光是买一份情报，居然就要上万金币，让他不得不感叹自己还是小瞧了这暗符界的坑钱能力！

不过想想也是，人家创立这样一个庞大的组织，若是不捞钱如何生存下去？若是没有好处谁来干这些事情？

"获得积分的方法查到了吗？"柳然又问道。

"查到了，哥哥！"

柳灵灵解释道："积分只有两种来源，一种是暗符界内的交易，不管是物品交易还是发布雇佣任务等，都算是这一种。还有一种，就是直接完成暗符界下达的某些任务，可以获得大量积分。不过，暗符界很少会下达这种任务。"

说完之后，她忽然又想到了一件事情，道："对了，还有一种途径是过完成悬赏追杀任务，一些杀手组织的杀手一开始根本无法拥有暗符界通行符，但如果他们大量完成任务，可以累积足够的暗符界积分兑换暗符界通行符！"

"原来如此！"柳然恍然大悟道。

他总算是明白为什么当初在榕城区区几千金币，就可以悬赏追杀一个化劲期巅峰层次的强者。

怕是当时接受任务的杀手，更多是因为这种任务有暗符界积分。

比如当时接受任务的银色流光，他估计更看重的就是暗符界的积分，只不过后来发现拥有暗符界通行符的是柳然这么一个实力微弱的小鬼，才忽然放弃了任务，反而跑去抓住柳然。

只不过，他也没有预料到最终没占到什么便宜，反而把自己的命都给赔进去了。

明白了一切之后，柳然微笑着说："辛苦你了，灵灵。"

他已经不止一次感慨，有这小丫头的存在，非但让他感觉如今不再孤单，而且也给他实实在在地节省了太多时间和精力。

只是，他也很心疼这丫头忙个不停，想让她偶尔也去休息休息，在元灵符界之中找点儿游戏玩玩。

柳灵灵却嘻嘻笑道："哥哥这么客气干什么？灵灵不辛苦！只要对哥哥有帮助就好！"

柳然张口刚想说什么，忽然——

"轰隆"！

外界传来了一阵剧烈的震动，一下子将柳然吓了一跳。

"怎么回事？"柳然连忙让意识回归到肉身之内。

刚睁开双眼，他就发现自己所在的摊位竟然破裂了，似乎就要坍塌一样。

柳然脸色剧变，立刻准备用最快的速度将摊位上的货物扫进自己的包裹之中。

就在他还没来得及将所有东西收走的时候，头顶上的屋顶就坍塌下来，巨大的石块迅速朝他身上砸了过来。

"该死！"柳然立即闪避。

"嗡"！

一股符力笼罩住了他的双腿，一下子让他的腿部爆发出惊人的力量，也让他闪避的速度暴增。

"嗖"！

他最终惊险地避开了那块大石，但对于其他地方激射而来的碎石，却依旧有些躲避不及。

更可怕的是，这摊位上的符阵产生了爆炸，饶是他仓促之间施展身法躲闪，身上还是被直接炸伤了好几个地方。

"到底是什么人？竟然在这个地方战斗！"

他紧咬着牙关，回头看了一眼被毁掉的摊位，眼中充满了怒火。

一冲出摊位之外，他的目光不由得四处巡视了起来，想找到造成这次事故的罪魁祸首。

"在那边吗？"柳然很快发现战斗真正的位置，所以快速地朝着那边冲了过去。

他不知道的是，在角落之中，有一个人一直在愕然地看着他。

那个人，正是杨烨，他恰好也在附近，看到了柳然从爆炸之中冲出来。

杨烨想也没想，直接掉头就跑。

他心中只有一个念头，那就是赶紧有多远跑多远，万一被正在气头上的柳然看到了，说不定他连小命都得丢了！

只是，他没想到自己还没跑出多远，一只手掌忽然从旁边伸出来，直接抓住了他的脖子。

杨烨大吃一惊，第一反应就是挣扎。

可是，他猛然听到一个冰冷的声音："想死的话，尽管挣扎！"

杨烨一下子放弃了挣扎，因为，他感到这个抓住自己的人的气息非常恐怖，自己完全感知不到，应该是一位天劫境强者！

扭过头来，他便看到抓住自己的是一名身着青袍的男子。

对方的目光透过面具，冷冷地盯着他，问道："我且问你，刚刚有没有看到之前与你在丙字坊市区域发生争斗的少年？"

同一时间，柳然已经来到了战斗发生的地点附近。

刚来到这里，柳然就听到一声暴喝，宛如惊雷一般。

他定神朝场中看去，就看到一名身着黑色战甲的男子，全身散发出赤色的红光，就像是一轮初升旭日一般！

"受死！"

黑甲战士挥动手中一把厚重的战刀，战刀之上气劲流转，就仿佛火焰在熊熊燃烧一样，直斩向前方一名紫衣少女。

那紫衣少女手持一柄长剑，看上去也就十三四岁的模样，却已经亭亭玉立。

说也奇怪，在这黑市之中，基本上大家都戴着面具，可是，这紫衣少女居然并未如此，露出了一张有着沉鱼落雁之姿的俏脸。

当然，这容颜其实也未必就是她本来的面貌，或许她使用别的易容方式也说不定。

在那名黑甲战士的面前，她就仿佛是狂风暴雨之中的一缕浮萍，显得脆弱无比。

周围已经聚集了不少人。

此刻所有人看到这一幕的瞬间，都会直接联想到这么一个美丽的少女即将身首异处，心生不忍。

但是，少女自己非常平静，任由对方上前来，就仿佛此刻迎面斩来的战刀即将砍中的人不是她，而是别人一样。

柳然的眼睛紧盯着这少女，总感觉这少女绝对会有什么强力反击。

果然，就在那名黑甲战士逼近她面前两米三围之内，她动了——

"嗡"！

只见她素手一抬，手中长剑一抖，瞬间爆闪出重重剑影，宛如一朵紫薇刹那绽放。

她青丝飞扬，迷人的剑光如雾一般环绕着她，更让她忽然间多了几分圣洁的气质，落落出尘。

下一刻，所有人愕然发现，原本已经到了她身前的黑甲战士竟然莫名其妙地又出现在了四五米开外。

而且，他满脸痛苦与狰狞，持刀的胳膊却已经迅速与自己的身躯分离！

"扑通"！

战刀连带着手臂砸落地面，发出低沉的声响，也惊醒了四周众多观战的人。

"好厉害的幻术符技！"

柳然眼睛一亮："那个战士根本从头到尾都没有靠近过她，只是因为她的幻术符技而误以为自己已经逼近对手，反而露出了破绽，让这少女有机可乘！"

这少女是一名精通幻术的符修！

能够发动这么精妙的幻术符技，恐怕实力至少已经达到化劲期层次了，而且灵魂方面的修行造诣极高！

方才柳然赶到这里的时候，还一脸怒气，想找破坏他摊位的罪魁祸首报仇。

不过，此刻却因为这紫衣少女的符技，一时间忘记了这件事情，反而沉浸到感悟之中。

他立即让柳灵灵帮忙物色一下暗符界之中，有没有什么好的幻术符技。

因为他感觉，或许这也可以成为自己以后一种战斗模式。

恰好，柳灵灵之前调查灵魂、识海修炼方面的知识时，留意过这方面的信息，所以柳然一问，她居然立刻就给柳然找到了不错的幻术符技。

而且都是四级层次的幻术符技！

如果在以前，柳然的暗符界账户上没钱，根本买不起这样的东西，不过今天才刚进账几十万金币，花几万买两个幻术符技，柳然一点儿压力都没有。

柳然直接选中了其中两种，让柳灵灵去试试能不能砍一下价，然后买了！

同一时间，那黑甲战士和紫衣少女已经分出了胜负，黑甲战士重伤之后，虽然极其不甘，却再也无法挣脱黑市符阵的束缚，直接被传送了出去。

只是，非常奇怪的是，那名紫衣少女竟然并没有和他一起被传送离开，而是安然无恙地继续留在这黑市之中。

她若无其事地继续在周围逛了起来。

隐约间，柳然似乎听到四周传来一些议论声。

"嘿，那家伙也太不自量力，惹谁不好，竟然对凌薇姑娘都敢动手！"

"他那是活该！也不打听一下，悬赏追杀凌薇的任务都挂出来这么久了，凌薇还敢这么正大光明地出入黑市是因为什么！"

"他以为购买了一枚暗灵符卡，为他延迟一下被黑市踢出去的时间，就有机会击杀凌薇？还真是天真！"

"精通幻术的强者，在这黑市之内得天独厚的优势之下，就算是天劫境强者偷袭也未必能伤到凌薇分毫啊！"

柳然听着暗自心惊。

结合自己的所见所闻，再加上一些他通过暗符界调查的信息，他这才知道原来掌握强大幻术的强者，竟然能够借助幻术，躲过这黑市之内符阵的监测！

这黑市之中笼罩的符阵，能够察觉各种攻击手段的能量波动，所以可以将闹事的人迅速踢出去，可是，偏偏对于幻术符技监测不到。

毕竟，这幻术符技更多是精神层面的攻击，这里的符阵还无法强大到连精神攻击都可以监测。

所以，精通幻术的强者在这里有得天独厚的优势，甚至可以说根本不怕什么战斗。

此外，众人口中提到的暗灵符卡，正是方才那名黑甲战士展开进攻之后，没有立刻被传送离开这黑市的原因，价值足足五万金币一枚！

据说，那暗灵符卡还是暗符界自行开发出来的，就是一种从想违反规则的人身上赚钱的工具！

暗灵符卡本身也是一种强大的迷幻类符卡，与幻术也有极大的关系。

也正是因为这一点，让柳然更加坚定自己必须掌握一点儿幻术符技。

在这黑市之内如果遭遇攻击，对方与他一样被传送出去也就罢了，万一他遇到的是精通幻术的强者，对方说不定可以神不知鬼不觉地击杀他！

不过，好在幻术易学难精，对于学习者的灵魂要求极高，能够达到这位紫衣少女凌薇这样精通的人还是极少的。

"咦，这暗符界的交易信息之中，竟然就有一条是关于幻术符技的交易。"柳灵灵忽然惊讶地说道。

随即，她就发现了更加惊讶的事情："这条信息的发布者，居然就是这个凌薇！"

"这么巧？"柳然也不由得惊讶。

旋即，他立刻好奇地问道："她发布的信息是什么样的交易信息？"

"她发布的是悬赏任务。"柳灵灵快速答道,"报酬就是一种叫作'幻月'的四级幻术符技!"

"幻月?难不成就是她刚刚所施展的符技?"柳然心中一动。

而后,他立即追问:"她任务的内容是什么?"

"寻找一种叫作'月芯伢'的材料,要求要五十年以上!"柳灵灵答道。

五十年的月芯伢?

听了柳灵灵的话,柳然眼中不由得露出了诧异之色。

对于这月芯伢,他多少还是有所了解。

五十年的月芯伢是一种紫玉级的材料,是炼制一种紫玉级符丹灵融丹才会用到的。

柳然没想到,这位凌薇姑娘年纪比他还小,可是,竟然已经是一位高级炼符师了!

"这天下果然是藏龙卧虎,天骄辈出啊!"柳然心中暗叹。

这时候,柳然又看到那紫衣少女走了之前在战斗中被破坏的摊位,竟然挨个给大家进行赔偿。不过,大家都非常客气,或者说根本不敢要她的赔偿。

见此,柳然沉吟了片刻之后,也不由得迈开脚步朝她走去。

一般市面上所能见到的月芯伢,四十年的已经非常难得,而月芯伢一般也只有四十年的寿命,除非特殊情况,根本不可能成长到五十年!这也造成了五十年的月芯伢非常珍贵,特别是对于有需要的人来说。

这也是为什么这紫衣少女会舍得用一种四级幻术符技来交换,但似乎并没有人接下任务。

不过,巧合的是柳然手中还真有一些五十年的月芯伢,所以他才大步走向了凌薇。

如果可以完成她的任务,他觉得自己或许还能顺便请教一下幻术符技的使用方法。

正在此刻,柳然的身后不远处出现了两道人影。

其中一人赫然正是杨烨,而另一个则是一名青袍男子。

"就是他?"青袍男子指了一下柳然的背影,低声问道。

"没错,就是他!"杨烨连忙答道。

第三十一章 突袭

杨烨此刻忐忑不安。

他带着这名青袍男子找到了柳然,也看得出对方对柳然怕是来者不善。

不过,他没空管太多,只期盼对方为了对付柳然,将他这个小人物忘掉,给他一条生路。可惜的是,他低估了青袍男子的狠辣。

在他为其确认了目标之后,青袍男子就松开了他。

只是,青袍男子在松开他的瞬间,手中一枚暗紫色的符卡猛然激活。

暗灵符卡!

一缕符光瞬间笼罩住了青袍男子,青袍男子顺手一道气劲就打入了杨烨的体内。

"啊!你!"

瞬间,杨烨只觉得一股恐怖的剧痛席卷全身,整个人仿佛都要爆炸了。

他张口想要叫喊,却发现叫喊不出声来。

"轰隆"!笼罩这一处黑市的暗符界猛然震动,在杨烨还没爆炸开来之前,传送阵直接将他从黑市之中送走,若不是传送符阵的波动引起了众人的注意,众人还不知道发生了什么事情。

等众人察觉到这边的情况,扭头看过来的时候,杨烨的身影早已消失。

"发生了什么事情?"不少人都有些茫然。

这时候,他们忽然发现一道青色的人影正飞速冲过,从他身上散发出来的气息,赫然是一名天劫境灵台期大成层次的强者!

再看他此刻前进的方向,众人骇然发现他是朝着凌薇那边冲去的!

"凌薇姑娘小心!"

四周一下子响起了不少惊呼的声音。

同一时间,刚刚走到凌薇身边,还没来得及开口说话的柳然,也猛然察觉到了危机,脑海中更是传来了柳灵灵惊呼提醒的声音:"哥哥小心!"

柳然一下子感觉到浑身汗毛都倒竖了起来,眼角的余光骇然瞥见一道青色身影飞速朝着这边逼近。

周围其他人都以为对方和方才那黑甲战士一样,是冲着凌薇而来的。

可是，柳然的直觉告诉他，这个家伙是冲着自己来的！

瞬息间，他心思飞转，脚下却毫不犹豫地将身法施展到了极致！

生死关头，他的速度甚至超过了以往的极限，赶在对方到他身边之前，身形直接一闪来到了凌薇的身后。

刹那间，青袍男子正面面对的人变成了凌薇。

不过，紫衣少女凌薇也并不是傻子，她也感受出了这名突然发动袭击的青袍男子的气息并未锁定在她身上，她也不想被人当枪使。

所以，电光石火之间，她也打算退避开来，躲开这场风波。

然而，她还没做出这样的动作，忽然听到身后传来一个声音："帮我击退他，我可以给你五十年的月芯伢！"

闻言，凌薇的脚步一下子停住了，神色迅速变化。

就这一停，她也彻底失去了避开那青袍男子的机会，所以，哪怕还无法确认柳然所说的话究竟是真是假，她都只能硬着头皮上了。

柳然站在她身后，与她距离不过半米，甚至可以闻到她身上飘来的一丝淡淡的清香。这一次，如此近距离的情况下，柳然也终于看到了她动手的端倪。

"嗡"！

只见她快速掐出几个符印，身上一圈符光猛然扩散开来。

这一圈符光竟然引起了她一身紫衫的反应，紫衫上瞬间浮现出层层符纹的光华，密密麻麻，直接形成一个三四米范围的符阵空间。

符阵空间形成的瞬间，柳然感觉周围的环境都扭曲了起来。

不过，他心中却是暗自欣喜："原来如此，所谓的幻术符技，原来只是特定的符印加上特殊手势，结合身上符器上原有的符阵施展出来的符术，只不过这符阵做得太过精妙，竟然让人难以察觉，就仿佛她只是施展了某种技能一样！"

果然，在那符阵空间成型的刹那，迎面袭来的青袍男子刚好撞进来，瞬间就仿佛是看到了什么恐怖的东西一样，竟是生生强行扭转了自己的攻击方向，反而奔着另一个方向一掌拍去。

"轰隆"！一声巨响传来。

柳然他们身边不远处，几个摊位上的符阵直接被青袍男子拍碎，一下子产生了剧烈的爆炸。

柳然连忙闪避，嘴角却微微抽搐：刚才我的摊位突然坍塌，估计就和现在的状况差不多吧！

不同的是，青袍男子的实力比起方才那名黑甲战士强大不少，这一击之下，一下子拍碎了好几个摊位，引发的爆炸更加恐怖，而被误伤的人也更多了一些。

当然，打碎了那边的符阵之后，剧烈的爆炸也给青袍男子带来了麻烦，让他有些手忙脚乱地应付冲击而来的爆炸能量。

见此，迅速退开之后，柳然立即又是一个闪身，回到了紫衣少女凌薇的身边。

凌薇见此柳眉深锁，沉声喝问道："你真的有五十年的月芯伢？"

柳然甚至连回答都不想回答，一抬手就将一把如同大米一样的晶状材料塞进了凌薇的手中。

"这么多！"凌薇直接被吓了一跳。

稍微查看了一下，果然是五十年的月芯伢，顿时让她喜出望外。

同一时间，那青袍男子终于从爆炸之中冲出来，他看上去有些狼狈，面具上露出来的两只眼睛中充满杀意。

因为身上的暗灵符卡效果正在迅速消失，暗符界的符阵已经开始将他锁定，他也不废话，身形一闪，便猛然再次朝柳然这边飞扑而来，一只大手飞速抓向了柳然。

若是被他抓中，柳然哪怕不被杀死，也有可能被他带着直接从这黑市传送出去！

一旦到了外面，青袍男子彻底没有了束缚，对付起柳然一个灵旋期层次的小子，根本不费吹灰之力！眼看对方逼近，紫衣少女凌薇心中纠结不已。

老实说，她一点儿都不想和一个天劫境灵台期大成的强者为敌，可是，刚刚得到了柳然给的东西，她又不能就这么自己逃走。

猛然，她一咬牙，再次施展开了幻术符技。

可是，这一次施展的幻术并未成功，青袍男子非但没有被幻术误导，反而冷哼一声，以更快的速度飞扑到她面前来！

就在这时，凌薇身后的柳然忽然动了！

只见柳然几个符印快速打出，化作道道符光，直接落在了凌薇的身上。

"你！"凌薇大惊失色。

她第一时间想到的是，柳然在攻击她！

旋即她嗅到了阴谋的味道，心中大震：难不成，这两个家伙也是杀手，而且还是一伙的？刚才他故意取出月芯伢，只是为了迷惑我，好让他现在有机会突然动手？

在她想到这点的时候，青袍男子赫然已经近在咫尺！

瞬间，她面如死灰，没想到自己最终还是死在这暗符界的黑市之中。

正在她心中不甘之际，忽然——

"嗡"！

她猛地发觉自己身上的符阵再次发生了一丝变化，紧接着四周的符阵空间也产生了扭曲。下一刻，那原本已经袭杀到面前来的青袍男子，忽然莫名地收回了手掌，竟然狠狠地拍向了自己。

天劫境强者的攻击可不是开玩笑的，一掌之下，凌薇身体周围的符阵空间都崩溃了。

"砰"！

只听一声闷响，青袍男子居然被自己打飞了出去，口中甚至还溢出了一丝鲜血。

不过，这是柳然和凌薇眼中的景象，外界的人看到的却是在凌薇身后的柳然突然动手，一拳将青袍男子砸飞了出去。

这就是幻术符技，真实与表象甚至完全不搭边。

瞬间，众人都是满脸震惊，尤其是有一些之前在柳然的摊位上买过东西的人，更是没想到柳然竟然是一个"天劫境"强者！

之前与杨烨一起的那名矮瘦汉子，此刻就在人群之中，也看到了这一幕，一下子吓得全身哆嗦，毫不犹豫地掉头就走。

方才，他可是亲眼看到杨烨被那青袍男子"送"出黑市，本来还想看看能不能看到柳然被那青袍男子干掉，没想到柳然竟然比那青袍男子还厉害！

这里实在是太危险了，他只盼着赶紧离开这个地方。

但是，他又不敢动作太大，生怕引起柳然的注意，一直退到一个他觉得柳然看不到的地方，才立即掉头狂奔，直奔黑市出口的传送石室而去！

同一时间，其他人心中的震骇也不亚于他。

不过，场中最震惊的还要算凌薇，她现在正满脸难以置信地看着柳然。

她是真正知道事实的人，可是，看到事实却让她比看到幻象的其他人更加震惊。

因为，方才柳然竟然使用了她身上的迷幻符阵，释放出了幻术！

也就是因为有柳然的出手，那原本已经破除了她的幻术，直奔他们袭杀而来的青袍男子，才会突然自杀一样地攻击自己！

居然有人能轻易使用她布置的迷幻符阵施展幻术，这种事情简直闻所未闻！偏偏就真真切切地在她面前上演了！

对于她的震惊，柳然却无暇理会，只是说道："别发愣，先对敌！"

一句话，让凌薇顿时惊醒过来，这才想起他们现在正在对付的是一个天劫境强者，对方此刻并未倒下！

"可恶，给我受死！"一声怒吼中，披头散发的青袍男子陡然再次奔袭而来。

这一次，他手中浮现出了一抹剑光，赫然取出了一柄威势凌厉至极的宝剑，直接施展出一种恐怖的攻击符技，远远地斩向柳然他们这边。

凌薇脸色一白。

她感觉在对方的攻击符技威势压迫之下，自己的身躯甚至难以动弹！

这种攻击对她而言最为致命，因为对方没有走入她的幻术范围之内，她根本无从反击。没有了精妙的幻术符技，说到底她不过是一个灵旋期巅峰的少女而已，如何是一个天劫境强者的对手？

一时间，她甚至有些后悔自己刚刚为了"月芯伢"而卷入这战斗中来了。

就在她不知所措时，她忽然感觉有人将自己拦腰抱了起来，而后身子一轻，她居然快速移动起来。

"嗖嗖嗖……"原本看起来无法躲避的剑芒攻击，几乎是贴着她的身体斩落，直接落在了地面上，瞬间造成巨大的破坏！

凌薇却连看都来不及看清楚那被破坏之后的地面，因为抱起她的人已经带着她飞奔起来。

她扭头看了一眼，此刻抱着她飞速逃逸的人，不正是刚刚给自己月芯伢的人又是何人？凌薇一时间有些失神了：入微级的身法？还有刚刚他竟然连自己的幻术符阵都可以利用的高明手段！这个少年究竟是什么人？

正在这时，身后再次传来一股恐怖的气息。

"轰"！一抹比之方才更加凌厉的剑芒，宛如月牙一般，陡然横扫开来，眼看就要将他们两个人拦腰斩断！

顷刻间，凌薇只觉得整个天地都陷入了寂静，时间都变得缓慢下来。

凌薇听到自己耳边，却忽然传来一声无奈的叹息："抱歉，把你牵扯进来了！"

声音未落，她猛地感觉到抱住自己的那双坚实的手臂传来一股巨力，她整个人竟直接被扔飞了出去！

腾空的瞬间，她只看到那个人霍然转身，张开双臂去迎接那一道迎面而来的剑芒的背影。他这是想用身躯为我挡住那剑芒？

顷刻间，她心头竟浮现出一股莫名的恐慌，仿佛有什么绝世珍宝就要从她面前消失一样。

"不！"凌薇失声叫喊起来。

"轰隆"！

她的声音刚传出去，就被恐怖的巨响淹没。

四面八方的空间似乎突然间出现了剧烈的扭曲，竟然直接将凌薇、柳然和那青袍男子一起吞没了。

"唰"！

凌薇的身形直接出现在了一间雅致的紫色格调闺房之内，整个人重重地摔落在床榻上。她定睛一看，就发现自己竟然回到自己的房间里来了。

显然，方才暗符界的传送符阵终于激活，并且将她鉴别为斗殴者，直接将她从黑市之中传送出来。只不过因为她有特殊的定位石，才没有将她随便扔到别的地方，而是传回了她的房间之内。

方才的一切发生得非常突然，如果不是她发现之前柳然给的五十年月芯伢就在她的空间符戒之中，她都以为自己是做了一场梦而已。

"那个家伙，不会死了吧？"

凌薇忽然意识到这个问题的严重性，猛地站起身来，迅速使用暗符界通行符，打开暗符界！

"嗖"！

东川城中，柳然的身影突兀地出现在一个没人的角落，扑腾着摔倒在地。

刚一落地，他立即站起身来，目光警惕地扫向四周。

"这里是东川城？"柳然确定了自己所在的位置之后，不由得松了口气。

方才，在那名青袍男子的攻击下，他为何要借助凌薇的幻术，而不是直接和那青袍男子死磕？

纯粹就是因为他知道以本体的实力，和一个天劫境强者硬碰是找死，所以只能选择利用幻术符技拖延！

只要拖延到对方身上使用的暗灵符卡失效，暗符界成功把他们传送出来，那么，他就安全了。

而现在的情况，无疑说明他的策略侥幸成功了，他顺利离开了暗符界的黑市。

"以后再去这种地方，绝对要低调再低调！不然随时有可能把命都给丢了！"柳然长长出了口气。

柳灵灵也非常赞同，紧张地说道："哥哥，那个黑市太危险、太混乱了，以后你还是别去了！"

"去还是要去的，毕竟在那边可以完成的交易太多了！不过，以后我会更加小心！"柳然无奈地说道。

随后，他开始一边沿着街道走，一边取出传信符卡，想和林志荣他们联系一下。

他这一消失，进入黑市就是半天时间，如今都到晚上了，估计大家也都很担心自己。

至于他在黑市里的摊位，现在他根本没时间去打理，毕竟刚才他差点儿连命都没了。好在就算他人离开了，摊位还是属于他的，那些东西多半都会被卖出去，剩余部分最后被黑市没收也就没收了，他倒也不心疼。

现在柳然更在意的是，那名袭击他的青袍男子究竟是谁？

他首先想到的是榕城的前城主杨修，因和杨修有仇，如果真遇上，的确会这么做！

只是，他又感觉不对，因为杨修的实力不过是天劫境灵台期入门，那青袍男子至少是灵台期大成，杨修不可能在短短几天就提升这么多！

而且，在黑市之中，他遮掩了容貌，幻化了气息，杨修按理来说不可能认得出他来才对！

正在柳然暗自沉思的时候，他识海中忽然传来了柳灵灵的声音："哥哥，那个凌薇姐姐刚刚确认悬赏任务完成了，她设定的任务奖励也拿到了哦！"

"哦？"柳然脚步一顿。

经过刚才的战斗之后，他对于幻术符技基本上已经有所了解，倒是对于这一次凌薇的奖励并不是很在意了。

不过，在听到悬赏任务的时候，他脑海之中却是猛然灵光一闪。

他忽然想到，如果那青袍人不是杨修，那么就只有江家的人了！

而引起对方注意的，恐怕就是他在黑市之中提交的那项封印符阵的破解任务了。

"真有意思，看样子那枚戒指之中果然藏着了不得的秘密，竟然不惜让一个天劫境强者冒险出手！"柳然嘴角勾起了一抹笑容，"不过，你们越是如此，我越想将这枚戒指打开来看看！"

所以，他没有再去理会和凌薇之间的交易，反而让柳灵灵追加自己那个封印符阵破解任务的悬赏："灵灵，那项任务帮我追加十万金币奖励！我要在最短的时间内得到破解的办法！"

"好！"柳灵灵立刻操作起来。

不过，她追加完奖励之后，就看到凌薇一直在试图联系柳然。

"咦，那个凌薇姐姐在尝试加上你的传信号，要通过吗，哥哥？"柳灵灵问道。

闻言，柳然不由得皱了一下眉头，随即摇头："算了，我估计她就是想问问我为什么能够催动她身上的迷幻符阵吧，暂时别理她！"

"可是这样不好吧？刚刚要不是有她的帮助，我们说不定就危险了！"柳灵灵迟疑道。

"这也没办法，女人有时候很麻烦的！如果我告诉她刚才我能够借助她身上的迷幻符阵施展幻术，纯粹是瞎猫碰上死耗子，估计她根本不会相信，那还不如就不解释了！"柳然无奈地捂着额头说道。

今天他先后接触了三个女人，都感觉很麻烦，甚至都产生阴影了，所以才决定暂时还是不和凌薇接触太多比较好。

恰好这时柳然已经联系上了林志荣，林志荣直接叫了一辆悬浮飞车找到了他，带他前往炼符师公会为他们安排的住处。

只是，柳然没想到的是，他拒绝通过对方添加他传信号的事情，居然让凌薇对他产生了更浓厚的兴趣。

"这个家伙，居然敢不通过我的添加申请！"

紫色基调的可爱闺房之中，一袭紫色衣裙的少女气呼呼地从床上跳了起来。

"他肯定有什么秘密！你不想和我联系，我就偏要让你不得不联系我！"

凌薇咬牙切齿了老半天，忽然，她像是想到了什么，再次进入了暗符界，开始查询起柳然相关的信息。结果，她很快发现了柳然发布的悬赏任务。

"居然是一项符阵破解任务，咦，悬赏这么高，看来那个家伙很重视这项任务！"

凌薇嘴角忽然浮现出一个迷人的笑容，自语道："要是我将这项任务接下来，并且将你要的符阵破解方法弄出来，看你联系不联系我！哼！"

她仿佛忽然间找到了一个好玩的东西，兴致勃勃地开始研究柳然在悬赏任务之中提交的那个封印符阵。

同一时间，与柳然、凌薇一同被传送出黑市的青袍男子，此刻却在大发雷霆。

"可恶，那么好的机会，我居然……"青袍男子脸上一片扭曲。

尤其是想到自己居然被一个灵旋期的小子耍了，他心中更是怒不可遏。

盛怒之下，他将自己的怒火发泄在了周围的建筑上，直接将不远处一栋酒楼打得坍塌破碎。

酒楼中的人纷纷慌乱地跑出来，不少人都受伤不轻，甚至有人直接重伤，如今已经奄奄一息。

他们原本还想找罪魁祸首理论、报仇，却看到青袍男子一下子凌空飞起，顿时都不敢吱声了，一个个敢怒不敢言。

"哼！"青袍男子冷哼一声，看都没看他们，自行飞走。

在他飞走之后，才有人问酒楼的掌柜道："那个家伙究竟是谁啊？"

掌柜愤怒地说道："还能是谁？江家的二老爷！"

他却迅速通过元灵符界，将一道信息传了出去：那个小子就在东川城，立刻让人给我动手，绝对不能让他将东西带到云海秘境！

　黑狱险境，对战神体，掌控云海秘境！
更多精彩，敬请关注《符神传说》第三册！